情洒函谷关

刘晓伟　著

河南文艺出版社
·郑州·

图书在版编目（CIP）数据

情洒函谷关/刘晓伟著. —郑州:河南文艺出版社,2018.1(2019.9 重印)

ISBN 978-7-5559-0644-5

Ⅰ.①情… Ⅱ.①刘… Ⅲ.①长篇小说-中国-当代 Ⅳ.①I247.5

中国版本图书馆 CIP 数据核字(2017)第 320321 号

出版发行	河南文艺出版社
本社地址	郑州市郑东新区祥盛街 27 号 C 座 5 楼
邮政编码	450018
承印单位	三河市兴国印务有限公司
经销单位	新华书店
开　　本	890 毫米×1240 毫米　1/32
印　　张	8
字　　数	176 000
版　　次	2018 年 1 月第 1 版
印　　次	2019 年 9 月第 3 次印刷
定　　价	39.00 元

目
录

鲽鹣,鲽是比目鱼,鹣是比翼鸟,都象征着爱情。《尔雅·释地》:"东方有比目鱼焉,不比不行,其名谓之鲽;南方有比翼鸟焉,不比不飞,其名谓之鹣鹣。"

这种鸟,九天之上,比翼同飞。这种鱼,一生同行,不离不弃。

你若不离不弃,我必生死相依,这就是鲽鹣般的爱情。人之所以对自然界的生物如此推崇,是因为爱情在很多人的生活中,好像早已成为稀世珍品,可遇而不可求。处在围城中的男女,能把婚姻经营成爱情,并能保鲜一生一世,实为罕见。

然而总有人在执着地寻觅着,他们用生命去演绎人间真情,用灵魂去抒写他人梦中也无法想象的真爱。

历经坎坷的人都会发出这样的感叹:从简单到复杂,再从复杂到简单,这就是心旅的辩证与哲思。

第一篇 相恋

1994 年,在函谷关县矿山上淘金的人不可胜数,全国各地的人从四面八方涌向这个小小的山城。淘金热,造就了一部分先富的人。函谷关县城里,有的人在夸富时敢说,那棵千年橡树上的树叶有多少片,他手上的大团结就有多少张。在这个盆地一样的小县城里,在这样一个人人都梦想着到矿山上淘到一堆黄金的小县城里,人们对这种炫耀并不诧异。在 20 世纪 90 年代这样一个有众多暴发户存在的小城里,人们的各种观念发生着翻天覆地的变化……

1

"嘀……"响亮的哨子声惊醒了所有人。王副厂长一边用急促的哨声催促大家,一边大声喊叫着:"所有男工集合。"保卫科科长把保卫人员集中成一排,每人分发一把锄头、铁锹之类的劳动工具,并大喊一声:"抄家伙。"孟笔河接过一把锄头,想象着自己怎样用这玩意儿把即将入侵厂子的农民赶出去。

20 世纪 90 年代,函谷关县这个山区小城,因盛产黄金而闻名遐迩。在县郊的三平村,有个选矿厂。十八岁的孟笔河在这个选矿厂里当保安,主要任务是保证厂里的选矿设备和矿石、黄金的安全。

"大家注意了,三平村的村民要把咱的厂砸了。咱们要守护好厂里的一切,请大家按照保卫科的统一指挥,把这些人赶出去!"王副厂长声嘶力竭地叫喊着。孟笔河低声问了问工友,才知道三平村村民和厂里素有纠纷:三平村村民一直想让占他们村土地的选矿厂出钱,厂长本也想花钱免灾息事宁人,但又怕给了钱,他们更加纠缠不休,反而养大了他们的胃口,于是索性一分不出,这才导致他们前来堵门。

孟笔河看了看厂长马学银,他的脸上没有一丝表情。在厂长身边,王副厂长正大声指挥:"车间的工人,快把车间用大锁锁了,门窗关严实,人全都出来,第一小队负责看管车间。小王,你在放精粉盆的那间房门前备些稀硫酸。如果有人胆敢打开这间房子,硫酸伺候。但一定要注意策略,先警告他们,告诉他们咱手上拿的是啥东西。"

孟笔河看了看这个长宽均接近一百米的大院子,中间地上倒满了金矿石,已堆了一人多高。如果不是停工,这里会有几名工人把脑袋大小或者更大一些的矿石放进粉碎机里粉碎,然后用斗车把这些粉碎好的小矿石拉到北面的球磨机前,那里有另一班工人专门负责给球磨机里填矿石,并隔一段时间加上一些钢球。球磨机吞进这些大小不一的矿石块,吐出来的是细碎的矿石碎粒,这些碎粒被吐在汞板上,随着水流又进入浮选环节。这样,汞板就粘住了金子颗粒,然后用铲子铲下来就是汞金混合物,再经过大火烧,提炼后,就成了金灿灿的黄金了。

正想着，很多村民已经冲了进来，男女老少一大堆，手里拿着铁锹、镐头，杀气腾腾。孟笔河看见迎面走来的那个村民非常魁梧，于是将手中的锄头向对方的头上挥去。那人早有防备，往后一闪，锄头扎进地面，他使了好大的劲，才把锄头弄了出来。叮叮当当，村民与工人们混在一起，已经真刀对真枪地干上了。

这时，孟笔河赶紧跑到厂长身边，他怕厂长受伤。而此时，村民早已把厂长和十几个工人包围在那里，围得水泄不通。孟笔河奋力拨开人群，挤到厂长跟前。厂长身边十几个工人站成人墙，不让村民接近厂长，厂长就蹲在那里，一言不发。

孟笔河环顾四周，寨子（这个厂建在一个高高的土寨子上，这土寨子在解放前是用来防土匪的）四面都是土墙，土墙高出地平面十多米，他看到西面的土墙有个缺口，忽然想起那缺口下面的土台下有很多台阶。于是，他凑到厂长跟前建议："能不能让厂里的吉普车往大门口开，找几个工人护送一个穿着厂长外套假装厂长的人上车，并且高喊'厂长坐车出厂了'，那时候我再和几个工人掩护您从西面沿庄稼地逃走。为保稳妥，可派另一辆车在路边接应。"厂长听后表示同意，拿出大哥大赶紧吩咐两个司机。

不一会儿，果然有人大喊"厂长坐吉普车出厂了"。看到厂长的专车向大门口开去，村民们马上掉头，奋不顾身地挡住那辆吉普车。这边，孟笔河跟厂长刚走到断墙边，又有一群村民围了过来，好在他们手里没有武器。孟笔河一边用身体掩护厂长逃走，一边用拳头猛揍冲到近前的村民。就这样，他站在断墙边，村民们谁也过不去。厂长终于得以顺利逃脱。

见厂长已逃远，孟笔河松了一口气，蹲下来准备歇歇。这时，他看见不远处站着一个人，似乎在看他，四目相接，那人马上把目光移向其他地方。他定睛一看,是个很漂亮的少女,穿着一身淡粉色衣服,皮肤白白的,很有气质。孟笔河不禁站了起来,向前走了几步。走到姑娘近处时,他仔细看了看眼前这个女孩。她长得格外清纯秀气,眼睛大大的,十分迷人,整个脸上每一处都是那样好看。尤其是那张嘴,红润鲜嫩,唇上那细小均匀的竖纹,像是把整个嘴分成了几十个小小的竖着的月牙儿,看起来太美了!最让孟笔河心动的是,这女孩眉宇间透出一股果敢刚强之气。孟笔河觉得,她肯定是个不让须眉型的女子。

女孩朝孟笔河瞟了一眼,是那种欣赏的目光,直觉告诉孟笔河,她不排斥他。

"厂长跑了,还在这里干啥哩!"有人大声说。村民们随着这声吆喝渐渐走开了。当孟笔河和工人们清点完厂里的所有物品,再四处搜寻那女孩的身影时,她却早已没了踪影。

2

当天晚上,孟笔河和几个伙伴去离厂不远的东田村看戏,他们提着一个小板凳到了看戏的地方,几个伙伴都想坐那个小板凳,其中有两个人的屁股挤在一个板凳上,坐得很不舒服,却又不想站起来。孟笔河站在那里有点累,他就一个人在戏台下转悠起来。这时,戏还没开始,戏台下却已是人头攒动。十里八村的老头老太太们都搬着小板凳,早早地挤在戏台前面近点的好位置,他们寸步也不敢离开自己的位置,都像是抢来的一样。对要演的戏剧大家早已看过十遍八遍,都是耳熟能详,有时上面的演员唱前句,老头老太太们都能哼出下面的戏词。即使这样,可他们还要看,聚精会神地看。

看戏的年轻人也不少,小伙子们趁这个机会都在看哪个村的姑娘秀气端庄,至于台上演哪个剧目,唱的是豫剧还是曲剧,他们从不关心。在函谷关,主要以山西的蒲剧唱得最多,豫剧少些,曲剧偶尔也有。这里的观众很挑剔,如果有名角演出,几十里外的人都会赶来。尤其是山西的景雪变等著名演员来演出,那可不得了,大家会迅速把这个消息四处传播,其传播速度绝不亚于几十年后的手机网络。

小孩子们在戏台下总是馋馋地盯着门口那些小吃摊。那些卖冰糕的,把冰糕冻成浅黄色,引得小孩子们口水直流。那些卖糖葫芦的,扛着一个长长的粗棍子,棍子上端绑了些稻草,稻草上面插满了一串串糖葫芦,有的糖葫芦干脆就是一个金冠苹果上面涂了一层红红的冰糖,看起来娇艳欲滴,把小孩子们逗引得直咽口水。卖糖葫芦的穿梭于人群之中,成了戏台下面很吸引眼球的一方风景。戏院大门口那些卖凉粉的、卖火烧的、卖西瓜的、卖糖果的,跟前都围满了孩子。孩子们一般都不买,守在这里单等着认识的小伙伴来买,那时他们就会围上前去,央求小伙伴分一点点,即使尝上一口,也算满足了。

当听到戏台上一阵响亮的敲锣声时,孟笔河就知道演出要开始了,于是往伙伴跟前走去。当他刚刚站定,名角景雪变饰演的窦娥已经出场了。因为是名角演出,戏台下人山人海。随着景雪变那圆润有力、变化万端的唱腔进入每个人的耳朵,台下变得寂静。人们的脖子都像有根绳子往上牵着。孟笔河正在聚精会神地看演出,突然听到身边有人问:"唉,抱个孩子站着好累啊,咱俩换一下行吗?"他回头看了一眼,原来是两个老年妇女站在那里,轮换着抱孩子。于是,孟笔河跟几个伙伴商量了一下,决定把凳子让给她们。当他正准备向她们让凳子时,一个身影进入他的眼帘,那是一个穿着粉色衣服的美丽少女。孟笔河吃了一惊,是她——那天在厂里见的那个女孩。她不施粉黛,唇上没涂口红,但看起来非常鲜嫩,真是天上掉下的林妹妹!其中一位老年妇女接过孟笔河手中的凳子坐下,感动得连声说谢谢。那个女孩把孩子递给坐在凳子上的那个老妇,然后冲孩子做了个鬼脸,说:"姨姨等会儿给你买糖吃。"

孟笔河再也无心看戏,站在那里,一会儿扫一眼女孩。他在想,等会儿戏演完了,他一定盯准,看这女孩是哪个村的,住在哪里。然后找机会靠近,或者找个媒人去说媒。之所以能下得了这个决心,是因为这女孩的美是那么天然而有气质。她的本分就写在脸上,她是古典、纯洁、漂亮、朴素的完美结合体。那漂亮的大眼睛,水灵灵的,像是将一切心情都写在眼里,一眼便能望穿她的心思似的。那黑黑的眼眸,有着摄人心魄的魅力,而那魅力是因为朴素的思想,是发自内心的本分与外在的漂亮完美结合所致。真是太美了!孟笔河此时此刻真相信什么叫一见钟情,什么叫相见恨晚了。再看她的身材,高挑颀长,一身粉色衣服和她白皙的脸庞相映衬,真是"人面桃花相映红"!孟笔河想,他不想学诗人崔护,"人面不知何处去"时才对着春风惋叹。他暗下决心,一定要盯准她住在哪里。

其实孟笔河从小挺喜欢看戏,小时候姥姥总带他到十里八村去看戏,戏曲里的许多故事,他都能给小伙伴们讲出来,而且还能模仿名家王天明唱蒲剧《收姜维》选段呢。但此时此刻,他的目光牢牢地钉在那个女孩身上。他的大脑在飞速运转,怎样能跟她说一句话,若不能,也要搞清楚她家住哪里,不能有一点闪失!

时针此时走得好慢啊!孟笔河只觉得度秒如年。台上的戏剧终于演完了,一声铃响,人们如潮水一般,向大门口涌去,一时间,场面极其混乱。那些摆小摊的,早就收拾好东西,拉着架子车向门口奔。孟笔河顾不得招呼同伴,紧跟着女孩往前走。那几个同伴见他走得那么快,也急急地跟在他后面。突然,前面有个小孩摔了一跤,孟笔河赶紧扶起小孩,怕别人踩了孩子。可他扶起孩子再抬头时,女孩已经把他甩出一大段距离了。说来也巧,一辆架子车正好堵住了大门口。孟笔河二话不说,从架子车上翻了过去。但由于人实在太多,转眼间女孩和她的家人还是不见了踪影。出了大门是个三岔路口,孟笔河往前猛冲,冲到大路口没看见女孩,他又折回去,冲向另一个路口,还是没看见。当他冲向第三个路口时,路上的人已经很少了,还是没见女孩的踪影。

"找谁啊,跟了你老半天,是不是想找咱厂长的女儿?那女孩漂亮着哩,就在这个村里,听说门前长满了竹子。"一个伙伴说。

"肯定是,咱厂长的钱多着哩,你个穷光蛋,还想吃天鹅肉哩,哈哈哈……"另一个伙伴笑声格外大。

"咱厂长的女儿咱几个都没见过,但听人说,那女孩长得水灵灵的,关键是很端庄,很有教养。听人说,那女孩像咱厂长一样本分,像厂长夫人一样漂亮。厂长夫人那可是远近有名的美女,也是远近有名的本分女人。人都说,一个成功的男人背后,总站着一个为他默默付出的女人嘛。咱厂长的老婆,本本分分,人还那么耿直,从不占人一点便宜。传统美德和漂亮全都集中在她一个人身上,真可以说是世间最美的女人。不说她的女儿怎么样,就是年龄这么大的她,如果有机会,我都愿意娶她做老婆。如果世间还有和她一样的人的话,我一定要娶来当老婆。"又一个伙伴说。

"厂长的女儿你们谁见过?还不都是听人家说的嘛!"大家七

嘴八舌地边说边走。

"去去去,忘了问大家,今晚咱哥儿几个给人家让座的那个老太婆,谁认识?"孟笔河问。大家都说不认识。"你们看见老太婆跟前站的那个女孩了吗?"

"当然看见了,那女孩长得太好看了,关键是她长得特别水灵,一看就是个好姑娘。也不知将来谁能娶到她,那可是前世修来的福分啊!"有人感叹。

"是啊,找老婆就是要找这样的。本分加漂亮,等于一百分!"说话的人一脸望梅止渴的样子。

"你们谁看见那女孩走的是哪条路?"孟笔河后悔当时没让大家一块去找那个女孩。

"都怕你走丢了,都跟着你瞎转悠,你咋不早说你在找美女呀,当时都不知道你在弄啥哩。"有人埋怨着。

一路上,孟笔河窝了一肚子火,一言不发。但他判断,那个女孩应该就在这个村里住。

3

孟笔河开始上班了,他所在的工厂经过村民的闹腾,停工了十几天。这十几天对厂长马学银来说,损失是巨大的。因为每天厂里的球磨机要"吃"进去几十乃至上百吨矿石,每吨矿石含金量都在二十五克往上,这样粗算一下,一百吨矿石就可以弄出两千五百克黄金。20 世纪 90 年代,一克黄金可以卖六十元。厂里一天就能毛收入十五万元,十几天不生产,损失的钱,可不是个小数目啊。

孟笔河可管不了这么多,他一个月的工资是二百多元,主要工作是"押矿",也就是运矿石时负责坐在车里看护矿石。这些矿石从秦岭的矿洞子里采来用运输车拉到选矿厂,路上如果不操点心,很容易被人偷去的。"押矿"工作结束后,他的工作是晚上在选矿车间陪着那些管理汞板的女工,怕她们瞌睡了。如果不及时刮掉汞板上的汞金,后面被水冲下来的黄金颗粒,没有跟汞接触,就会直接流入浮选环节,影响黄金的浸出率,还增加成本,得不偿失。

管理汞板的全是女工,都是本村有头有脸的头头儿们的亲戚。孟笔河晚上十点上班,一直到早上六点下班。活儿不重,可这段时间却很难熬。这些女工全是没结婚的女孩,孟笔河不知道和她们闲聊什么话题,于是就一会儿从管理碾子工作的工人群里,讨要一个西瓜来给她们吃,一会儿给她们打点开水。真正闲聊时,又没啥话题。于是,他一会儿到车间外转一圈,转回来看看,哪个女孩睡着了,赶忙把她推醒,就这样一直熬到早上六点。

这天晚上,他准时去上班,却看见新来了一位女孩。当他走近一看,内心无比惊喜,原来这个女孩正是他满心牵挂的那个她,这女孩也是来管理汞板的吗?真是天赐良机,孟笔河再也不觉得晚上零点以后的时间难熬了,他一刻也不愿意离开这个车间,尽管这里跟浮选车间相连,浮选车间浓浓的难闻的药味不时传来。

孟笔河来到女孩跟前,给她倒了一杯水,女孩甜甜地说了声谢谢。这时,他们对视了一下,孟笔河才发现,女孩的眼睛看起来非常清澈,绽放着温柔、宁静的美。看着她的眼睛,孟笔河感觉自己的心像是被纯净水洗了一遍,洗得没有一星污垢。这次女孩穿的是一件朱红色的夹克,显得格外沉稳、凝重。

攀谈中孟笔河知道她叫马竹涟,是东田村人。就住在村头竹园跟前,因为竹园边的水渠里水多,又很清澈,常有鱼儿从水里游过,激起一层涟漪,看起来很美,所以她爸爸给她起了竹涟这个名字。最重要的是她爸爸特别喜欢竹子,教育她做人要像竹子一样有气节,要让人看得起。给她起这个名字,也是时时给她以警示。

她的话并不多,闲下来时,就拿个本子画画儿。孟笔河在一边看着,她画的是一片海,潮水落下时,有个女孩子站在浅浅的海水里,卷起裤管,一只脚踢踏着海水。不知怎么画面上那只左脚放在了右腿一侧,大家七嘴八舌地评说起画上的这只脚来。

"那只脚画错了!"有人大笑起来。

"人家画的是女孩子的右腿上有只蚊子叮,用左腿去搔痒呢!"孟笔河说。

"你才是在搔痒呢。"女孩嗔怪了一下,让孟笔河心里有种说不出的滋味。

大家越说越离谱,女孩脸红了起来,也不辩解。为了给她解围,孟笔河要给大家唱首歌。20 世纪 90 年代,郑智化的《水手》深深打动了许多人,大家也都特别喜欢这首歌,所以当孟笔河唱这首歌的时候,有人也跟着小声唱起来。女孩也忘情地合起节拍来,这让孟笔河劲头大涨。时间过得很快,下班时间到了,孟笔河正想着跟女孩说点啥,厂里通知他赶快去吃饭,半小时后立即跟车上山。

4

选矿厂规定,"押矿"的工人一人发一盒红梅烟,一天再补助五十块钱。这对大家来说,实在是比啥都好的差事。孟笔河刚吃完饭,厂里就有人给他扔过来一盒红梅烟,让他上了一辆东风大卡车。司机大声对着厂里的会计吆喝:"'押矿娃'上车了,我们就上山了。"会计答应了一声,于是,司机开上车飞也似的跑出厂门。

函谷关县城里,310 国道上的车很少,国道以北全是庄稼,三平村以南是函谷关县城新城区,新城区只有一幢高楼,名叫金宫酒店,它是函谷关县最高的楼,在当时,只有大城市有,小县城很少能见到这样的高楼。新城区的路上车很少,只有几辆桑塔纳。当地老百姓很少有人能买得起桑塔纳车,他们致富的梦想就是哪天自己能开上这样的车。当时,大家无论去哪里都是骑自行车,外国人戏称,这是自行车王国。

310国道上车很少,所以他们的拉矿车开得非常快。这次是去阳程山上运矿石,阳程山属秦岭山脉,山很高路很陡是出了名的。大车一开始上山,就显示出司机的水平来了。路很窄,仅容得下一辆车通过,所以路上遇到对面来的拉矿车,让车很麻烦。孟笔河他们的拉矿车刚走到半山腰,迎面来了一辆矿车,孟笔河车上的司机把车往接近悬崖的路边上靠,让出刚好可以过一个车的路,等对面的那辆车过去。他们的车往前一开,司机说了声不好,就踩了个大油门。孟笔河把头伸出车窗外,看见一块石头随着车后轮的离开,落下车身一侧的悬崖,好半天也没听见个响声。也就是说,刚才车的右后轮,是由那块伸出山体悬在悬崖上的石头支撑着的,如果没有那块石头,车早就坠到悬崖下面去了。这时,车是脱离了危险,但这个危险的场景,却让孟笔河倒吸了一口冷气,说:“师傅,你不要咱们的小命了吗?”司机说:“你们押矿的,就是给司机壮胆的。”说完,再也没说一句话。孟笔河朝前面一看,路况很差,一块大石头就像长在路中间,突出很高,像是几个胡乱摆放的石制的圆锥体似的,凸凹不平,石头看起来很光滑。司机把左轮控制在大石上,右轮恰好轧着路边儿,勉强过去了。

到了矿场,前面还有几辆车在装车。过了好几个小时,才轮到他们。司机把车屁股朝着跟车栏板一样高的石台倒了过去,在离石台几十厘米处停住车,然后打开车栏板,就有十几个工人背着矿石走上车,他们把腰一弯,矿石就从背篓里紧贴着后脖颈顺着后脑勺往下倒了出来,就这样一篓篓地倒上去,车栏板里就渐渐堆满了矿石。司机让工人们多装一些,就这样,载重五吨的车总要装个十四吨多才肯罢休。因为卡车回去要称所运矿石的重量,付运费按矿石的重量计算,所以他们才会这么做。

当车装得很满的时候,司机就招呼孟笔河坐上车,准备下山了。山路上,总有许多矿石成堆地扔在路边。司机说:"那些矿石是被人丢弃的,一吨矿石含金量才十几克,没人要,就那样扔在那里。"

下山时,孟笔河要做的,就是每到一个关卡,让那里的人盖章。就像唐僧去西天取经盖上官印才能放行一样。反正就是盖个章,孟笔河觉得挺简单的。

路上,司机给他讲了个故事。说是函谷关县城里有个小伙子,听人说这山上的金子多得不得了,就拿了五千块钱,想在这里弄点金子回去。小伙子在山里转了又转,不知道该干点啥。在山上饭馆里吃饭时,他把想法告诉老板,正说时,有食客接话说:"这样吧,你把这些钱现在拿来请客,我就给你弄金子,保证你能赚钱。"小伙子就把那些钱全都拿出来请那位食客和他的一帮人吃饭,那人也不客气,还招呼其他在场的食客一起吃,整个场面像不靠谱的玩耍一样。吃完饭,那人说:"看你娃实在,给你点东西。"于是,在小伙子面前扔了一堆灰不溜丢的泥一样的东西,扬长而去。小伙子想,这下上当了,五千块钱买了一堆烂泥,回去不让人笑话才怪呢。正纳闷时,有人说:"你要不要,你不要我就拿走了。"说着,从那堆烂泥上面掐了一把拿走了,接着又有人掐了一把,几乎全饭馆的食客都捎了一把拿走了。这时，饭店老板看不过眼，让他赶紧把那些东西拿走，到山下换点钱。小伙子把那堆烂泥拿到山下卖掉，正好卖了五千块。

司机问孟笔河知道不知道那堆烂泥是啥东西，孟笔河呵呵一笑说："那是含汞含金的混合物。"司机哈哈一笑，说："这事是真的，就是前几天发生的。"

孟笔河说的含汞含金的混合物，是淘金时的一道程序。金矿石被碾成细末后，用汞把细碎的金颗粒粘住，就成了那小伙子眼前的灰不溜丢的东西，当地人称之为"汞金"，指的就是这种含汞含金的混合物。把这个混合物放在大火上烧了之后，黄灿灿的金子就呈现在眼前。

想到采矿冶炼，孟笔河即兴背了一段《史记·封禅书》中记载的内容："黄帝采首山铜，铸鼎于荆山下。鼎既成，有龙垂胡髯下迎黄帝。黄帝上骑，群臣后宫从上者七十余人，龙乃上去。馀小臣不得上，乃悉持龙髯，龙髯拔，堕，堕黄帝之弓。百姓仰望黄帝既上天，乃抱其弓与胡髯号，故后世因名其处曰鼎湖，其弓曰乌号。"

司机笑着说："你还酸不溜丢地背这么大一段话，你哥我听不懂啊！"

孟笔河说："跟咱们眼前这座山相望的那座山，叫荆山，那边那座山，叫首山。这个你肯定知道。传说古代的黄帝，从首山上挖到许多铜矿石，加工以后，就有了铜制品，他在那座荆山下面用铜做成大鼎。瞧，咱们马上要经过的铸鼎原，就是黄帝铸鼎的地方。鼎是权力的象征啊，它不是人们眼前看到的大锅，那大鼎是用来煮不听话的部落首领的，后来真的成了权力的代名词啊。"

司机说："这小小的函谷关县，在古代还这么厉害？对了，古代人在咱这里是怎么挖金矿石的?"

孟笔河说:"在古代,一定是有人在河滩捡到狗头金,觉得非常漂亮,还能做成各式各样的形状,然后拿到集市上换吃的,物以稀为贵,看到这些贵重物品能换来那么多吃的用的,去河滩寻找狗头金一定成了一种职业。找的人多了,大块的狗头金肯定就不太好找了,他们就去找一些细小的金块,也可以换到很多东西。再后来,大家就开始在河滩找细小的颗粒金,找不到时,就从河沙中淘金。下游的沙中淘金子困难了,大家就去上游淘。然后肯定在山脚下找到狗头金,找完了看见山脚下的砂石中也有金颗粒,陆地淘金又成了新兴产业——我们现在给这种金子的定义是残坡积砂金。当这些金子也采完之后,人们就发现了原生在岩石中的金矿脉,就是我们现在挖的岩金。跟我们一样,他们靠这些岩金发财。"

下山时,遇到了一个急拐弯,司机把车直直地开过去,根本转不过弯。这时,孟笔河看见厂长和厂里的几个人站在那里。车停下,一个人拿千斤顶把车头顶了起来,厂长用脚把车头往拐弯的里侧一蹬,车头就转了过来。这时,厂长给孟笔河他俩一人拿了两个火烧馍夹肉,嘱咐他们一路小心。

吃完火烧馍夹肉,天渐渐黑了下来。山路崎岖,司机开起车来却很有耐心,不时说几个黄段子,逗得孟笔河直笑。

正走着,车胎爆了。司机大叫不好,说是忘了带备胎。幸好前面有个村子,司机让孟笔河去借打气筒。孟笔河向前走了半里地,走到那个村庄,他看了看表,这时已是晚上 11 点多了,村里人家的大门都紧闭着。他过去叫了几家门,都没人开。他看见一家特别豪华的房子里有灯光,这让他非常兴奋。他走过去敲了半天门,却无人应答，于是大叫道："借你家的打气筒用一下！"门没有开，从门下递出来一个纸包，他捏了捏，知道是钱。于是他把纸包塞回去说："我要的是打气筒！"过了一会儿，门里面又递出一个纸包来，比上次的大了一倍。孟笔河掂了掂，知道还是钱。他很无奈，把钱拿上，走向卡车。

到了卡车上，孟笔河打开纸包，一看，共有六沓钱，数一数，一沓一万块。司机问他钱哪儿来的，他如实向司机说了。司机说："那咱哥儿俩见面分半。"孟笔河坚决不愿意，他说："要是想要这些钱，我就不会让你知道。这钱无论如何都要还给人家的，这不是咱的钱！"司机很不高兴，但看孟笔河态度非常坚决，就不再问他要了。

晚上，他和司机就在车里坐着，因为要看好矿石，两个人不敢全都睡觉，就轮流睡觉，不睡的人一会儿出去看一下，以防有人偷矿石。他们见路过的卡车中有给他们厂运矿石的，就打了招呼，让他们回去跟厂长说一下，第二天有人上山时，捎个备胎。

在车里坐着，孟笔河满脑子都是马竹涟。想着她的一颦一笑，想着她说过的每一句话。想到她，他不禁心里埋怨司机，成天在山上运矿石，也不知道装个备胎，真的，要不是车爆胎，这时候他正和马竹涟在一起聊得热火呢。

凌晨三四点，孟笔河听见车后面似乎有响声，赶紧下车去看，天太黑，什么都没看到。他爬上车栏板，见矿石还是原样，这才放下心来。过了一会儿，又听见有响声，再去看，还是没看见什么。就这样，出去了十多次，什么也没看到。轮到他睡觉了，司机点了根烟吸起来，孟笔河被熏得睡不着觉，就让司机继续睡，他坐在那里开始想马竹涟。他在想，也许此刻，她正在那里用小铲子刮着汞板上的金子,不间歇地用水冲汞板。那些让水冲下去的矿渣,流进浮选车间,有工人会按时往浮选槽里添加些药,过了这个环节,它们就是金精粉了。那些金精粉会被一些厂外的陌生人买去,再提炼出一些金子来,至于怎么提炼,他就不知道了。

白天在矿山上,总能见到一些收矿石的人,他们收好后,拉到山下,在碾子上碾碎,碾的出口部分也是汞板,从上面刮下的汞金,就盛在一种特制的锅里,在焦炭炉子上烧一烧,就成了液体黄金,倒在模子里冷却后,就成了固态的黄金。孟笔河在想,他这辈子不知道能不能也跟着这些人在这方面发财。正想着,突然听见一声大喝:"过来!"

孟笔河下车一看,在离卡车不远处,有个山沟,沟里站着两个警察。在警察跟前,蹲着十多个当地农民。这场面他一看就明白,这些人是偷矿石的,奔着他们的卡车来了。看到这里,他不禁倒吸了一口凉气,要不是这警察,如果他们合伙抢车上的矿石,后果将不堪设想。

天亮了,孟笔河让司机看着车,他要赶快到昨晚借打气筒的那家人那里,把钱还给人家,向人家说明是想借打气筒用用。那家人给他们拿了些吃的,叫人帮他们补好胎,这回轮到孟笔河对他们千恩万谢了。

5

孟笔河押着这车矿石回到选矿厂,一下车,他就跑进车间,想看到马竹涟,却没有看到她的影子。这时,一个工友漫不经心地说:"她喜欢吃草莓,刚才有个卖草莓的来了,但只剩下一斤,大家你一颗我一颗很快就吃完了,她来得晚,没吃上,这不,正追着那人让他明天再送些过来。"

孟笔河打听到那人的草莓园在沙坡乡的一个村子里,二话没说,借了辆摩托车就直奔沙坡乡而去。一路上逢人就问路,还算顺利,在骑行四十多分钟后,他终于找到了那家草莓园。他之所以不到城里去买,一是怕那些草莓不新鲜,二是既然姑娘喜欢吃这家的草莓,那不管多远也应该去买。他从园里摘了大大一筐子草莓,有四十多斤重,经过一番挑选,挑出那些又大又水灵的,但只有几斤重,显得有些少。不过,他已经顾不了这些了,得赶紧给她送去。一路上他飞车驰行,心里盘算着姑娘见了草莓时,会不会也像当年的杨贵妃,"一骑红尘妃子笑,无人知是荔枝来"。想着,他就笑了。忽然,他感觉摩托车有点晃,于是赶紧收油门,没等他踩刹车,车已歪歪扭扭地斜停在那里。原来,车胎给什么东西扎破了。这时,天很热,七月下午两点的太阳,火辣辣的。不得已,他把车往前推了一里多,才找到一个补胎的。看着补胎师傅挥汗如雨的样子,他才突然感到后背有点疼。原来,太阳把他的后背晒得起泡了,刚才推车时竟没觉得。

孟笔河向补胎师傅借了点凉开水,牛饮下去,凉开水喝起来是那样的舒畅。车胎补好了,他飞也似的开了起来。正跑着,突然看见前面有几个"白大盖帽"。因为没有驾照,他赶紧停下车,掉头窜到一条非常难走的小路上。不承想刚才还晴朗的天,突然间就乌云密布,紧接着,倾盆大雨不期而至。来不及躲雨,他赶快脱下上衣,盖在草莓上,然后提着草莓跑到几十米处的屋檐下避雨。

当他站定,猛然看见一个熟悉的身影也匆匆跑到这个屋檐下。是她,马竹涟,他兴奋得都要跳起来了。同一屋檐下,就他们俩,真是天赐良缘!

他二话没说，就把草莓递了过去。

"哎呀，好大的草莓呀，今天那个卖草莓的，一筐子里才有几个这样大的，你到哪里买的，怎么全都这么大呀？"马竹涟高兴地问，"你从哪里买的，我明天也去买些！"

"尝尝吧，看好吃不？"孟笔河仔细地看了看马竹涟，她长得白白的，像玉一样，她最值得称道的地方，还是那种从骨子里溢出来的传统美。对这种美，孟笔河也是从骨子里喜欢。女孩的美丽大方，让他每见一次，就增加几分喜爱。尤其是她笑起来时，向上翘起的嘴角，显得非常迷人。

"无功不受禄，不能吃你的东西。"

"是这样的，草莓淋了雨，很快就坏了，你要是喜欢吃，就先把它们吃掉，要不，你看，这么大的草莓，坏了挺可惜的。"

"好吧，回头我加倍还你。"

"你怎么会在这里？"

"我家就在前面，刚走了这么远，就下雨了，这不，就遇见你了，咯咯咯……"

雨一直下，他们就一直聊。他们有共同的话题，还是在文学方面。聊到兴头上，孟笔河给她背了一首《红楼梦》中的诗："纵然生得好皮囊，腹内原来草莽……"

马竹涟也背了一首黛玉葬花："侬今葬花人笑痴，他年葬侬知是谁？……"

孟笔河背了一首诗，说了诗中的意境之美，美在朦胧的月光下，潮水初涨，海岸线上，那对有情人，看水则水有情，看月则月有意，看身边的花草，花儿笑出了眼泪，草叶上挂满了刚吟出的洇湿了的诗句。马竹涟说，那洇湿的诗句，只有他们两个知道，他们会晾晒在彼此的心里,直到永远。就这样,他们你一句我一句,延伸着这个话题,仿佛永远没有尽头。

雨一直下,两人一直在聊……

6

函谷湖前,细雨中,有人在钓鱼。钓者一线悬湖,很有诗意。

孟笔河和马竹涟站的地方正对着新修的函谷湖,湖水波平浪静,像是一潭温润的碧玉。这时,孟笔河望着湖水出神。

"在看什么呢?"马竹涟问。

"在看这汪湖水,它是那么清澈,很像你的脸,更像你的心!"

"此话怎讲?"马竹涟故意用普通话很调皮地问。

"你的脸白白净净的,和湖水很像。你看起来很单纯,很纯洁,就像那汪湖水一样,非常清澈却看不见底,谁也看不清你的心,你看起来很诡诈啊。"

"是吗?知道什么叫世故吗?我很世故的,咯咯咯……"这时,雨不下了,他们向函谷湖边走去。她的笑声,落在湖面上,荡起层层涟漪。他们走到函谷湖的假山上,上亭子时,孟笔河伸出右手,拉着她的左手,拾级而上。这时,孟笔河的心里,比吃了蜜还甜。

站在亭子上,向北望去,北边有工人正在修建函谷湖的二期工程,准备把函谷湖的湖面扩大。那座用土堆起来的心形的小湖心岛,看起来十分别致。因为还没放水,小岛就孤零零地站在那里,像是一颗寂寞无依的心。

"人都是孤独的,就像那个岛,孤孤单单,无依无靠。"马竹涟说。

"是啊,人生总是残缺的,就像人可以造出这么好看的函谷湖,再在这里建造假山,种这么多树,但每次站在这里,总觉得缺了些什么。"

"缺了什么?"

"这样说吧,单就函谷湖而言,多的是浮躁,就像现在的我们一样,少了些沉淀,这些不是人能造出来的。就像外国人永远不会懂中国人的一些东西,中国源远流长的文化,渗入每一个人的心灵,慧于中而发于外,显示着独特的美。"

"那是。"

"如果有一天,在这里圆我一个梦,那就真的不残缺了。"

"你在想什么?"

"以后你会明白的。"

"看不出来,你还挺有意思的。"

"多谢夸奖!小生这厢有礼了。"孟笔河学着古装戏里的动作,拱手作揖。

"奴家还礼!"马竹涟也学着古装戏里的姑娘,半蹲一下,还了个礼。

"哈哈哈……"

"咯咯咯……"

他们的笑声,落在函谷湖上,荡起层层涟漪。这时,一群野鸭子从湖里游出,钻进湖边的草丛里,还有的腾空飞起,在天空翱翔,斜阳绿树,倒映湖中;格外漂亮,格外美丽。

7

孟笔河刚回到厂里,就听说父亲病重。他赶快骑上自行车往家赶,路上,他在想,无论如何得给父亲看好病。父亲并不是他的亲生父亲,老人是磨豆腐的,孟笔河不到一岁时,老人从别人家把他抱回来,在他十三岁那年,母亲去世,父亲一把屎一把尿把他养大,不知道受了多少委屈。

每次哪里只要演戏曲《清风亭》,父亲总是把他带过去看,指着戏台上那个卖豆腐的说:"那就是你爹,你可不要学那个昧良心的张继保啊!"每当戏词里唱道:"十三年冬夏只有一床被,十三年淡酒未敢喝一杯……"父亲总是说:"娃,你看你爹也是很爱喝酒的,可自从有了你,爹也像戏里唱的那样,没钱喝一杯酒,十几年冬夏只有一床被子。那时你没奶吃,爹也是满村里给你找奶水,人家的白眼爹受了,只要能让你吃饱,爹啥苦都能吃,啥委屈都能忍啊。儿呀,你看看,那戏里唱的就是爹,爹也是每天晚上哄你睡着了,赶快去泡豆子、磨豆浆、压豆腐,晚上睡一小会儿,早上早早起来,拉着架子车去卖豆腐哩。娃,你可不敢像那个张继保,长大了不管爹啊!"每到这时,孟笔河都会说:"不会的,不会的,我一定会让你过上最幸福的生活,让你吃好的,喝好的,穿好的。"

言犹在耳,他还没让父亲吃上最好的,喝上最好的,父亲就病重了。

他回到家,二话没说,背上父亲就向县医院跑去。在急诊上挂上号,医生说先要交上两万元押金,要做个手术,但这个手术的风险很大,成功率只有10%,让他做好思想准备。

"娃,不做了,没希望了,爹只有五千块钱存款,还要给你娶媳妇哩。"父亲躺在床上,有气无力地说。

"不,哪怕只有一线希望,咱也要做这个手术。钱,我去借,以后我能还。"说着,他就跑了出去。

让他没想到的是,借钱比登天还难,穷人借钱人家真的不给啊。他卖了父亲做豆腐的全部家当,厂里的同事你十块我八块地给,他也不嫌少。所有能张嘴去借钱的人都借遍了,以前关系不怎么样的,他也都张了口,但离押金的数目还差得远。

没办法,他又去卖了点血。卖完血,他躺在工厂里的职工单人床上,这时,他根本不敢奢望有个鸡蛋可以补补身子。在床上,他不停地翻着身子,借钱时,每个人的面容都浮现在他眼前。听说借钱,人家都会本能地回避。有人还说风凉话,说人都快死了,埋了算了,白花那钱干啥?有人说得更直接,又不是你亲老子,救他干啥?人世炎凉,此时的他体会了很多。

"喝点鸡蛋汤吧!"一个熟悉的声音,甜甜地响在耳畔。是她,马竹涟。

他兴奋地坐了起来,又连连推辞。从小父亲就教育他,不要接受别人的东西,他本能地推辞了。

"人家借给你钱,是要还的,你要是身体垮了,拿什么还?这鸡蛋汤是我做的,快尝尝,看好喝不?"马竹涟很认真地说。

听了这话,他接过碗,喝了起来。他只觉得这是人世间最好的美味,那一刻,他泪流满面。

"还差多少钱?"

"八千多。"

"还能借到吗?"

"不能了。"

"你放弃吗?"

"不!"

"那咋办?"

"再卖几次血。"

"从来没有见过你这样的人。这样吧，我这里有一万块钱，你用吧。"

"啊？你哪里来的钱？"

"这是我上大学的学费，你先用，反正这钱我只要在毕业前交上就行了。"

"你，为什么对我这么好？"

"我佩服你！一个能对爹妈好的人，才会对其他人真的好，何况那人不是你的亲爹，你能做到这个份儿上，让人佩服！"

这时的孟笔河，真想给马竹涟磕上几个响头。正当他想不出该说什么才能表达他的谢意时，有人从外面进来了，是厂里的司机，他叫马竹涟赶快上车，说再不走，就赶不上去上海的火车了。同时他向孟笔河做了个简单的介绍，说："这是咱马厂长的千金，在上海上大学，这几天只是在厂里帮忙。"

孟笔河着实吓了一大跳，心里五味杂陈，说不清道不明的一种感觉萦绕心头。

父亲做了手术，但并不顺利，医生对孟笔河说，准备后事吧。

回到家里，孟笔河开始请人给父亲做棺材。满院子的人，都在忙活着父亲的后事。这时，父亲示意他到床跟前，对他说："你爹有你这个儿，满足了，你爹这辈子不白疼你一回。"说着，父亲老泪纵横。

这时，从门外走进来一个自家亲戚，孟笔河一看到他，眼前一亮。他知道，这亲戚是个医生，擅长食疗，许多大医院看不了的病，他却能用一些怪方子治好。这亲戚从小喜欢中医，十八岁那年就考了医师资格证。但就在他准备取证的当天，接到一个通知，让他当乡镇医院的正式在编医生。因为当了正规军,就没把那个资格证高看一眼,也就没去领那个医师资格证。现在退休了,重操旧业,给人看病。因为从小有这个慧根,现在看病还是有两下子的,只是没有医师证,不能开诊所给人看病,他很懊悔。

孟笔河二话没说,扑通一声跪在这个亲戚面前,再三央求他给父亲再治治。这亲戚本来是回家看看,路过他家门口,不承想遇到了这种事情。

这亲戚走了过去,给老人诊了诊脉,对孟笔河说:"把你家的狗杀了,煮熟,连肉带汤给你爹吃,其他的东西一概不要让他吃。每天把狗肉汤煮一煮,别让坏了。你家这条狗吃不完,你爹就能站起来了。"

孟笔河二话不说,让人杀了那条狗,煮熟,连肉带汤让父亲吃。二十多天后,他父亲奇迹般地站了起来,能在院子里走了。

真是谢天谢地,苍天有眼啊。孟笔河高兴极了。

老人活了过来,这奇迹很快传遍了村头巷尾。孟笔河这个大孝子感动了上天的消息,被四处传播,这也让村里人对孟笔河刮目相看。

8

快过年了,为了尽快还钱,孟笔河决定腊月二十五开始摆摊卖对联,他从洛阳关林批发了两纸箱对联。刚到腊月二十三,他就坐不住了,怕卖不完,折本。于是,他决定去街上的一些商店里推销对联。从公交车上下来,他看见前面有个名烟名酒店,咬了咬牙,克服紧张,走了进去。店主是个又漂亮又利索的女人,听他说明来意后,很高兴,说:"真好,今年不用出去买对联了。"她一眼就看上了那副最漂亮的对联,只问了问价钱就买了下来,然后又挑了好几副,总共花了七十五块钱。然后,她又招呼对面的一家商店的店主,让他也来看看,那店主看了看对联,也买了一副。初战告捷,孟笔河特别兴奋,他一家商店一家商店地去推销,这条街上的每一个店面都进去推销,但是效果并不理想。

在函谷关县步行街,他走进一家服装店,刚说明来意,那女的就把脸一沉,厉声说:"出去!"孟笔河气得真想跟她理论一下,但他还是忍了,因为他没那么多时间跟她理论。转了一整天,那些小店根本不要他的对联,只有那些装修得富丽堂皇的店铺,才肯要他的对联。只是,生意人都精得很,讨价还价之后,给的钱很少。晚上到家,他算了算,一整天下来,竟然卖了一百七十多块,孟笔河高兴极了。

得去城里找个挂对联的摊位,以方便卖,孟笔河想。他在大街上转了又转,终于找到一面街道边废弃的泥墙,这样的摊位很适合。一打听,才知道每年都有人在这儿卖对联,他央求人家给他让一块地方,人家说不行。他说,掏钱都行。人家说,一共有三家人在这里卖对联,地方不够用,给钱也不行。正当孟笔河感到无助之时,人家告诉他,对面那个广告橱窗上可以挂对联,去年有个老头把对联挂在那里卖得挺好的。于是,孟笔河二话不说,在那个广告牌上扯了许多绳子,占了摊位,就等着第二天卖对联了。

第二天,当他把对联拉过来,却看见有人已经在广告牌上挂起了对联。他去和那个人理论,人家根本不讲理,从面相上看,那人是个小痞子。千说万说,小痞子让他掏了五十块钱摊位费,但只让出广告橱窗背面。广告橱窗背面不正对街道,生意肯定不会太好,没办法,要是再找不到合适的地方,对联摆不出来,就卖不了了。

因为是第一年卖对联,他心里没个谱,又没有人可以讨教。他到市场上看了看人家的对联卖啥价钱,就比照着开了个价。他的对联里面有一款对联卖得特别快,于是他又把价钱往上提了提,但他始终不知道怎么做才能把对联卖得快一点。

"这对联多少钱?"一个老头在他的摊子跟前站了好长时间才问。

"十块。"他很热情,跑到老头跟前,"您看这种对联,下面有个头上戴官帽的娃娃和抱着金元宝的小女孩,您家门上要是挂上这个,预示着您家明年财源滚滚,家里的子女都能步步高升哩。您看这词写得多好:'门迎百福福星照,户纳千祥祥云开。'瞧,这词多好!"

"横批是啥?"

"'吉星高照。'老爷子,您看,现在这年头,不管您有多大本事,这吉星不照,运气不来,再努力也是不行的,对不?您再看看,对联上每一个字都是三维动画设计的,三维动画,您知道吗?这样跟您说吧,您从上下左右看这个字,怎么看,它都是立体的,您看看,对不?"孟笔河不知道怎么说才能打动面前这个老人。

老人看了看,走了。走了几步,又拐了回来说:"我看你这个小伙子实诚,来,给我拿两副,一副挂在我的豆腐坊门口。"

"啊,原来您也是卖豆腐的啊,我爹原来也卖豆腐。"孟笔河随口说。

"你家是哪里的?"

"西田村的。"

"啊,我知道,你姓孟,对吧?"

"是是是。"

"你爹我认识,对了,我还听说你借钱给你爹看病的事,你爹老跟我说这事,说有你这个娃子他满足了。娃,好好干,我回去把那几家邻居都叫过来,让他们也买你的对联,我在村里说话办事本分,他们还都听我的哩。更何况,他们买你的对联,买的不是对联,买的是孝顺,让他的子女都学一学,学会孝顺他们。"老人说着,乐呵呵地走了。

孟笔河知道,他批发的这些对联,都很上档次,都是很有钱的家庭才消费的。老头一定是生意做大了,才一口气买了他那么多对联。孟笔河想,他一副对联就卖十块钱,好的要卖十几块钱,这都是高档消费。就像前几天去推销对联,只有像样的店铺才买他的对联,从那些店家要不要对联和对他的态度,就可以看得出店家的生意怎么样。

"来,小伙子,我要这种花边的。"两个非常时尚的女人要买,"这副送给王科长。这副,嗯,'年年如意步步高',送给李科长。咱要这副'迎春接福千秋盛,致富兴业万事成'。""不行,这是创业的小娃用的。要这个'迎百福事事如意'。""好,就要这七副。"

"好,总共七十块。"

"再少点,要不是老黄叔说你孝顺,我们才不来你这里买呢。呵呵,你今年卖的是孝顺,对吧?"时尚女人身边的一个女的说。

"行,收您六十六块,六六大顺!"就这样成交了。

人们好像都忙晕了,到腊月三十这天才忽然想起来还要买对联似的。孟笔河的摊子跟前围满了人,接钱找钱,他忙得不可开交。从上午八点站在那里,生意就没停,一直到下午两点多,等摊前的人渐渐走完,他才觉得肚子咕咕叫。他看了看周围,没有卖吃的,也不敢离摊位,于是开始数钱,结果除去本钱,他净赚了两千多。数钱时他笑得脸上像开了花。

"给,吃饭吧!"出现在他眼前的是一杯封着口的绿豆汤,杯子上插着吸管。杯子旁边,是两个肉夹馍。他定睛一看,是马竹涟,犹豫了一下。自从知道她的身份后,他有点想退缩了,他怕养不起她。但毕竟饿了,他迫不及待地接过来咬了一口。

"怎么样,好吃不?"

"太好吃了,好像这辈子都没吃过这样好吃的东西。"

"你现在这状态,啥都是最好吃的。"

"你真会买东西,买啥都是名牌的,这是猪娃市场的肉夹馍吧?"

"你还真能吃出来,不简单。"

"真得掏心窝子感谢你!"

"这点饭吗?"

"这饭送来得真是时候,要不我就饿晕了。你说,是不是得掏心窝子感谢?"

"我这是救人一难,胜造七级浮屠,咯咯咯,走了!"

那个美丽的身影,就像小鸟一样,飞得无影无踪了。孟笔河发现,这个女孩像是刻在了他的灵魂深处一样,与他的命运有了某种关联。

9

正月初九,美丽的函谷湖畔,孟笔河在等一个人。人还没来,孟笔河放眼四望,门口有个卖甘蔗的吸引了他的目光。那人左手紧握甘蔗,右手拿着削皮的工具,很轻松地就把甘蔗的黑皮削掉了。

孟笔河极目远眺函谷湖公园,有人在划着鸭子式样的游船,正通过一座拱形石桥。那座石桥也许是模仿杭州西湖的断桥修的,别致优雅。还是那个轻盈的脚步,马竹涟像一只小鸟,飞了过来。她的眼中总是含着笑,这让他想起一篇文章——《好女如佛》,一个好女人应该像佛一样,永远充满微笑,心无杂念,慈悲心肠。事实上,马竹涟就是这样的一个人。让人感觉走近她,就像走近了佛,走近了函谷湖,清澈见底,幽静澄澈。

他俩向北走进函谷湖公园,看见迎面那里停着一架废弃战斗机,听说那架飞机还有一段美丽的爱情故事。孟笔河向她徐徐讲来:"有一个穿着非常讲究的女人,在函谷关县城街上哭泣,有人问她,她说钱丢了回不去家。这人二话没说,把口袋里所有的钱都给了这女人,那可是他卖猪的钱。当时,当地农民一年只养一头猪,卖猪的钱就是一家人下一年的花销。而那人给了她钱,连名字都没有留下,就走了。后来这女人打听到那人的下落,就嫁给了他。她认为,天下有这么好心的男人,嫁给他,值。这女人是高级干部家庭出身,出嫁时,她爸给了她这架飞机做嫁妆,听说好像还帮他们建了个飞机场呢。"

"道听途说!你那故事也不知道是第几个版本了,这故事讲的人多了,一人一种版本。不过听说,这架飞机让大家游玩,坐一次交五十块钱,坐的人很多哩。"马竹涟说。

"人还是实在点好啊!"

"你这人还不错,听说你是个大孝子呢。人就要孝顺,连自己的爹妈都不孝顺的人,你还指望他对别人好吗?你的事迹,我听人说了,大孝子。我很佩服你,你能做到这一点,证明你是个让人敬仰的汉子。身边那么多不养亲爹娘的人,我见得多了,像你这样的,真是少见,不是少见,而是罕见。听说,那还不是你的亲爹哩!你把多少人都感动哭了,知道吗?"

他们沿着小小石径,走向假山上的那个亭子。站在亭子里,看着眼前那一汪玉石般碧绿的函谷湖,再看看这白如玉的美丽女孩,孟笔河觉得,人世间是如此美好。

"看那里,那个心形的湖心岛建成了,真漂亮!"

"过去看看?"

"好!"

他们走出亭子,走下假山,买了船票,孟笔河很绅士地帮马竹涟绑好红色马甲式的护具,然后两人并肩蹬着鸭子样式的游船,向湖心岛划去。湖水并不像站在山上看到的那么平静,波浪一晃一晃的,让船很不稳当。尤其是有快艇从旁边驶过,船身剧烈晃动,孟笔河就轻轻扶着马竹涟。

到了湖心岛边,孟笔河先跳上岸,把船系好,然后伸出手,拉马竹涟上岸。他们牵着手,在湖心岛上转了起来。岛上有几只野生动物,看起来格外好看。他们俩牵着手,就在那里转悠着,忘记了时间,忘记了一切。

10

当地孪村有个风景区名叫七十二潭,是个少有人知的小风景区。但凡相恋的人,总能找到生活中最美的地方,而这里,留下了许多恋人的足迹。

这是一条悠长的小峡谷,谷底仿佛是一块巨大的石头,状似 U 形横亘在那里,所以这个风景区里的七十二潭,显得别致不俗。那奇特峻峭的形状,人工是雕不出来的,大自然的鬼斧神工,让人慨叹不已。

据当地人说,这条沟里共有七十二个小潭,尽管都不太大,但各有名称,如葫芦潭,因形状酷似葫芦而得名。那个名叫瓮潭的,形状就像一个瓮,孩子们在水中站立,水面刚好淹没脖子,成为孩子们暑期洗澡的主要场所。

孟笔河一边沿小溪边的小路往前走,一边时不时回头照顾着马竹涟。小溪西边平坦处只有一条窄小的小路,有时蜿蜒曲折的地方,还要爬上一人高的巨石才能穿过,路不太好走。孟笔河一路细心照顾,不敢有丝毫懈怠。不多时,马竹涟已经气喘吁吁了,额头上有了细汗,此时的她脸色白里透红,越发好看。

看完七十二潭,溪边这条小路也就走到了尽头,小路尽头是个小小的水库。水库两边,是高峻的大山,大山仿佛是一块巨大的石头。

"看那里,半山腰长着两棵香椿树!"马竹涟兴奋地说。

"啊?它们的根扎在石头上!真是不可思议。"顺着马竹涟的手指方向,孟笔河看到离山沟底部有一丈多高的地方,长着两棵香椿树。那里的山石像是斧子砍下的一样,笔直地耸立在那里,香椿树也和山石平行,笔直地挺在悬崖上。

"那是一棵树,石头上能长出一棵就已经很不容易了,哪能长出两棵?"孟笔河说。

"就是两棵,不信,你走近去瞧!"马竹涟的口气很坚定。

"呀,真是两棵,还互相缠绕着哩。"孟笔河走近一看,非常吃惊,"有手腕粗,多少年才能长这么粗啊?"

"也许几十年,也许更多,它们相濡以沫,互相帮助,不知克服了多少困难,抛弃了多少一死了之的念头,才长成今天这样的模样。"马竹涟感慨万千。

"是啊,它们一出生,就面临着如何存活的问题。身下无土,没有营养,饥肠辘辘,焦渴难耐,这样的困境写满了每一个日日夜夜。还好,它们有爱情浇灌,看来,这两株树必是梁祝的化身,它们是爱情的代名词。"孟笔河说。

"看到这两株香椿树,你还想到了什么?"马竹涟盯着孟笔河的眼睛问。

"人,无论多艰难,只要心中有爱,就有希望。"孟笔河回答。

"嗯,爱让所有难行的路都变得好走了。这两棵树,已经活成一道风景了!"马竹涟盯着孟笔河的眼睛,她期待他能说些什么。

"人活着,当如这两棵树,年年月月,心心相连,同甘共苦,永不言弃,是知音,是爱人,是因为爱忘记一切艰难困苦,忘记一切荣华富贵,视身外之物如浮云,超然物外。"孟笔河激动地说。

"世间能这样做的人有几个? 也许这两棵椿树,是因为他们前世相爱至深,感动天地。上天问他们对来世有何要求,他们斩钉截铁地说:'无论化为何物,只要在一起就行了。'于是,上天什么也不给他们,就让他们在这山石上自生自灭,以此来考验他们彼此的真诚和感情。他们不但在这里扎了根,还长得如此高大,这,恐怕连上天也始料不及吧。"马竹涟素面朝天,似乎在与苍天对话。

"世间所有恋人,当如此树!"孟笔河紧紧握住马竹涟的手,斩钉截铁地说。

11

送马竹涟去上海上学,是马竹涟自己提出来的。孟笔河去当地的小车站买火车票,根本就买不到卧铺,也买不到有座的票。孟笔河不知道他俩最后是咋挤上那趟成都到上海的绿皮火车的。上去以后，车里的人拥挤不堪，无奈之下，孟笔河让马竹涟坐在行李包上，他自己的包只好放到车座下面。整列车像个集贸市场，有人铺了报纸，睡在车座下面；有人躺在行李架上；还有人坐在椅子背上。火车在任何一个车站停下，车门都不敢打开，车里的人从窗口钻出去，车外的人从窗口钻进来，这阵势，大有把火车挤爆的可能。

他们只能等，等有人下车了，瞅个座位坐一会儿。这时，有人走过来叫卖座位，二十块钱一个。孟笔河要买，马竹涟把他拦住了，说等会儿可能就会有人下车。就这一转念，卖座位的人再也没来，孟笔河后悔不已。他一个挨一个问人家到哪里下，最近的也要到南京才下。天哪，到南京还要坐二十个小时的火车哩。

"没事，跟你聊聊天，时间很快就过去了。"马竹涟笑笑说，"我们上学坐车老是这样的，学生嘛，不能讲享受的，还没给社会奉献一点的嘛。"

他们在火车上站了十多个小时，一直站到天亮后，孟笔河发现下车的慢慢多了，过道已经不太拥挤，于是在过道上铺了张报纸，让马竹涟坐着。

"你真了不起，家庭条件这么好，居然还能吃这个苦！"孟笔河十分感慨地说。

"什么呀，你是不知道，我吃的苦，比这苦多多了。"

"啊？"

"我八岁的时候，爸妈都在山区矿上干活，我爸在山洞子里干体力活儿，我妈给工程队做饭。他们没时间管我，把我寄养在二姨家里，我自己做饭、洗衣服。记得有一年冬天，我穿的衣服太薄了，冻得实在没办法，放学后，我就钻进水泥管子里，在两头把柴火点着,可里面烟气太大了,熏得我一直咳嗽,可在里边再受不了我也不出去,因为里面比外面暖和啊。"

听着她的话,孟笔河才知道她也是在苦水里泡大的孩子。

说着话,火车到了南京站,下车的人很多,车厢一下变得空荡荡的。他们两个终于有座了,很兴奋。透过车窗,看着外面江南的美景,看着那一方方水田,那笨重的水牛和轻灵的水鸟,是那样悠闲自得。这里处处有水,有绿树红花,诗情画意,看起来真是人间仙境。此时此刻,孟笔河觉得,"孤鹜与落霞齐飞,秋水共长天一色"都难以刻画眼前美景的意境和神韵。

"那儿多像白天鹅,我喜欢白天鹅。"马竹涟深情地望着孟笔河。

"为什么?喜欢它的纯洁吗?"

"是。更喜欢它们那种至死不渝的精神,它们是爱情的象征。"

"嘿嘿,那是白鹭,不是白天鹅。"

"你看窗外,那些房子,在咱们那里很少见的。房顶全是那种红琉璃瓦,挺好看的,好像梦里看到过这些东西。"孟笔河好像真的在梦里看到过这些东西,他很奇怪,那时他们看的都是黑白电视,电视里演的都是古装武打片,即使是电影,也从来没见过这样的江南房屋。

"是啊,江南水乡,玲珑剔透。一排排杉树高大挺拔,小桥流水,驿路断桥,真漂亮。你看,树丛中那几间白色的小楼,看起来真漂亮。对了,这里的天气很奇怪的,正是艳阳高照的时候,突然会下一阵雨,下过之后,又是艳阳天。"

"也许是离大海太近了,雨水多。"

"对了,下了火车,咱们把行李放到学校,坐车到奉贤看看海滩,再到南汇去听潮,好吗?"

"中。"

他们坐车到了南桥镇,两人各吃了一碗大排面。清水煮的一大碗面,上面放一块炸好的排骨,吃起来并不怎么好吃。孟笔河向老板要了点陈醋,在孟笔河看来,那陈醋味道好极了,有了它,整碗面都好吃了许多。

"这醋真好吃。"孟笔河说。

"上海这边的东西,没有多少假货,所以你吃的醋,应该是正品,正品的味道,很地道。"马竹涟很认真地说。

"老板,来点馒头。"

老板给他们拿了一盘指头肚大小的馒头,孟笔河吃了一个,甜甜的,糯糯的,像是米面做的。

"老板,来两个淡馒头。"马竹涟对老板说。

老板很快就给他们拿来两个白白的大馒头来。接过馒头,孟笔河用手一捏,说:"这馒头发酵得这么好,咬一口,完全没有北方馒头那种筋道。"他又向老板要来一小盘辣椒,辣椒很红,吃起来却没有一点辣味。

"你吃不惯,是吗? 将就点,这不是在自己家里。"马竹涟关切地说。

"没事,我是只鸵鸟,啥都能忍的。走吧,去奉贤看海吧。这里的地名跟咱们那里不太一样,又是奉贤、齐贤,又是南桥、北桥的。不像咱们那里,都是叫北庄、南寨子的,充满了古代的战争色彩。"

站在奉贤海滩,那里只有一条笔直笔直的海岸线,站在那里,看到那么大的大海,感到人是那么的渺小。

孟笔河伸出手,用手背碰了碰马竹涟的手背,马竹涟没有反应。孟笔河又用小手指钩住她的手,看她没有松开,于是,他爹着胆子拉住她的手。然后,他轻拥着马竹涟,站在大海边。看着被爱情烧得满脸放光的马竹涟,孟笔河强烈地感到,他这个渺小的人是如此的幸福。

他们坐在海边礁石上,潮水一浪接着一浪,卷起千堆雪。那海浪卷起高过海岸一人多高,碎玉一般,哗啦落下,十分壮观。孟笔河喜欢海浪的纯洁,喜欢这种既纯洁又怎么都看不透的感觉。就像眼前这个看似单纯的女孩,她实在是一块白玉,清纯可人,但你总也看不透她,她每天都给人一种格外清新的感觉。

渐渐地,海浪离开海岸,匆匆向远方奔去。又过了一个多小时,浪潮远去,已经有渔夫下到水里,弯下腰忙活着。他们也下了海岸,看到有许多小螃蟹爬着,还有一些来不及撤退的小鱼,在浅水里。望着这些小鱼,马竹涟开口了:"猜猜我为什么上师范大学?"

"你喜欢孩子。"

"这样吧,给你讲个刚从书上看到的故事。在大海退潮时,有个男孩跪在退潮后的沙滩上,抓起一条鱼,使劲往潮水里扔去,有人问他,海那么大,会在乎这几条鱼吗?男孩回答说,这条在乎,这条在乎,这条也在乎。我上师范就是这个原因,你明白了吗?"说着,马竹涟从水里捞起一条小鱼,追着浪潮,把鱼扔进潮水里,大声说:"这条在乎,这条在乎,这条也在乎。"

"明白了,真的明白了。"孟笔河大声朝着大海说。

12

晚上,他们赶到上海南汇的一个港口,他们要像课本《听潮》里所写的那样,好好听听潮音。和奉贤海滩不一样的是,这里有一条通向大海深处的长桥,是个引港,从海边一直伸到海里很长很长。这里,有好多轮船出入,一派繁忙的景象。他们走到长桥的尽头,沿石阶下去,走到一段和海面平齐的钢筋铁栏处,他们站在这个不到一平方米的铁栏上,算是和大海有了零距离接触。

这时,海望不到尽头,海天一色,没有孤帆远影,没有渔火,看起来单调乏味。脚下的水,像是一锅煮沸的水在不断翻腾着,原来大海是这样的不安分,完全不像远看时那样平静。这时,脚下的水里,亮着一弯新月,这弯新月在水里起起伏伏,让人感到恍若身处梦中。

马竹涟说:"大海是平静的,即使有狂风大作,海浪冲天,那也只是一时,大部分时候,海还是宁静的。"

孟笔河说:"海是鱼儿的家,但现在近距离地接触了大海之后,对它又有了另一番深刻的了解。是啊,生活就是这样,在外人看来,别人的家都是非常平静的。但每一个平静的家庭背后,又都有这样那样无形的结,等着人一个一个去解开,正所谓家家有本难念的经。"

面对大海,他们畅谈人生,聊了很久很久。

好多天之后,孟笔河打算去外滩逛逛,然后就坐火车回去。20世纪90年代,在函谷关县的人看来,到上海,没去过外滩,不看看东方明珠塔,没去过上海的华联商厦,就不算去了上海。

来到外滩,这里的游人如织。那天正好是国庆节,好多地方都装扮一新。站在外滩上,南京路上涌出的人流,让孟笔河慨叹,这里的人真多!让他大吃一惊的是,人群中不时有恋人当众搂着,有的还在接吻。这让他很不习惯,在家乡,看到有年轻恋人一块走过去,就会有小孩子讪笑着说,瞧,谈恋爱的。仿佛大家看到了不该看的事情一样,都当新闻传播。可是这里,人们的举动让他感到不适。他告诫自己,这里是上海,看不惯,慢慢看。

让他觉得有意思的是,这里的商店都装修得格外漂亮。尤其是公交车上的大幅车体广告,在宣传力士牌洗发产品,看起来格外漂亮。更让他感到新鲜的是,这里的人观念都特别"自由",是那种无拘无束的自由,完全没有自己家乡那种极其浓厚的道家佛家文化氛围。这里许多商店也供奉财神,不过,他们的财神看起来都是现代化产品。

站在外滩,有个很上海腔的男子在他们身旁,给自己的儿子讲外滩。先是讲了讲那个陈毅塑像,然后,那男子指着外滩对面那幢房子上的大钟,用奶奶的普通话对他儿子说:"那个大钟是世界上最聪明的犹太人安装的,那个大钟的一个指针有好几吨重。当年克林顿访华时,就在那个大钟所在的房子的大门前,有个小男孩儿对着克林顿叫他的名字,克林顿很惊奇,就一把把这孩子抱到怀里。"然后,这个男子又转向东方明珠电视塔,对他的孩子说:"你看对面的东方明珠电视塔,它上面的球体正在撒落焰火,那焰火是个电子拼图。一年 365 天,天天不一样,今天是国庆节,要放出十几种呢。"

正说着,有人叫马竹涟的名字,他们回头一看,原来是马竹涟的同学赵小杉。赵小杉是江苏启东人,一看就是小家碧玉,长得像江南水乡一样清秀美丽。江南水乡的灵气,写在她的脸上,典雅,大方。她的身材,就像江南的杉树一样,颀长而美丽。

她告诉马竹涟,她来外滩之前,看到学校宿舍门口有人在找马竹涟,问了,说是马竹涟的爸妈来学校了。于是,马竹涟和孟笔河匆忙往学校赶去。他们上了回去的巴士,路上两人还在讨论,孟笔河说:"有人说,男孩要穷养,女孩要富养,还是有一定道理的。因为要让男孩儿从小知道穷的滋味,长大了才会拼命去奋斗,这样更容易成功。女孩子,从小让她什么都不缺,长大了就不会因为看上别人的一点小钱,去当二奶。"

马竹涟说:"不能这么说,我们村里有家姓王的矿老板有两个女儿,大的生于他贫苦时期,小的生于他挣了大钱的时候。长大后,大的很能吃苦,很节俭,人品也很好。小的就不行,拿了钱就乱花,还做了许多很出格的事。也许,不论男女,都得穷着养。你看人家苏洵,家境贫寒,但是他的儿子都很有成就,父子三人成为历史上有名的'三苏'。不过,女孩到底是穷养还是富养,这还真是一个课题,值得去探讨啊。"

13

他们下了车,来到上海师范大学门口。

"这是上海市市花,白玉兰。"马竹涟指着校园门口墙上巨大的浮雕画说,"师大选用这种图案,很好看。"

"白玉兰,洁白无瑕,可能象征着老师们学高为师、德正为范的品格吧。为人师者,不正是像白玉兰一样洁白吗?"孟笔河说着,大步走进校园。

"你看,那个塑像是陶行知。'千教万教,教人求真;千学万学,学做真人。'教人教到底,追求的也就是让每个人的心灵都像白玉兰一样洁白吧。"

"你看这书法,'悬针竖'力透纸背啊!"孟笔河指着学校壁橱里展示的书法作品说,"作者国彪,这名字倒是和字一样有力。"

"这是一个书法老师的作品。知道吗,书法的最高境界并不是把字写得多么优美,而是要用真情去写。有些名家的作品,几千年过去了,还能从他的字里看到一种淋漓尽致的真情。因为书法大家是用情在写,用心在写,情蕴于中而发于外。写的人耗尽一生心血,字字是血,字字是汗水,一技之长终令世人瞩目,成为大家。"马竹涟说,"知道吗,古代很多书法家,例如严嵩,就因为他是大奸臣,所以他的书法就被世人忽略了。人啊,气节最重要。"

"看来用情、用心才能干成大事。事业是这样,有的事也是这样。"

"'有的事'是什么事?"马竹涟问。

"以后再告诉你,你会懂的。"

"哀家不懂,速速禀报。"

"朕要出宫,无事退朝。哈哈哈……"

马竹涟要去见她的爸爸妈妈,让孟笔河先去教室里听听课,让他也接受一点文学熏陶。孟笔河来到教室,一眼看见赵小杉一个人坐在最后面,由于其他人他也不认识,所以就坐在赵小杉旁边了。赵小杉一边盘问他和马竹涟的事,一边调侃他。在这样的谈话中,孟笔河对这个江南女子的吴侬软语感受颇深,她的巧妙问话让孟笔河觉得,她真的像是心比比干多一窍的林黛玉,聪明美丽。孟笔河仔细看了看她,她美丽极了,眼珠子黑得像一丸黑水银,脸白白的,白里透红,更好看的,是她那种空灵的眼神,和那水汪汪的大眼睛。孟笔河不敢再细看下去。这时,马竹涟也来了,径直坐在赵小杉的身边。

这节课是张清老师讲的古诗词赏析课,题目是《天净沙·秋思》,作者马致远。张清老师用极其秀美的书法,工整地把这首词抄在黑板上:"枯藤老树昏鸦,小桥流水人家。古道西风瘦马,夕阳西下,断肠人在天涯。"然后,张清老师用那种特别洋气的上海普通话讲起了这首词。从色彩方面讲,从选景方面讲,从诗的意境方面讲,短短的一首小词,张老师讲了一节课似乎还没有讲完。

"枯藤,是死掉的藤,斜倚在老树上。老树,除了有枯藤做伴,还有黄昏归来的乌鸦做伴。那乌鸦呱呱一叫,叫出了秋的凄凉、肃杀。在这个千年古道上,一匹骨瘦如柴的老马,无助地看着远方。不知道这条古道上走过多少这样的过客,不知道前方还有多少路要走,就这样走着。这时候,走过小桥,桥下有汩汩的泉水流过,在这如诗如画的小桥流水旁边,还有人家。这时候,炊烟袅袅,饭香扑鼻而来。一种家的情怀油然而生,一股家的味道跃然纸上。对于这个不知道走了几千里的旅人,是多么渴望、多么羡慕、多么向往家的温馨。这时,旅人长叹一声:夕阳西下,断肠人在天涯……"

同学们聚精会神地听着,孟笔河看了一眼马竹涟,同时马竹涟也看了一眼孟笔河。赵小杉小声说:"四目相对,一种家的味道油然而生!"然后,低声笑了起来。孟笔河看着马竹涟,做了个鬼脸,马竹涟也做了个鬼脸。这一幕恰好让张老师看到了,张老师故意清了一下嗓子,把赵小杉逗得捂着嘴笑了起来。

14

一下课,班长吉利走了过来,提醒马竹涟,下午是她和其他三位同学的诗朗诵。因为是全校性节目,不但全校师生要看,到时候校长还要在前排就座,而且,第二天晚上,电视还要播出,所以马虎不得,要马竹涟吃完饭赶快去化妆换衣服。

为了这个节目能够演出成功,马竹涟和其他三位同学不知道在一起练习了多少遍。班主任也不止一次给她们设计动作,纠正发音,还让她们找了音乐老师专门练习如何气走丹田。尽管是临时突击训练,练的时间也不长,但马竹涟的声音比以前要圆润好听多了。马竹涟还特地找了一个演讲比赛的高手,教了她好多遍。这段时间,她甚至做梦都在练习朗诵这首诗。诗是马竹涟自己创作的,用一个自编自演的节目向大家展示美好的师大生活。

功夫用在哪里,哪里就能出成绩。经过刻苦的训练,马竹涟的朗诵技法进步很快,让同班同学试听,大家格外吃惊,觉得她的进步之快,简直不可思议。尤其是一向文弱的她,平时声音像蚊子哼哼一样,可是一进入朗诵状态,声音立刻洪亮起来,一字千钧,给人极大的震撼。

为了这场朗诵能够圆满成功,马竹涟和其他三位同学买了相同的皮鞋,又悉心研究了衣服的搭配,专门做了发型,还请专业人士给她们化妆。正忙碌着,班长吉利气喘吁吁地跑了进来,说:"你们四个快跟我走,至于为什么,路上再解释。"说完,拉上她们就跑。

路上,班长说:"是这样的,为了确保万无一失,你们几个得先去录音棚把你们的节目录下来,然后上场的时候对口型,这样才不至于出错,音色什么的效果也都好。"

终于要出场了,主持人告诉她们:"即使是对口型表演,你们也要用最大的气力,让台下的校长听见朗诵的声音。到那时,只是场务会把话筒关了,大家的各种表现,还是和真的朗诵一模一样。"于是,她们在会场组织人员叫她们之前,又演练了一次。

轮到她们上场了,她们整齐划一地走上舞台,统一打开夹子,目视观众,面带微笑。音乐声起,钟声响起,马竹涟开始激情地朗诵:"当新的一年的钟声响起……"那个"当"字铿锵有力,就像是又一次钟声响起,全场为之动容。

轮到别人朗诵时,马竹涟的眼睛看着下面观众的头顶,做倾听状,她不敢有一点差错。她微笑着,配合着其他人的动作,还有眼神的交流。一切都井井有条。她们几个人,一个比一个有气势,非常精彩。这时,有人在拍照,马竹涟看了一下,一紧张,忘了下面是自己的词。这时,喇叭里放着她的词,她却没张嘴,台下有人大叫,提醒她忘词了。马竹涟吓了一跳,心中拿定主意,下面是一点都不能马虎了。还好,她将接下来的部分很精彩地演了下来。

一下场,就有人告诉她们,马竹涟有一句没张嘴,其他三个人都看了看她,没说啥。她无地自容,冲出后面的舞台,躲在一个角落里,呜呜哭了起来。

这时,一条毛巾出现在她面前,她定睛一看,是孟笔河。

"你马上还要谢幕,快去吧。"孟笔河说。

"我刚才忘了一句词,丢死人了,我不去。"她满心的苦楚,无法诉说。

"我知道。但你不能当逃兵,这时候你逃走,大家会看不起你。如果你能站在台上,大家会高看你一眼。你要拿得起,放得下!"

"放得下!"她喃喃地说。

"对,要拿得起,放得下。放得下,就是赶快忘掉过去的事情和所有的不快,振作起来,迎接新的挑战,以行动告诉大家,你已经忘记了过去。"

"是啊,有多少事都是因为放不下,总是让我喘不过气来,让我感觉这么累。拿得起,放得下,多好的提醒!"

"明白就好,赶快去吧,谢幕的时候记得微笑!"

"谢谢你,你给我上了一课,很及时,很到位。"马竹涟微笑着去了。

谢幕时,大家看到的是一个自信微笑的马竹涟。这个姑娘不是一脸无地自容的样子,这让大家感到很惊讶。马竹涟脸上那种洒脱的微笑征服了所有人。

人生的舞台也是这样,每个人都有大大小小的坎坷,过去了就过去了,当你面带笑容地走上舞台时,大家会和你一样,忘记了以前的痛,接受现在微笑着的你。

15

马竹涟一走出会场大门,就看见孟笔河在台阶下等着她,她好想扑到他的怀里大哭一场。

"哈喽,美女!"孟笔河做了个鬼脸。马竹涟却什么也说不出来,只是静静地往孟笔河跟前走。

"走,吃饭去,就去师大门口那家餐馆吃河南面,好不好?"孟笔河轻声问。见马竹涟还是不高兴,知道她还在为刚才的事情自责,他赶紧岔开话题,说:"那家餐馆门口一年四季挂着一句宣传语,这是它与众不同的地方,更让人难忘的是,宣传语的内容写得太好了:开店不为赚大钱,休闲糊口两相宜。你看这内容,就知道开店的是个隐士,所谓小隐隐于野,大隐隐于朝,也正在于此。那店主文化水平肯定不低,一般人写不出这么高水平的宣传语。再说,他那种境界,肯定是一位成功人士,或者是政界商界名流,至少也曾是个暴发户,才会有这种'休闲糊口两相宜'的闲情逸致。一般人,总是强调时来运转,或者再败再战之类的。从这个内容看,店家肯定不是一般人。"孟笔河一边高谈阔论,一边拉着马竹涟,路上车太多,过马路时他对她百般呵护。

"唉,我真恨自己,你知道我为这次朗诵付出了多少吗?每一个动作每一个眼神,我都要对着镜子练习几十遍。"马竹涟走进小餐馆,一边擦着凳子一边说。

"演出嘛,这是常有的事,要尽快忘掉这件事。再说一遍,要拿得起,放得下!"孟笔河说着,帮她把包放在另一个凳子上。

"同学啊,别说你了,我在上海各大场面演出多少回了,还经常忘词哩。许多著名的演唱家也会忘词哩。许多人一上场,脑子一片空白,临时编歌词,还有胡乱拉上别的歌词的。而且这些人还都是有名的歌唱家哩!你那算什么,刚才你们的朗诵我看了,老精彩哩。你还记得我吗,刚才在台上演唱那个'伤离别,离别虽然在眼前'的那位,记得吗?"身边一位男子带着手势唱了一句。

马竹涟说:"我认出来了,您就是那位著名的校园歌手,大家都很爱听您的歌。尤其是那首'我听过你的歌,我的大哥哥,我祝你万事如意,天天快乐'那首歌,全校的同学都在学唱呢。您太棒了!"

"我觉得遇到忘词的时候,最重要的是不能有任何掩饰的表情,而要用最自然的方法去解决它。比如有一次我想不起来词,就给大家唱了一首《纤夫的爱》,可是唱完还没想起来第一句歌词,我就只好下去了。结果大家还很高兴,因为他们听哪首歌都是听,唱得好就行。只是把那个音响师给急坏了,身边没有《纤夫的爱》的伴奏,于是我就清唱,效果挺好,因为大家好久没听到没有伴奏的歌了,哈哈。"歌手说得头头是道。

"不管遇到什么事,人都要用生命中最坚强的一面来面对,明白吗?"孟笔河看着马竹涟的眼睛说,"就像他们唱歌那样,总会有办法的,对吧?"

听完这些话,马竹涟还真的不再自责了。而且,经历了这件事之后,她学会了尽快忘掉不开心的事。她在想,放得下就是忘掉它,她认为这是孟笔河教给她的最好的人生哲理,这种东西,大学课本里不会有。她用欣赏的眼光看了孟笔河一眼。

第二天,不知为什么,马竹涟还是为这事难受,孟笔河就一整天陪着她。她不高兴,朝他莫名地发火时,他也总是笑笑。这一整天,对马竹涟来说终生难忘,不知为什么,就因为这一天的任性,让她有了向他托付终身的愿望。她静静地看着眼前这个呆子,他什么也不知道。想到这里,她不禁唱起《梁祝》中的那句戏词:"你不见雌鹅对你微微笑,她笑你梁兄真像呆头鹅。"

孟笔河顺口接着唱起梁山伯的台词:"既然我是呆头鹅,从此莫叫我梁哥。"

16

在师大门口画满玉兰花的墙壁下面,马竹涟的爸爸和妈妈正往前走着,他们当天去上海"八佰伴"超市购物,现在正拎着大包小包往马竹涟的宿舍走。马竹涟的妈妈耳朵上的金耳环大大的,手指上也有好几个硕大的金戒指。马竹涟的爸爸最让人注目的是手上戴有四个金戒指,每个金戒指都比他的大拇指宽大。当天,他们老两口还一块到徐家汇商场里,给马竹涟的爸爸买了一套杉杉西服,给自己买了一套条绒时尚女装。

"这上海人,都穿格子衣服,而且都爱穿纯棉的。前几年咱们那里穿的手工织的棉格子上衣,他们肯定都爱穿哩。"马竹涟的爸爸感慨地说。

"今天居然还有人要买你脚上那双老布鞋,一开价就是二十块,还很值钱哩。"马竹涟的妈妈很惊讶地说。

说着,两人就到了师大女生宿舍楼门口,宿管阿姨用上海话跟他们说了一通,他们听不懂,宿管阿姨又不讲普通话。于是,他们猜测可能是问候他们,说他们还买了新衣服,他们"啊啊啊"地胡乱答应着,见宿管阿姨也没有要拦住他们的意思,就走进了宿舍楼。

可宿管阿姨又叫住了他们,双手比画着说着他们听不懂的话,搞得他们无所适从。这时,正好马竹涟和孟笔河走了过来,宿管阿姨一见,连忙指了指马竹涟他俩。看着那俩孩子,马竹涟的爸爸睁大了眼睛。马竹涟和孟笔河双手紧握,正在依依惜别,根本没有看见这老两口,还在那里说个不停。

马竹涟的爸爸有点耐不住性子了,他想大吼一声,但马竹涟的妈妈按住他的胳膊,示意他先不要嚷嚷。

"老爸老妈好!"马竹涟蝴蝶一样飞了进来,开心地叫了一声爸妈。

两人脸上写着不乐意,看都没看马竹涟一眼,默默地爬着楼梯。马竹涟感到气氛非常压抑。一到宿舍,马竹涟的爸爸扔下衣服就夺门而出。

马竹涟的爸爸走出宿舍门,见孟笔河还在那里站着,没等孟笔河问候,就大手一挥,示意他到那边草坪上去。他们避开行人,站在一尊雕塑前面。

"你想咋哩,想借婚姻走进上流社会?"马竹涟的爸爸声音压得很低,但是他的愤怒就写在脸上,表情看起来极其可怕。

"叔,我对涟涟是真心的。"孟笔河认真地说。

"门当户对,你懂吗?"

"叔,现在是现代社会,不兴那个,我真心对她好。"

"你拿啥对她好?就拿我给你发的一个月二百多块钱?"

"我还年轻,我一定会挣很多钱,让她过上好日子的。"

"就凭你?就凭你那个熊样?不是我小看你,你没那个命!"

"叔,你别小看人中不?"

"小看人?你给我说说,你有啥本事?"

"这……"

"要是你们结婚,你有房子吗?让她住到你那个狗窝一样的土房子里吗?"

"这……"

"别这这的,你现在就回去,不要在这里停留,啥时间你挣钱了,再说你两个的事!你就别想这个事,这事到我这一关就过不去,你趁早离开这里,别让我见了你心烦。"马竹涟的爸爸说完,头也不回地走了。

孟笔河呆呆地站在那里,看着草坪,草儿真绿,青青的绿草上,露水如泪。这时,一只鸟儿飞过,啾啾地叫了几声。

"感时花溅泪,恨别鸟惊心。"此情此景,孟笔河真切感受到诗人那种悲惨无奈的情感,是啊,人一旦到了看露珠是泪,听鸟叫都惊心的境地,真是凄惨。但是能因此就等着别人去怜悯吗?这不是他孟笔河的风格。

站在那里，他感到自己是如此的无助，叫天天不应，叫地地不灵。他无法向别人诉说他此刻的感受，也没人会听他的诉说。这种苦闷，只能放在心里。他在想，还有什么办法，能让他如愿以偿地和马竹涟结为连理。他想到一句俗话：与其临渊羡鱼，不如退而结网。他要用双手去挣钱，等他挣了钱，马竹涟的爸爸才会高看他一眼，才有可能同意他们的婚事，也才能让自己心爱的女人真正幸福。

"你现在就买火车票回家，不要让我在这里看到你，也不要再去见涟涟，我会给她说你走了。"不知什么时候，马竹涟的爸爸又站在了他的面前，"看你那熊样儿，你能干成啥？快点回去，要不然我让你难看！"

"我会挣钱的，会让你看到一个有钱人站在你的面前。"孟笔河毫不示弱。

"快走吧，我等着，就你那熊样儿，还想当有钱人哩。要不是看在你还是个大孝子的面子上，我早揍你了。快点走，快点！走！走！走！"

17

马竹涟的爸爸看着孟笔河走出校门，坐上大巴，才转头向他女儿住的那幢女生宿舍楼走去。孟笔河坐在车里，心里很不是滋味，他想向马竹涟道个别，心里盘算着她爸爸在，肯定不让他见她。于是他在前面一站下了车，又折回校园。半路上，正好碰到马竹涟的朋友赵小杉，他向赵小杉说明了事情的来龙去脉，委托她转告马竹涟，说自己一定好好挣钱，一定要娶她为妻。

"我想帮你是因为有两件事我们全宿舍的人都知道,一个是你对父母的孝心,另一件就是你'拿得起放得下'的故事,在我们宿舍震动很大,大家都对你很有好感。你回去好好挣钱,男人嘛,不要被眼前的困难吓倒。"赵小杉语重心长地说。

孟笔河一连说了几声谢谢,他觉得这话对他是最大的鼓励。

孟笔河并没有立即去火车站,而是沿着师大门前那条路,一直往前走,不知道该走向何方。放眼四望,身边的人们行色匆匆,每个人都像蚂蚁一样不停地忙碌着。看看街道两旁商店的橱窗里摆放着各类商品,这些商品为店主挣来了大量的财富,这些财富又让他们如愿以偿地得到了心爱的女人。在孟笔河看来,如果没有财富,这些店主也只能像他一样,招来女孩儿父亲的一顿臭骂,然后像个叫花子一样忍受着屈辱。

忽然,一张招聘广告映入他的眼帘,那是一家网购公司正在招人,工资还挺高。他不由心里一动,想都没想就走进去应聘了。那时他只听说过电脑,对网购一无所知,但他准备试一试。面试时,回答完工作人员的问题后,他并不像其他应聘人员那样起身说再见,而是又问了好多问题,好像不是人家在面试他,而是他在面试人家。最后,工作人员对他说,明天上午八点还来这里,会有人领你去上班。这对孟笔河来说真像戏剧情节一样,他还没来得及认真思考呢。

第二天,他跟着工作人员来到这家网购公司的库房,库房好大,就像是成百间房子连成的长方体,中间连个柱子都没有。库房里密布着十多米高的货架,看起来就像进了一个巨型图书馆。"图书馆"里分类明确细致,生活用品一应俱全,大到电器小到牙刷什么都有。

孟笔河从没见过这么大的库房,正在东张西望时,一辆小叉车从他面前经过,开车的人从地上叉了一个十厘米高、两米见方的大木框,很快就开到了库房的另一头。货架之间窄窄的过道上穿梭着许多年轻人,全都是一路小跑的姿势。

工作人员把孟笔河领到仓库尽头,将他交给一个年轻人,告诉他,这是他们的组长,主要负责收货。也就是说,公司专门有人从外面批发货物,他们这一组要负责清点,并把清单录入电脑。

"你叫什么名字?"年轻人问他。引孟笔河来的工作人员跟他说过,这个年轻人叫陈大明,江苏人,大家都管他叫老大。孟笔河凑上去答道:"老大好,我叫孟笔河。"

"好,你听着,从现在起,你就跟着这个老员工干,他干什么你干什么,明白吗?"陈大明用力拍了拍手说,"大家现在都停下手里的活,到这里集中,站成一排。"

很快,所有人都在这里站成了一排,大家全都安安静静的。

"好,现在给大家介绍一下,咱们团队里新到了一名成员,叫孟笔河,大家掌声欢迎一下。"陈大明的脸铁青,看起来非常威严,"最近,咱们团队里有一个同志,做的事很出格啊,我今天不点他的名字,啥事,你自己清楚,如果再犯,立即走人。好,干活吧!"

孟笔河跟着那个老员工,开始清点音像制品。陈大明好像影子一样,眼睛不论是余光还是正面,总是不离开孟笔河。正清点着,外面来了一批书,一包有四五十本,全都用牛皮纸包着。老员工和孟笔河一起,走到库房外边,把书一包一包整齐地码放在十厘米高、两米见方的木板托上,然后用叉车把木板托叉离地面,再把叉车开到那些正在录入电脑的员工跟前,方便他们录入。孟笔河看了一下,那些人男女各半,主要是数一下这类图书有多少本,然后扫一扫书的条形码,再在电脑上填上册数。看起来很简单,但长年累月机械地做这些事,也挺不容易。

正看着,老员工让他开上叉车去收那些木板托。第一次开这个东西,孟笔河很兴奋,叉车很好开,他一会儿就学会了。但老员工嫌他开得太慢,让他用"地牛"去拉。孟笔河把那些木板托一个一个放整齐,集成一摞,放在"地牛"上准备拉到目的地,可是还没拉几步,老员工就大声喊:"孟笔河,你快点,大家不够用了。"孟笔河只好小跑着,从货架跑到收货场,然后再一路小跑回来,一天下来,他累得腰酸背痛。

好不容易收工了,他才拖着疲惫的身体往师大走去,他住在师大里面的男生宿舍里。

18

马竹涟早就在宿舍门口等着他了,他们一起向校园的亭子走去。夜晚,亭子像是专为情人准备的,静谧安恬。

此时的孟笔河一言不发,马竹涟一直说着当天学校里发生的事。孟笔河却一句也听不进去,马竹涟的爸爸的吼声仍在耳边回荡着。孟笔河在考虑是不是该结束这段恋情了,他真的舍不得,可是舍不得也得放下啊。尤其是今天干了一天的脏活累活,再想想就那点可怜巴巴的工资,真的养不起马竹涟。最主要的是过不了马竹涟的爸爸这一关,对于马竹涟的爸爸孟笔河非常了解,他说一不二,马竹涟根本不能说服他,而且他有的是法子让马竹涟臣服,他的铁手腕选矿厂里的人都领教过,矿山上的人那么难缠,他都摆平了,他又那么爱面子,是绝对不可能让女儿嫁给自己这样的穷光蛋的。与其两人越陷越深难分离,不如现在痛下决心一刀两断,也好让她少受些煎熬。但是，孟笔河实在狠不下心就此了断这份感情，实在不愿意说出"分手"二字。于是，他静静地看着玉兰树上白色的花朵，而身边的马竹涟也正像那玉兰一样，白白的，嫩嫩的，真是人面玉兰相映白。想到马上就要与她咫尺天涯，再不能一起牵手漫步在这青青校园，他的心如刀割。

"哎哟，都上班了，恭喜你呀！"孟笔河胸前挂的塑料牌引起了马竹涟的兴趣。

"嗯，这上面有公司名字。"

"怪不得半天不说话，累了吧，累了你就静静地歇一会儿，我给你唱首歌，'我早已为你种下，九百九十九朵玫瑰……'"

听着她的歌，孟笔河陷入了深深的思索，贫富殊途，他爱上她只能给她带来无穷的痛苦。身边的马竹涟是一位完美无缺、人见人爱的女孩，她既有林黛玉的袅娜多情，又有薛宝钗的妩媚体贴，遇到大事，还总能发表一些真知灼见，这样的女孩，谁得到她简直就是千年修来的福气。想到自己要像狼一样四处觅食，饥一顿饱一顿地四处游荡，不能给她一个幸福安稳的生活，不禁黯然神伤。

这时，从他们眼前走过一对恋人，恋人身上的名牌服装，显得格外亮丽耀眼。孟笔河想，也许他们才门当户对，才有资格谈情说爱，有钱人终成眷属。他这样一想，终于下定决心。

"涟涟，我跟你说个事。"孟笔河装作很平静，可他的心在滴血。暗夜里，他的泪流了出来。

"什么事，怎么听着这么沉重啊！"马竹涟感觉她从未听过的一种声音向她飘来。

"咱们分手吧！"

"啊！"马竹涟站了起来，呆呆地看着孟笔河，半天没说一句话。"分手就分手,哼!"她转身跑了。见她跑向宿舍的方向,孟笔河放下心来。

19

第二天,太阳依旧从东边升了起来,阳光洒在玉兰花上,把玉兰花映照得像是透明的一样。孟笔河像往常一样,经安检进入库房,然后用叉车把所有木板托运到收货区。运完之后,老员工叫他坐在一台电脑前学习操作。他刚学会,难免遇到问题,那个老员工就没头没脑地吵他一顿。他只好请教其他人,其他人也是冷言冷语地讽刺他。

渐渐地他才明白,那几个电脑前的人总是挑一些种类单一的货物来收,例如一个托板上放了两千本书,这书都是同一种书,只要把条形码扫一次,填上两千本就行了,这样,几分钟就收了两千本书。而放在他跟前的,同样是两千本书,却有二三百个种类,每一类几本,他得一种一种扫描计数,所以这半天就只能干完这两千本书的扫录工作。

就这样,大家都挑那些品种单一的书来扫录,很少有人去扫录玩具或者床上用品。那些前来送玩具的公司员工,往往等几个小时也没人接货,急得团团转,只好去找负责人陈大明。他们走进陈大明的办公室,给陈大明塞上几条烟,陈大明就从办公室走出来,大声叫孟笔河停下手头的工作,先把那批玩具扫了。孟笔河只好把手中的活放在一边,很不情愿地扫录那批玩具。

中午,公司为了赶时间,到外面订了盒饭,让大家吃了饭不要休息继续干。在这里,上厕所是唯一能够休息的时间。一会儿不见人影,陈大明就开始吆喝。就这样,孟笔河像个机器人一样,没有休息的空闲,大脑总在高速运转,无法想其他任何事情。一整天忙完,孟笔河回到师大宿舍,刷牙洗脸之后,就一个人呆呆地坐在桌子旁。窗外不知何处飘来歌声:"我给你爱你总是说不,难道我让你真的痛苦,……什么是爱又什么是苦,……你的柔情我永远不懂,我无法把你看得清楚……"歌声悠扬凄婉,扣人心弦。是啊,想想和马竹涟曾走过的路,心中实在是无限苦楚,无限忧伤。

20

"窗外树后有个人在看你。"同室的小黄对孟笔河说。孟笔河站起来看了半天,窗外的杉树高大挺拔,却没有一个人影。就这样,连续两个月的晚上,都有人对孟笔河说同样的话,孟笔河扭头去看却什么也没看到。有一天晚上,孟笔河早早地埋伏到宿舍外面,看见的确有一个女孩站在树后面,静静地看着他们宿舍。他定睛一看,是她,马竹涟!也就是说,两个月来,马竹涟每天晚上都站在大树后,远远地看着他。等孟笔河过来,马竹涟又跑了,回到女生宿舍了。

第二天晚上,孟笔河又早早地站在宿舍窗外离那棵树不远的地方,可是等了好久,也没看到马竹涟的身影。

到了熄灯时间,所有楼上的房间都灭了灯,正在刷牙的赵小杉突然想起了什么,她放下牙刷,赶紧跑回宿舍,一看,不见了马竹涟,只见马竹涟的床头放着一张字条,她走过去,映入眼帘的是两个大字:遗书。天哪!赵小杉的脑袋立刻像炸了一样,赶紧问室友们,有谁见到马竹涟了。所有人都说没看见。赵小杉把遗书朝她们晃晃,说要出人命了,于是她们赶紧分工。一个人去找孟笔河,一个人打电话给辅导员,其他人去找几个男生,分成不同路线,到校园各处去找。

赵小杉走到校园河边的亭子前,远远看见一个女孩正坐在那里,特别像马竹涟,她快步走过去,不错,正是马竹涟。赵小杉蹑手蹑脚地走近她,准备先拉住她的手再跟她说话。赵小杉刚走到近前,还没伸手的时候,马竹涟突然站了起来,准备向河里扑去。说时迟那时快,赵小杉猛地把她往后一拉,两个人都摔在了地上。

"马竹涟,你想干什么?跳河吗?"赵小杉大声说道,她想以她的声音,吸引人过来帮她一把,万一她这次拉不住马竹涟,可就完了。

班里的同学陆续赶了过来,他们把马竹涟团团围住,然后七手八脚地把她弄到女生宿舍楼门口。辅导员已经赶来,和马竹涟的室友们一起,把马竹涟"押"回了宿舍。

辅导员把马竹涟叫到宿管阿姨的住室,开始做她的思想工作。这时,赵小杉把遗书拿了过来,因为没有征得马竹涟的同意,她就在手里拿着。

"可以看吗?"辅导员看着马竹涟。

"嗯。"马竹涟点点头。

辅导员很快地看了一遍。

"你爸爸很有钱,是吗?"辅导员问。

"嗯。"马竹涟点点头。

"你妈和你爸闹离婚很严重吗?"

"嗯。"

"在上海,现在的离婚率很高,有不少家庭都是因为第三者。我的意思是,这种现象可能在你们当地还不多,所以你看到这些事情发生在你的身边,或者说就发生在你的亲人身上,你受不了,是吗?"

"是。"

"你爸做错了,你妈妈想极力挽回,却又力不从心,所以你以死来威胁你爸爸,想让他重新回到家里来,对吗?你的遗书里是这样写的,是吧?"

"嗯。"

"孩子,你吓唬他们一下是可以的,怎么能动真格的呢。要不是赵小杉手快,你真的就跳河死了。你知不知道,你妈妈会陷入失去你的巨大悲伤之中,她本来已经气得都快要崩溃了,你想想,她还能活不能?"

"……"

"问题总会得到解决的,你还小,慢慢就会明白世事都是轮回的,现在的坏事将来可能会变成好事。老师给你举个例子吧,以前我托人帮我调动工作,人家没帮,说以他的能力把我带过去也未必能有多好的岗位,那时我特生气。可现在想想,我凭自己的能力得到了很好的发展,比他干得还好,这就是世事轮回,你要活到我这个岁数就明白了。目前来说,你爸爸犯的错,在他俩的婚姻关系中是必然的,对与错并不重要,重要的是你爸爸的良心不会泯灭,他们的事情早晚会处理好的。你这样用死来惊醒你爸并不明智,记住,以后再不要这样去白白送死了。"辅导员是个四十多岁的女人,说起话来很有水平。她按了桌上电话的免提键,让马竹涟拨通了她爸爸的电话。

"喂,你好,是马先生吗?我是马竹涟的辅导员张老师。是这样的,马竹涟同学刚才差点就跳河了,幸亏有同学及时拉住了她,没跳下去,但已经把大家都吓着了。嗯,你别激动,听我把话说完,她写了份遗书,大致是要以死来劝你回家跟她妈妈一起过日子……啊,那好吧,我让她接一下电话。"张老师把话筒递给马竹涟。马竹涟拿着话筒泣不成声。

孟笔河回到宿舍正发呆,听见马竹涟的室友小丽在窗外喊他,他连忙出来。听小丽说马竹涟差点跳了河,孟笔河马上扭头就往马竹涟宿舍那边跑。小丽一把拉住他说:"现在老师在那里,正做她的思想工作,你明天再去吧。"

孟笔河知道,马竹涟的遗书里虽然没有提到自己,但根本原因还是分手这件事,赵小杉和她的室友们也确认了这一点。孟笔河想,不能再离她这么近了,留在这里又不能见面,两个人都在痛苦中挣扎,还是走吧,一了百了。

孟笔河想起一句话:望时光慢,望别离难,仿佛从未离开。以前他不太懂这句话的意思,但此时此刻,他仿佛懂了。尤其是校园里正播放着俞丽拿演奏的小提琴曲《梁祝》,那悠扬的琴声,让人听得愁眉不展,肝胆欲裂。那琴声,撕扯着爱情,撕扯着生命,撕扯着人心,撕扯着生离死别,撕得人欲哭无泪,欲罢不能。此时此刻的孟笔河,在这琴声里,真个是切切地痛着,情也切切,意也切切。在这琴声里,摔倒了,爬起来,欲追不能,欲走不舍,真个是断肠人在天涯。

第二天,孟笔河辞去了厂里的工作,走出上海师大,回到函谷关县城。

第二篇 创业

1

孟笔河从上海那家工厂辞职之后,如出笼的小鸟一样,终于获得了自由。他再也不用看领导的脸色了,再也不用为那些蝇头小利跟人拼命地争了。

孟笔河想自己做点生意,做生意当然得投资,可他几乎没什么积蓄。这年头,钱挣钱,乐死人;人挣钱,累死人。干点什么呢,孟笔河想,看看自己这身子骨,当建筑工不行。"推销点啥吧,"朋友说,"干好了,批发点就变成了你的仓库。你看,我买这套房子就是这样干出来的。你先拿这种质量很好的玉米净去干吧。只拿一样,先树信誉,品种太多,人家当你是小货郎。你现在往各个小商店送货,每盒有五分钱的差价。现在是冬天,这东西正热卖,你至少不会折本,卖不了了,把货放我的超市里卖。"

当孟笔河拿着货走进第一家小商店时,他觉得自己头皮硬硬的,不知该说些什么。他从口袋里摸出玉米净,小声地说:"玉米净,要吗?"那样子像是拿着偷来的东西给下家。女店主看了看他,一扫残余在脸上的热情,冰冷地挤出两个字:"有了。"孟笔河不知该说些什么,默默地收起东西走了。

当他走进第七家店铺,一个五十多岁的女店主很熟练地看了看货,说要一盒吧,给了他几个一元硬币。捧着几枚闪闪发光的硬币,孟笔河兴奋得都要跳起来了,生意开张了,不管赚多少,总算赚钱了。初战告捷,趁热好打铁,孟笔河又接连跑了几家店铺,一共卖了五十盒。孟笔河在兴奋之余,回想起自己在那些店主跟前极尽讨好的样子,心里不禁一阵阵酸楚。此时太阳已高悬头顶,肚子也咕咕叫了。孟笔河数了数,今天一共挣了三块钱,他不想到饭馆去吃了,舍不得啊!他买了一个馍夹凉粉,花了一块钱,还想喝点汤,忍一忍,算了,不喝了。

这一天,孟笔河跑遍了整个小城,就挣了三块钱。天哪,照这个干法,一个月才能挣九十块,长此以往,根本赚不了多少钱啊。不行,得转行。

2

学生放暑假,天正热。孟笔河把自家地里的葡萄摘下来,装了一大筐,放在脚踏三轮车上,拉到果品市场卖,一共卖了十几块钱。一转身,发现有人在卖西瓜,孟笔河脑子一热,想都没想就批发些西瓜卖。就这样,十几块钱瞬间变成了半三轮车西瓜,一斤西瓜批发价一毛二,市场上卖两毛五。

无知者无畏,因为不懂,所以不知道卖西瓜有多艰辛。孟笔河把西瓜拉到通往村口的街道边上,等了好久都没人买。直到下午一点多,才卖出去三个。他想,把西瓜拉到村子里去卖吧,那里人多,估计能卖掉。到了村子里他很快意识到一个难题摆在他面前,村子里的人总是让他来挑选西瓜,有的人想要熟透的,有的人想要八九成熟的,而且都要切个口,弄出一小块瓜尝尝才肯买。刚开始,他总是劝买家自己挑选,他们用手敲击西瓜,他就竖起耳朵听,然后在他们选好之后,他再敲击几下,用心揣摩西瓜发出的咚咚声或者噗噗声,在切开时,他再一一记住敲出什么声音的瓜是几成熟。就这样,几天下来,他练就了一身挑选西瓜的本事,只要手指在西瓜上一敲,就能准确地断定这西瓜是几成熟的。由此,他不禁感叹教科书上卖油翁的"惟手熟尔",与他这样挑选西瓜有着异曲同工之妙。

下午三点,天正热,孟笔河骑着三轮车,在各个村子转悠,他汗流浃背,可还希望天再热些,因为再热些,才能有更多的人想吃瓜。正如那篇《卖炭翁》中所写的:"可怜身上衣正单,心忧炭贱愿天寒。"此情此景,他又何尝不是这样?他在烈日下,机械地骑着重重的三轮车,不断骑向远方。他戏称自己是"可怜身上汗正多,心忧瓜贱愿天热"啊!

孟笔河发现一个奇怪的现象,不知为什么,只要停在某条街道的某个地点上,西瓜很快就能卖好多,他把这个地方看了又看,并不是岔路口,也不像是居民聚集的地方。当这个地点卖不动时,又必须去寻找下一个这样的地点。就这样,他必须在烈日下,狠命地蹬着重重的三轮车往前走,因为他深知,今天的西瓜必须卖完,要不它就不够新鲜,也就不好卖了。想到这里,他不得不对卖西瓜的人高看一眼,因为他们都炼就了一双挑选西瓜的火眼金睛,他们会先看西瓜屁股上有没有带一段新鲜的瓜蔓,瓜蔓上的叶子是绿生生的还是干枯的,然后凭借这一条,就可以断定西瓜是否新鲜。如果瓜蔓上叶子已干,他们会认为,这可能是死了蔓子的西瓜,或者是放时间太长了,就不要了。所以,要想把西瓜当天卖完,就必须挑选出好西瓜,这样既能卖个好价钱,还能当天卖光。

在西瓜成本卖够了之后,孟笔河一合计,剩余的西瓜不管卖啥价钱,就都是利润了。所以只要有人要,价钱都好说,先卖完再说。那些来买西瓜的人各式各样,砍价的方式也各不相同,他本着一点,反正已经够本了,只要有人买就缠住他,卖出去才是硬道理。

在村里,一些村妇讨价还价的过程,让孟笔河大开眼界。其实,他打心里佩服那些一问价钱就买的人,因为西瓜太不值钱了,干脆买了吃就是了,可让他佩服的人,不是那些衣着华丽的人,而是那些衣裳显得很破旧的人。那些衣着华丽的人反而斤斤计较,让他最后不得不把西瓜贱卖给他们。讨价还价最厉害的一个漂亮女人,最后以一毛钱一斤买了个五斤多重的小西瓜,临走时还非要把零头免了,这让孟笔河心里很不是滋味。

离孟笔河不远的地方,有个卖烤面筋的老男人,穿得十分破旧。当他朝孟笔河走来时,孟笔河就在心里说,如果老男人来买西瓜,只要他砍价,砍到五分钱一斤也心甘情愿地卖给他。果然,那老男人走过来抱起最大的一个西瓜说:“称吧。”孟笔河称了之后,静静地等着对方砍价,谁知老男人直接付了钱,连多少钱一斤都没问。两相对比,差别也太大了。

读万卷书不如行万里路,行万里路不如阅人无数。卖西瓜挣的钱虽然不多,但这段经历,却让孟笔河在初涉尘世时,看到了众生面目,他看到了高大的身影,也看到了猥琐的灵魂。既有“心忧瓜贱愿天热”的无可奈何,又有洞悉世间百态的收获。他就像汲取到了最原汁原味的成长营养,受益良多。在以后的日子里,这些本真的东西,让他的人生不断沉淀出非凡和精彩。

3

孟笔河小时候，家里每年都要种些西瓜、香瓜、西红柿、黄瓜之类的果蔬。长大了，家里的田地里，种的还是这些。

孩提时代，孟笔河要下地干活，尽量分担家里的负担。那时总觉得干活累，不愿意在大热天钻到玉米地里给高自己一头的玉米施肥，而且从地里出来，胳膊上总是让玉米叶子划出很多伤痕，这些伤痕一遇到化肥，热辣辣地疼。有时候实在忍不住了，就把胳膊洗一下，但是，化肥是洗掉了，胳膊热辣辣的滋味却更让人难受。现在每每想起这些农活儿，他都心有余悸。但也正因此他早早地就习惯了苦和累。

为了多赚点钱，孟笔河种了点香瓜。刚种上，他就对朋友们夸下海口，说等香瓜成熟时，邀请大家到瓜园里来品尝绿色香甜的香瓜。之所以夸下这个海口，是因为小时候，家里种过一个品种——"盛开花"，这个品种是庄稼人的至爱，父亲曾经一亩地卖了两千多块钱。

小时候，孟笔河每晚都要到瓜棚看香瓜。那时的瓜棚，俗称庵子，是用芦苇做成的，尖顶，里面铺上床板，挂上蚊帐。人住在里面，狗卧在庵前，满眼绿肥红瘦。庵子如古朴的老人，就那样静静地守候着那苍穹之下广袤大地上的一片绿色，很有一番诗情画意。因为大家都种香瓜或是桃、苹果之类的东西，庵子也都离得很近，一到晚上，大家就聚在一个庵子里聊天。庵子里总放一盆清水，用来洗瓜，也可以供大家口渴时喝。

种过香瓜的人挑选香瓜，一般都会先选主蔓上的香瓜。挑瓜时，大多数人总是看香瓜发黄了没，还有人用手指按压香瓜的蒂部,看变软了没,软了就熟了。而孟笔河只大概看下香瓜的色泽,用手指轻托香瓜和瓜蔓相连接的瓜蒂,如果瓜和瓜蒂轻松分离了,就表示十成熟了——所谓瓜熟蒂自落,就是这个道理。

因为施的是农家肥,孟笔河家种的香瓜吃起来格外香甜。他摘了一个香瓜,洗干净后,用手掰开,瓜的香味扑面而来。咬一口,那种甜甜糯糯的味道让人回味无穷。

当孟笔河自己种上了香瓜,才发现自己小时候跟着父亲学的只是一点皮毛功夫而已,连花架子都算不上。那时候只知道香瓜籽长出苗后,有三个叶子时,就摘去蔓子的顶部,待蔓子的偏枝长出三片叶子时,再摘掉偏枝蔓梢。再后来,是一见到蔓梢,就立即摘掉,每摘一个蔓梢,就会有几个香瓜长出来。这样一来,瓜蔓上就能结出很多香瓜来。孟笔河自以为得到了种瓜秘籍,以为一定可以种出很多又大又香的香瓜来。但事与愿违,当第一个香瓜长得像拳头那么大时,瓜蔓的叶子开始有了点状的干枯。一开始,孟笔河以为是干旱所致,但没过几天,所有的香瓜蔓都香消玉殒,他苦心经营的香瓜种植计划,霎时化成了泡影。

从此,孟笔河再也不敢在人前说种香瓜的点滴,大有一种怕人询问的感觉。每逢有人问时,他总是呵呵,以笑代答。

4

没办法,孟笔河想到了一个不需要投资,下点苦力就能赚钱的点子,去河里挖沙卖钱。冬天,天蒙蒙亮,孟笔河就背起铁锹、筛沙的"沙浪子"(筛子)、高筒雨靴,走向村边的涧河。

河里的水只有河床的1/5,河水清澈,远看就像一条青绿的玉带,蜿蜒曲折地延伸到远处。河水湍急地向前流淌,让人想起孔子慨叹"逝者如斯夫"的情景。河边的野草枯死在水里,顺河漂流、招摇。正如《再别康桥》诗中所写"那河畔的金柳,是夕阳中的新娘",此情此景,他是多么想念梦中的"金柳",那身在上海让他魂牵梦萦的美丽姑娘。

记得他和马竹涟在学校外面的电影院里看的一场话剧,内容是关于徐志摩和林徽因的。马竹涟边看话剧边给孟笔河讲徐、林二人的故事:"林徽因始终清楚,徐志摩只是她生命中的惊鸿一瞥,只是一次漂亮的过错,他的一生也没有走出诗人的影子。林徽因用她女人特有的心智,结束了和徐志摩一段无望的爱恋。"

孟笔河问:"对徐志摩,你还知道多少?"

马竹涟说:"徐志摩是徐家的长孙又是独子,从来就是个公子哥。沈钧儒是徐志摩的表叔,金庸是徐志摩的姑表弟,琼瑶是徐志摩的表外甥女。我曾看徐志摩的《再别康桥》,很多中国人都对这首诗怀有深厚的情感。'悄悄的我走了,正如我悄悄的来。我挥一挥衣袖,不带走一片云彩。'《再别康桥》中这两句著名的诗句,是徐志摩在国王学院的后园创作的,而且诗中河畔的金柳,被认为抒写的正是国王学院康桥边上的柳树。几乎所有的中国知识分子都熟悉这首诗,并被它深深感动。"

这样的家世,这样的一个人,孟笔河是不敢和他相提并论的。只是这时,话剧快要演完了,孟笔河接着说:"这部话剧中,林徽因身上有很多值得这个时代探讨与思考的特质,让我产生了共鸣,爱的持久性值得每一个人思考。"

马竹涟说:"是啊,爱的持久性,好难。不是有一首歌这样唱的吗,'相爱总是简单,相处太难'。"

孟笔河岔开话题说:"你看这部话剧演得怎么样?"

马竹涟说:"演得真好,是现代艺术与东方美学的完美统一,电影化的呈现和话剧式的演绎很有特色。你觉得呢?"

孟笔河说:"对。这部话剧好就好在,它能同时让听众体验到视觉与听觉、思想与艺术并进的艺术效果。"

马竹涟说:"音乐风格上,这部话剧自始至终以中国传统音乐与西方近现代音乐语汇的交织碰撞为基础,展现了民国时期中西新旧文化精神之间的交融与对立,精妙绝伦。"

孟笔河说:"对。你看,整部话剧的服装、道具,非常注重在细节方面打磨,力图还原民国风范,让人耳目一新。"

马竹涟说:"演员们在保持高水准表演的同时,还表演得非常自然接地气。"

⋯⋯⋯⋯⋯

诗是那样的美丽,孟笔河好不容易从诗中,更确切地说,是从对马竹涟的回忆中抽出思绪来。看看身上破烂的衣衫,不禁感叹梦想是那样的丰满,现实却是如此的骨感。徐诗的意境很美,但对他孟笔河来说,终究只是梦境。

孟笔河走到那个属于自己的挖沙的大坑跟前,把"沙浪子"支起来,穿上高过膝盖的雨靴,跳进水坑。坑很深,离地面差不多有一人高。坑里有水,水刚没过膝盖。跳到水里,孟笔河本能地吸了一口凉气,刺骨的寒冷令他的腿不由自主地颤抖。他突然觉得腿有点抽筋,就使劲跺了跺脚,水花四溅。他顾不得那么多了,使劲搓了搓手,用铁锹把水往前推了几下,水流就顺着通往大河的两米多长的小水渠向前流去。

孟笔河半蹲成马步,气沉丹田,用力将铁锹插进水底去,同时来回摇动着铁锹把,眼睛盯着水面,努力将铁锹往上撬起。许多沙子又滑进了水里,留在铁锨里的,像是洗了个澡,干干净净。接着,他弓步站立,两手紧握锨把,猛地朝后方的高处一送,沙子就越过头顶,稳稳当当地落在了他身后的地面上。就这样,他机械地干了几个小时,在太阳一竿子高时,地面上终于有了高高的一大堆沙子。这时,孟笔河的身上开始冒汗,他把夹袄脱了扔在岸上。又干了一会儿,最后干脆把薄毛衣也脱了,只穿个背心在那儿挖沙。冬天,寒风呼啸,他却大汗淋漓。

孟笔河累了,饿了,不时地向家的方向眺望。父亲总会在这时赶来,左手提着暖壶,右手挎着篮子。篮子里面放一只碗、一双筷子、两个焦黄的烤干馍。碗里是切好的一小撮葱花,葱花浸在醋里,浇上熟油,红油辣子格外惹眼。父亲把碗拿出来放在地上,揭开壶盖,将滚烫的开水猛冲到碗里,葱花发出刺刺啦啦的声音,飘出诱人的香味。

这是函谷关县特有的风味吃法,酸滚水泡馍。焦黄的玉米面烤干馍泡在酸滚水里,吃起来味道很好。孟笔河三下五除二吃完了一碗酸滚水泡馍,把剩下的烤干馍拿在手里,咬一口雪白的葱段,咬一口黄馍,舒畅极了。

父亲收拾了筷子和篮子,把饭碗用开水冲了冲,在碗里放一把茶叶,倒上开水,就提着空篮子回去了。孟笔河坐在沙堆子旁,点起一支烟抽了起来。孟笔河望望离他五步之遥的河水,望望河岸那边开始忙碌的农人和那一望无际的庄稼地,感觉舒服极了。这时,远处传来拖拉机的突突声,他知道买沙的来了。他一跃而起,抓起铁锨吆喝着跑过去,跑到拖拉机跟前和人家讨价还价,价钱一说好,他立马跳上车,吆喝着,指引拖拉机到他挖沙的地方。他跳下车,迅速把沙装车里,装得和车厢平齐。这时,拖拉机司机会计好地说:"伙计,多装几锨!"

司机递给他一张大团结,孟笔河拿起钱朝着太阳照了照,小心翼翼地把钱装进夹袄的口袋里,这场交易就算完成了。拖拉机缓慢地离开后,他抓起铁锨,把刚捞上来的沙子往支好的"沙浪子"上斜斜地扔过去,细沙从铁丝格子里飞到了后边,大点的小石子儿顺着"沙浪子"滚了下来。渐渐地,"沙浪子"后边的细沙成了一大堆,前边的大石子儿也成了一大堆。细沙的价钱高,孟笔河把它们垒成方方的一大堆,方得像豆腐块一样。

一个月时间,孟笔河挖了很多沙子,可好多天都没有人来买。孟笔河也不着急,依旧坚持不懈地挖着,他把细沙垒成小豆腐块,小豆腐块又堆成大豆腐块,直至堆成几丈宽几丈长的巨型豆腐块。这块"豆腐"横平竖直,四平八稳,看起来蔚为壮观。

孟笔河站在沙堆上看了看,算了算,能卖三十多车。有了这些卖沙的钱,能干好多事的。累了,他就躺在沙堆上,看着天上的白云,棉花团似的,雪白雪白的,漂亮极了。这时的孟笔河,心情好极了。

快两个月了,还没有人来买沙子,孟笔河实在着急。好久没有听到拖拉机的声音了,他着急得四处张望。有一天,远远传来拖拉机突突突的声音,孟笔河高兴得跳了起来,老远就跑过去跟司机讲了价钱,很快便装了一车沙。完事后,他问司机还要不要,司机说还要,每天两车,直到把这些沙全部要完,孟笔河听了高兴极了。

谁料想天有不测风云,当天晚上,下雨了,雨下得特别大。河里发了洪水,大水卷走了他所有的沙子。孟笔河站在大河边,气得哇哇直哭。

5

为了能挣到钱,孟笔河开始摆小摊赚钱。下面是他写的摆摊日记。

11月26日,晴

天已渐冷,银杏树上的叶子黄黄的,哗啦啦地随风摇着。树下,一片金黄的落叶诠释了一个成语:落叶成金。

在这落叶成金的日子里,我决定找寻创业中的第一桶金,在我们这座小城里转了又转,看遍了所有的商铺,不知道自己该干哪一行,不知道该做啥生意。三百六十行,行行出状元,可入哪一行,我才能当个状元?正当我思考的时候,有个小摊映入我的眼帘,一看就知道是算卦的。凡事只可信一半,对于占卜,我也是这个看法。但我深知,这些算卦的人,他们高人一筹的地方,就是他们长于把现实中的大局势跟他面前的顾客很好地结合起来,结合他阅人无数的经验,还有见多识广的一面,能给人出个可供参考的招数。鉴于此,我停下脚步,向大仙请教。看过八字,大仙说,你是大溪水命,命里缺水,不妨做个水生意以润命,这样最好。问及做个什么水生意,大仙笑而不语,问多了,大仙说,带水字旁的就行。我一抬头,看见有家油漆店,问大仙,做这个生意可以吗?大仙说,不行,那不是水。又问,大仙说那你做个木类生意也行,比如花木,也是能赚钱的。看我没有走的意思,大仙说,做金生意也行,但都不如水,你开饭店也是可以的,那就是卖水的嘛。

听了这些,我就开始参考着做个啥生意了。问一些开饭店的人,都说现在生意难做,如果不是厨师,没有良好的人脉,慎入!又问了其他一些做生意的,好像都有诉不尽的苦。

没有做生意时,以为什么都是很简单。现在开始做生意了,才知道做生意是那么复杂。有同行没同利,做什么都得用心揣摩。等有一天,本事见长,把握了做生意的规律,那时,做生意就变得简单了。

我心想,刚开始做生意,不说状元了,只要干个不赔的生意,就谢天谢地了。

当我来到西安康复路市场,看着满楼的商品,却不知道该批发些什么回去卖。能供参考的决策理论是很多的,比如看人家地摊上都摆些啥,咱模仿就行,可这一理论很快就被自己否决了,一味跟风是不行的。转完整个批发市场之后,我还是不能拍板。

于是,就另找一幢批发大楼继续转。与康复路批发市场大楼紧挨着的那幢楼,似乎要冷清许多。走进一楼,一家饰品店门前的小东西很惹眼,路过的孩子大都会很兴奋地上前去看一看。当我驻足时,店家走出来,很不情愿地说,不能动。我说,我要买的。店家冷冷地说,不卖给你们。我一听,就知道人家以为我是零买的。于是,我回了句,拿货。店主这才很不情愿地嘟哝了一句,看你也不像拿货的。这家饰品店对面的过道墙壁上,有好多小小的女士用包,上面有各色图案,看起来很新潮,让人禁不住手痒,想批发一些拿回去卖,仿佛这个就是我想找的东西。可是,商品有风险,入市须谨慎,我跟店家开始认真地讨价还价。店家是个男孩,不到二十岁的样子,却显得老到成熟。对市场不熟悉的我坚持多看少动的原则，要了他家的名片，继续往前走去。

轻工市场，商品琳琅满目，我从一楼走到顶层，累得筋疲力尽。一家床上用品店里面有个凳子供客人闲坐，我一屁股坐下，然后跟店家有一句没一句地闲聊起来。

三句不离本行，能谈的话题也离不开店里的东西。我最关心的是干这一行会不会赔本，店家呵呵一笑，说，很少听说有卖床上用品赔本的。看着我满脸疑惑，店家说，因为这些床上用品，被罩、床单花色花样就那几种，变不到哪里去，就是放上几年也不过时。所以很少赔本。店主又说，能赔的地方至多就是一些人员工资、店面转让费和装修费用以及房租。

最终我决定批发一些四件套来摆摊卖。

12 月 6 日，晴，零摄氏度

今天不想用摩托车拉货，想用那种专用的两轮便捷车拉，省去很多麻烦。

真没想到，这些四件套，看起来不怎么重，提起来却是如此的沉。一包一包的货，整起来很费时间，而时间又是如此的金贵。好不容易绑好了，立即出发。可是，走了五分钟，小货架车子坏了，这下可糟了。

12 月 7 日，晴，零下三摄氏度到五摄氏度，星期天

今天去得较早，到摊位时才五点。走到摊位跟前才发现，这里停满了三轮车，把街道占满了，没地方放货。等了一会儿一辆小三轮开走了，我迅速把货物摆了过去，谢天谢地，总算有地方了。

于是,我开始把摆摊专用的床展开,放好货物。正放货物时,一个三十岁左右的女人过来挑了个饰品盒,开业见喜,让人喜出望外呀。接着,又来了个中年妇女,她把挂在摊上的凳子套解下来,放在她的腰间问:"这围裙多少钱?"

"二十五块一个。"

"这么贵啊,一个围裙。"

"这是凳子套,不过也能当围裙用,挺结实,也挺好看的。"因为实在是没有生意,就想忽悠一下,能卖一个是一个。

"这个带子,没法往腰上绑啊?"

"你到家可以接上一段绳子,也可以把那个带子剪开绑到一块,反正办法总是人想的,总会有办法的。"

"那我一会儿再来……"一会儿再来,就是不会再来。又没生意了。

我坐在那里,看着来往行人匆匆而过,不知道都在忙些什么。闲下来,才感到脚是如此冷。天寒地冻,昼夜温差可真大啊。我心灰意冷,准备收摊走了。

"这是啥?饰品盒?"一个年轻女人站在摊前,眼睛盯着那一大堆饰品盒,这个翻翻,那个看看,嘴里嘟囔着,"买哪个呢?哪个好看呢?"

"我主要是卖四件套的,饰品盒是放在摊上配着卖的,所以卖的是全市最低价,这些卖完了就不再卖了,你十块钱就再也买不到这样便宜的东西了。"好不容易有个生意,我赶紧说。

"唔,那我挑一个,还是这个好看。"

就这样,终于又卖了一个。

摊前又来了一个女人,身上扎了一个围裙。因为看起来年龄较大,再加上她这身装束,看起来不像是买货的人。她嘴里一直说着,这饰品盒三块五块能不能卖?然后不停地翻看着旁边的收纳盒。忽然,她如获至宝一般,开始挑选起袜子来。最后,她拿了两双袜子说:"你在我店门口摆摊,给我少一块钱。"于是,她九块钱拿走了两双袜子。

天真冷啊,我只能在摊前跺脚,在摊后扭腰,来打发这段难熬的时光。我想,等到对面百货楼下班就收摊。看了一下表,晚上九点二十八分,尾数如此吉利,估计还会有一单生意吧。

于是,我继续跺脚扭腰,来打发这段难熬的时光。

我的小摊南面是个水果摊,同在一列。水果摊前来了一个少妇,骑着自行车,车前坐着一个两岁的小男孩。少妇问摊主:"你的橘子甜不甜?"摊主递给她一瓣橘子,她吃了一半,另一半塞进儿子的嘴里。接下来,不知道说了句什么,就骑着车往前几步,又直直地退到我的货摊前,开始挑选袜子,翻遍了所有的女袜,讨价还价最终买了一双。

此时已是晚上九点多,摆水果摊的人已经走了,南边还有几家卖长沙臭豆腐等小吃的。

收摊了,好冷啊。

12月8日　晴　晚上大风　零摄氏度

今天一出摊,就遇到了一件闹心的事。因为是能拆开的床,所以每个方钢管交叉的地方,都要拿钉子按到孔眼里,这样才能确保床子稳当。后来看见地面上有人家吃完烤肉串扔在地上的竹签,我拿起来一看,大小正合适,于是就把竹签折成小段,结果一不小心,手上扎进一小段竹丝。竹丝细小,在昏暗的灯光下,要拔出来很不容易。还得赶紧把货放到货架上,才能出摊。加上天太冷,不戴手套手就会冻坏,于是,我只有强忍着疼,开始摆货。

今晚灯太暗,不能用手机看书,我只好看过往的行人。

经过漫长的等待,来了一个二十多岁的女人,穿着粉色上衣,打扮得特别精干。她一到摊前,就很利索地取了一个饰品盒、两双袜子,问多少钱?我说,饰品盒十块钱一个,袜子五块钱一双。女人笑了,没做过生意啊,这么小声?然后她爽朗地说,以前她也卖过衣服,可不是这么小声。然后她掏出钱说,来,十八,两头发,咱们都发。咳,卖给她吧,赚得再少也要卖啊,至少能把本钱收回来。

起风了,风好大啊,把饰品盒刮到地上好远。小摊就是不如开店,店里可没这么大风啊,不行,得收摊了。

12月9日　晴　大风　零摄氏度

今天赵小杉来了,她来到我们这个山城,真是没想到,人家可是大学生啊。她非要替我摆一会儿地摊,说是要体会我们这里的风土人情。

我们在集上摆地摊,卖童装和儿童眼镜。刚出摊就有人买了一件衣服,赵小杉高兴极了。人家给了一张百元钞票,她找了钱,说,这钱真旧,好像用了几百年似的。说完,就又开始和我一起细细研究起衣服的挂法,我们琢磨怎样才能让人看一眼就想买。

这时,一位很时尚的少妇走到摊前,挑了一副眼镜给她儿子戴上,左看右看说真好看,她像陶醉了似的,一副一副地让儿子戴。最终,她很中意那副白色的太阳镜,经过讨价还价,以八块钱成交。她从裤兜里掏出一张百元钞票递给赵小杉,赵小杉从我递过去的钱包里取出零钱,把这张百元钞票往包里的零钱外面一放,然后开始找钱。这时,她发现还差五十块零钱,让我想个办法,我就大声招呼不远处的一个朋友送过来一张五十元钱。钱数齐以后,准备递给那位少妇时,赵小杉拿起包在零钱外面的那张百元钞票细细一看,感觉不太对劲,她拿出另一张一比对,断定对方给的那张还真是假钞。于是,赵小杉对少妇说,换一张吧,少妇把袋子里的钱全拿出来,只有六块钱。

"我给你的是那张旧的,不是这张!"少妇大声说。

"你给的就是这张! 那张旧的是刚才买衣服的人给我的,我放在这堆钱最里面,你的这张我放在最外面。"赵小杉也急了。

"我刚从银行取的,不可能是假的。"少妇大声说。

"你给的真是这张。"赵小杉是真急了。

"是那张。"少妇很坚决。

⋯⋯⋯⋯⋯

最后,少妇从儿子头上把眼镜取了下来,气呼呼地甩给赵小杉,骂骂咧咧地走出了地摊棚子。

赵小杉一屁股坐在地上,眼泪都差点流了下来。我安慰她,赵小杉说:"我心里好难受!"

半晌,赵小杉对我说:"那张假钱是不是前面那个人给的?"我摇摇头,不置可否。然后,赵小杉跑着过去找那位少妇。

再回到地摊时,赵小杉的眉头舒展开来。

"找到了?"我问。

"找到了,我把那张旧的一百块钱给那个媳妇,人家都哭了。又给我解释了一大堆,还是刚才在这里说的话。看来人家是真的过不去,一百块钱对她是那么重要。"

"可能就是,看她那穿着,唉!"我叹了一口气。

"这钱给了人家,我心里才舒坦。可是,我还没卖出几件童装,就送出去了一百块钱,真气人!"赵小杉舒开的眉头又皱了起来。

收摊时,我算了一下,总共卖了一百八十六块钱,除去成本,赚到的钱还不到八十块,因为刚开始做生意,进的货质量太好,成本太高。

唉!收着摊,赵小杉叹了一口气,今天折本了。

赵小杉告诉我,她是和马竹涟一起来函谷关县城的。马竹涟不好意思来这个摊上,在这集上已经转了好多回了,总是远远看着我。赵小杉说,她不会主动来见我的,但是,她的心到了。

6

上海火车站的候车室里,马竹涟搬着沉重的大箱子,在等火车。箱子里是她买的一些书,主要是文学名著,如《红与黑》《钢铁是怎样炼成的》《围城》《穆斯林的葬礼》《平凡的世界》等。她啥都不爱,就爱看书。一个女孩子,很少用化妆品,准确地说,是从来都没用过,就这样一个素面朝天的女人,却漂亮得让许多女人嫉妒。当她饱读诗书之后,脸上的书卷气,更使她显得气质高雅。

生活总喜欢和人开玩笑,这样一个漂亮又有气质的绝色美女,却要拖着一大箱子书,独自上火车。在一般人看来,她肯定很难受,期待着有人帮她。可她却不这么想,她一边开心地拖着大箱行礼,一边还赞叹自己真是好样的,居然能把这么个庞然大物拖到候车室来,而且马上还要拖上火车,拖到千里之外的函谷关县老家。这样想着,她感觉自己好像真的有点伟大。这次暑假回家,她执意不让父母接她,她想一个人坐火车回去,想独自用心感知这个世界。

当显示屏上显示上海到成都这班火车开始检票时,人们像是沸腾了起来,那些背着被子的人,拼命往前挤。马竹涟心想反正有学校为他们统一订的火车票,不用急的。等她上了车,才发现车厢里挤满了人,连行李架上都是满满的。她的座位上坐了个小伙子,她把箱子往座位下面一放,跟人家亮了票,那小伙子才很不情愿地站了起来,钻到椅子下面睡觉去了。

火车徐徐启动,窗外的风景不断地向后退着,大都市渐行渐远,江南水乡渐行渐远。"矿泉水、啤酒、饮料……"有个声音在她身后叫着,是个男人的声音,声音压得很低,却很有磁性。她回头一看,有个青年男子背对着她,一边叫卖,一边很机警地向后方看着,好像生怕被人抓住似的。那人的眼睛总是盯着对面车厢入口,不管是有人要东西时,还是接钱找钱时,他的眼神始终高度警惕,让人感受到他挣钱的不易。他的矿泉水、啤酒、饮料比火车上那些推着小车叫卖的人的便宜多了,但比起市场价,还是高出许多。在什么山上唱什么歌,人们权衡过后,就都开始买他的东西。

马竹涟在想,这小子的胆子不小,挣这点钱也真是不容易。这小子之所以如此警惕,肯定是已经被抓住过,为了生计,他还是选择坚持下去。马竹涟不由得对这个男子充满敬意。

火车刚进站,年轻人就收起了包,然后静静地站在过道上。马竹涟觉得空气太闷,把窗玻璃往上抬了抬,立即就有好几个人挤到跟前买东西,站台上那些叫卖的小贩,一边接钱,一边给东西,显得格外麻利。

列车徐徐开动,这时,车厢那边有人大喝一声:"站住!"只见一个男子从开着的车窗跳下了火车,马竹涟一看,这人正是刚才在车上叫卖啤酒、饮料的男人,那么帅气的一个人,他不是别人,正是孟笔河。

过了好几分钟,乘警才赶到这个车窗跟前,车上的人实在是太多了,他们把头伸出去瞅了一下,骂了句脏话,就走了。

7

孟笔河一时还做不成啥生意,就在自家的田地里种了几亩葡萄。他干得格外精心,因为没有钱买化肥,他就积攒了许多农家肥,一个人用架子车拉到地里,像浇地一样在葡萄树跟前挖个小沟,然后把农家肥埋进去。从葡萄树开始发芽,他就高度关注,到葡萄叶子长大时,他每天起得很早,把每个叶柄跟前多余的侧芽拔掉。

在地里干活,孟笔河舍得出力气。可是,他心里一直在盘算,上帝给他的日子并不多,如果不能在这几年赚到很多钱,他不可能娶到马竹涟。每每想到这些,他心里就着急。毗邻葡萄园,孟笔河他爹给他栽了一亩杏园,栽的是"贵妃杏"。这"贵妃杏"是函谷关县的特产,相传,唐代贵妃杨玉环,幼时生活在函谷关县,起初,她脸色白而不嫩,长得并不好看。只因为她家院中有一棵杏树上的杏儿又大又黄,格外香甜,杨玉环特别爱吃,吃得多了,才变得如花似玉,漂亮非凡。及至入宫,才显出六宫粉黛无颜色。看到"贵妃杏",孟笔河不禁想起马竹涟,在他心中,马竹涟是可以和杨玉环相媲美的,甚至有过之无不及。可是现在,他觉得马竹涟和杨玉环一样,都在虚无缥缈的世界里,只能心向往之,却无从抵达。

但是,卖杏儿,一直是孟笔河和许多种杏人家所不愿直面的问题。因为每到杏熟季节,就有杏贩子来收购,给的价格低,而且挑剔,到函谷关县城果品市场去卖,总是卖不到好价钱。成熟的杏儿烂得快,不几天,就会掉在地上,很快全烂掉。

又是杏儿丰收的时候,几个外地客商来收杏儿,给的价钱是一毛钱一斤。杏农们都非常气愤,说这简直可以叫"猪不理杏"了。于是,几个杏农一商量,与其把杏儿烂在地里,不如运到外地卖掉。有人说,兰州的果品市场杏儿还没上市,兴许能卖个好价钱。于是大家商量了一下,不如去碰运气。大家分工,一个人去310国道边,找过路车,其他人则立即把杏儿摘下来,用箱子装好,等待装车。一切顺利,拦车的人就把车引到了地头,接着是装车。等装满一大卡车杏儿,大家坐在车厢里,看着沿途的风景,充满着希望去卖杏了。

晚上,大家正躺在卡车车厢里睡大觉,车突然停了下来。司机说,太疲劳,不想走夜路了,下来找个地方睡会儿吧。这下可把大伙儿急坏了,说这怎么行,时间是算好的,第二天早上赶到市场,当天就能把杏儿卖掉,如果再等一天,杏儿就是不烂,杏儿屁股也会软了。那些小贩鬼精鬼精的,一定会说这杏儿不新鲜,那就卖不出去了。"这样吧,这两个司机也不过是想要两盒烟吸吸,咱们过去跟他们交涉一下,看他们到底有多大胃口,无论怎么说,这车不能停。"孟笔河对车上的人说。然后,他看着一位年长者说:"伯,你嘴会说,过去跟他们说说,看他们到底想咋哩,要是吃饭,这时间饭店都关着门哩。"

"好,要是他们想吸烟,我先给咱垫上,到时候平摊在运费里,大家说行不?"老伯对大家说。大家都说行。

"要是想加钱,那可不中,运费我跟他们说好的。"孟笔河说,"伯,你跟他们说话时注意语气,别惹他们,他们带着刀呢。"

"好,知道了。"

有人敲了敲驾驶楼的后窗,车窗里就探出一个头来问咋了。老人家凑过去,问他们到底有啥想法。司机说:"没烟了,顶不住,想停下来睡觉。"老人家说:"那先走着,路上有商店了,就给你们买。"于是,车又快快地开了起来。路上看到一家商店,老人家就去买了两盒红塔山,两人接了烟也不道声谢,点上就吸。

天亮了,大家一看,距离目的地果品市场还有一段距离哩,就赶紧催促司机。司机说,肚子饿了,得吃点才能走。为了不耽误时间,孟笔河让司机在一家饭馆门口停了车,给他们买了些早点,让他们路上边吃边开车,可两人非要下车点菜,不然不走。孟笔河赶紧跑到饭馆里,买了些牛肉,送给他们,他们才就此作罢。

车开始走起来,孟笔河对大伙说,买早点和牛肉的事他没跟大家商量,这钱就不用大家掏了。大伙都说,哪能这样呢,平摊算了,孟笔河执意不肯。

车总算在八点前赶到了目的地,大家卸了车,各人在果品市场里占了一点地方,就有许多小贩围过来。孟笔河走进果品市场的食堂,向老板讨问了当地杏儿的批发价格,让大家根据这个价格算了一下自己的杏儿值多少钱。小贩们站在铁栅栏外询问价格,有个满脸横肉胸前挂着管理市场标牌的人走向孟笔河,让孟笔河取一箱杏儿放在磅上称一下。孟笔河拿了一箱放在磅上。"横肉"向身后的小贩们报了一下斤数,然后从里面掏出一颗杏儿让大家看了看,回过头对孟笔河说,再拿一箱。当孟笔河又搬了一箱转过身时,"横肉"已把那箱杏儿搬走了,他吆喝,"横肉"头也不回。孟笔河不能追过去,他要是走了,指不定杏儿都让谁抱走了呢。其他卖杏儿的人都开始卖了,根本无暇给他看摊儿。

正当他呆呆地看着"横肉"的背影无计可施之时,有人拉了他一把,示意他到一边人少的地方来一下,见他不去,就贴近他的耳朵说:"小伙子,咱俩合作一下,我来帮你卖,你想卖多高的价格你自己定,定好了我去跟他们说让他们都买你的,把你这全卖了。不过,卖完之后,每箱给我抽五毛钱,行不行?"孟笔河想了想,说:"行!"他把一箱杏儿的重量乘上每斤杏的价格,然后再每箱加上一块五毛钱,加这五毛钱是给这个经纪人的,加这一元钱是怕他们讨价还价。孟笔河向这个经纪人报了价钱,这个经纪人用当地话把那些小贩招呼到一起,商量了一下,对孟笔河说:"这个价格可以,他们决定要了。"经纪人过去把"横肉"叫过来,"横肉"给他过磅开票。拿着这个票,就可以到前面那个窗口领到钱。"横肉"往那里一站,小贩们立即开始吆喝:"小伙子,我要上面有一道口子的那十件。"孟笔河笑了笑说:"那口子是装车时做的记号,为的是跟大家的有个区别,并没有好坏之分的,全都一样的。"

"快取吧,我就要那十件。"那小贩大声吆喝。

"我要你衣服下面那十件。"第二个小贩吆喝。

"我要你刚才放衣服跟前那八件。"又一个小贩吆喝。

这些小贩都鬼精鬼精的,总能找出这些相同的箱子的某些细微区别,在他们看来,这些细微标志必然是优质货物所在的箱子。

很快杏儿卖完了,拿着"横肉"给他开的票,孟笔河走到能取钱的那个窗口,一个女人很麻利地给他算了钱,并扣除了占市场所要交纳的管理费。当这钱刚一拿到手里,就有人推了推他,他一看,是刚才的经纪人,那人把巴掌放在他眼前,孟笔河笑着说:"知道,五毛钱。"算了算钱,他把钱交给经纪人,经纪人骑上三轮车走了。

其他村民的杏还没卖完,孟笔河看了看,也帮不了啥忙,就跟他们招呼了一下,然后去了果品市场里的食堂。食堂的老板是洛阳人,遇到了河南老乡,很热情,忙不迭地给他倒茶。

"以前,你们函谷关县属洛阳管辖,咱们那时可都是统一由洛阳行署管理,真正算是老乡哩。"攀上了老乡,食堂老板话就多了。

"是啊,是啊,您老人家能不能讲讲函谷关县为啥由洛阳行署管了之后,又由三门峡市管了呢?"孟笔河顺着食堂老板的思路来,因为他想向食堂老板打听一些果品信息,以方便自己下一步倒腾水果。

"后来不是三门峡水库建成了嘛,有了三门峡市,函谷关县就改由三门峡市管了。"老人一边擦着桌子,一边乐呵呵地说。

"您也难得在这里见一次老乡吧?"孟笔河问。

"是啊,咱们那里的水果都不见往这里卖。其实呀,你们要是早来几天,这杏儿要卖到两块钱一斤的,我说的是批发价。"

"啊?"

"小伙子,不信了吧?要知道,这里温度要比河南低些。咱们

那里的杏儿成熟时,这里的杏儿还绿绿的,咱的杏拉过来不就抢了
市场了嘛,卖几块钱,那不稀罕,别的地方的水果,也都是走个地区
差,才把钱赚了。"

"你说的还真有道理。"

"这不是我说的,是市场里那些贩子吃饭时说的。"

孟笔河开始琢磨这事了,做生意就是要讲究个时差,人无我
有,这就能赚钱了。杏儿已经不能再做了,已经到了尾声,下一步,
可以试着做卖桃的生意,把家乡的桃子运过来,在这里没有桃的时
候大赚一把。正想着,食堂老板把一碗正宗兰州拉面放在他面前,
面条又白又筋道,撒一把青青的芫荽,放几片牛肉。孟笔河一边用
筷子搅着面,一边想下一步该怎么做。

桃子成熟的时候,村里人并没有那么兴高采烈,因为桃子也面
临着和杏儿一样的命运,村人又开始戏称其为"猪不理桃",空气中
似乎到处都弥漫着烂桃发出的酸气。人们怨天怨地怨自己,咒骂着
外地贩子的狠心。于是村里人开始走零卖的途径,但拉着架子车,
一天只能卖上一车,眼看着那么大的园子,谁不着急?孟笔河手里
的本钱不多,但他还是想把这些桃子运到兰州市场去碰运气。他跟
一家园主进行交涉,他先给一部分钱,卖了再把剩下的钱给园主,条
件是比别人的价钱高些。孟笔河找的这家园主,是他的一个朋友,
人家想了想,觉得他这个人心实,不会赖账,于是就答应了。

因为有了上次卖杏的经验,孟笔河掐算了一下时间,保证运过
去当天就能及时卖出。他先拿一个硬纸板,上面写着"兰州捎货"
字样,然后站在310国道上去等。一小时后,一辆大卡车在他面前
停了下来,一个年轻人和一个大胡子中年人下了车,走到他跟前,
年轻人开始跟他讨价还价,大胡子从衣服里面拿出一把长长的刀,

在那里煞有介事地玩着。价钱说好之后,孟笔河坐上他们的车,把大卡车带到桃园跟前,将桃子装上车,就向兰州进发了。

路上,一到吃饭时间,孟笔河就让司机停下车,自己掏钱让他们吃饭。尽管当时讲价格时已经说过不管饭,而且说了几点到达兰州果品市场,但孟笔河还是不放心,怕路上出差错,所以尽量哄司机高兴。见孟笔河替他们掏了饭钱,两个司机心情愉快,车开得也格外卖力。晚上,孟笔河担心司机顶不住要睡觉,就和他们天南海北地聊天。聊到高兴处,大胡子还唱起了家乡的二人转,两个司机一起唱,一个扮男的,一个扮女的。他们告诉孟笔河,他俩是宁舍一顿饭,不舍二人转,只要有一个人起个头,另一个人就像被勾了魂一样唱起来。夜里路上车不多,他们一边唱一边开着车,显得游刃有余。孟笔河把口袋里的红玉牌香烟掏出来,递给他俩,心里想,这烟才三块钱一包,不知道这俩司机会不会嫌弃。大胡子取了两支咬在嘴里,点着后,把一支烟从自己嘴里拿出来,直接送到正在开车的年轻人嘴里,年轻人也不动手,一边吸烟一边开车。大胡子吸了一口说:"这烟味道正,是你们当地的特产吧?"孟笔河说是。大胡子说:"从来没抽过这种烟,味道挺好,还有没?"孟笔河赶紧从口袋里又拿出几盒来,大胡子高兴地拍了拍他的膀子说:"兄弟,够意思。"

按时到了目的地,孟笔河非常高兴。一下车,将桃子放到栅栏里面,给司机付了运费,就赶紧向食堂老板打听现在桃子啥价格。食堂老板从店里走出来,问,品质咋样?孟笔河打开一箱,让他看了看,说:"叔,这桃儿就送给您了,您老尝个鲜。"食堂老板对他说:"把价钱定在两块三到两块五之间,应该没问题。"正说着,有个人朝他们走了过来。

"老黄啊!好久没见你来我这里吃饭了!"食堂老板招呼那

人。

"有钱了,就去高档饭店嘛,嘿嘿。"那人看起来跟食堂老板很熟。

"看来水果生意就是能发财啊,你不贩点桃子卖?"食堂老板说。

"要,今天就是来贩桃的。"

"这是我老乡,你看看他这东西,你尝尝。"

"好,我尝一口。"他接过桃子,也不洗,用手擦了擦,咬下一口说,"嗯,真甜,不错。"然后他朝货堆看了看,说,"这些我全要了,多少钱一斤?"

"两块六。"孟笔河怕人家讨价还价,多说了点。

"这样吧,既然是你老乡,我跟你说,这价钱有点高。"老黄把食堂老板拉到一边,开始说价钱。

"两块四能成交,每斤你给我抽一毛钱,中不中?"过了一会儿,食堂老板走了过来,对孟笔河说。

"可以,没问题,谢谢!"孟笔河的眼连眨都没眨一下,有钱大家赚。他知道,这桃儿能卖两块三就很不错了,已经赚得很多了,有抽成也好,省得再去感谢这个老乡,大家各取所需。

就这样,成交了。"横肉"过来开了票,孟笔河拿到那个窗口取了钱,食堂老板就在跟前站着,孟笔河把该给他的部分交给他,热热火火地说了声谢谢,就赶快把钱揣进口袋里,急忙离开这个地方。他深知,当口袋里装着很多钱时,站在哪里都不是很安全的。他要做的,是赶快买火车票回家。

回到函谷关县,孟笔河要做的第一件事,就是把桃农的钱赶快送给人家。这次他赚的真是不少啊,他两毛钱一斤把桃子从果农手里批发来,人家不但免费装了箱放到地头,还免费帮他把桃子装到车上,这次总共装了两万多斤桃子,赚了三万多块钱。三万多啊,他从来没见过这么多钱。晚上在灯下,他把这些钱翻过来看看,翻过去看看,简直坐不住。他把父亲叫到他那间土房子里,在灯下,父亲看着他挣了这么多钱,那个高兴劲,真是别提了。孟笔河给父亲拿了些钱,又拿出给他买的新衣服,让父亲试试看合适不,父亲高兴得合不拢嘴。他又拿出回来捎的水果、牛肉等,给父亲弄了一瓶五粮液,一家人喝着酒,吃着肉,沉浸在幸福之中。

当晚,孟笔河又找到一个果农,按当时的批发价格收购了全园的桃子。就这样,孟笔河赚了七万多块钱。不是他不想再多赚些,只是时令已过,兰州当地的桃子一上市,就卖不上价钱了,也就没钱可赚了。

8

一天,孟笔河正在路上走,同村的老王叫住了他。

"来,给叔发根烟!你看叔现在混的,开始跟人要烟了,这要是在以前,叔走路上人见了都抢着给叔发烟哩。"老王吸着烟,叹了口气,"人倒运的时候,喝口凉水都能噎死,你看叔前几年有钱的时候,村里谁有个啥事情,人家上礼上五块,叔都要上二十块。现在没钱了,人家见了不但不理叔,风凉话也来了。"

"听说你把砖厂转包给别人,别人也折了本,没钱给你交承包费,弄得你穷成这样,是吗?"孟笔河知道老王以前是村里有头有脸的人物,没想到现在也有跟他坐在一起聊家常的时候。

"听说你挣了不少钱,是吗?"老王问。

"没多少。"

"咱那个砖厂,你敢承包不?"

"人家干都折本了,我不干。"

"那家伙脑子像进了水,咋能跟你这有头脑的人比?再说了,有同行没同利,他干折了本,你干就未必,说不定还赚大了呢。"

"叔,你是见我有两个钱,能给你交得起承包费吧?"

"聪明!像你这么有头脑的人,那就没有你干不成的事。"

"我是叔从来没有正眼瞧过的人,哪有啥能耐。"

"不跟你小子闲扯那么多了,过几天这砖厂合同就到期了,你要是包,就过来投标,不包就算了,我给你把话说到,走了。"老王又向孟笔河要了支烟,起身走了。

孟笔河二话没说,就到砖厂去看个究竟。砖厂里工人们打算回家,老板已好几个月没给工钱了,听说厂子一年折了四十多万,工人们怕这一走更要不下工钱来,一个个像晒干的茄子一样,无精打采。

经过一番思想斗争,孟笔河决定放手一搏,接下这个砖厂。当然,接下厂子除去承包费以后,还得有大量的流动资金,主要就是这些农民工的工钱。他想,先承包下来,再想法筹钱。

承包了砖厂之后,孟笔河把大量精力都用在筹钱上了。一年过去了,他的砖厂不但没有给他带来梦想中的财富,反而亏损了四十多万。一年到头,算了账,他一个人坐在砖厂不远处,叫天天不应,叫地地不灵。他想哭,却哭不出来。就这样,他又成了穷人,他哪里甘心啊!

静下来之后,孟笔河开始反思,到底是啥原因让他亏损得一塌糊涂?他认为,要想在同行业竞争中获胜,就必须降低成本,如何做到这一点,单靠自己这个门外汉每天打肿脸充胖子地想是想不出来的。这办法,这些农民工肯定知道的,他应该真正走到这些工人中间去,让他们帮他出主意。于是,他换位思考,如果他是一个工人,除了老板给他发的工钱,他最想要的是什么?如果老板很看得起自己,还会像以前那样只是为了挣点工钱吗?想到这里,孟笔河把手里的烟屁股往地上一甩,到办公室里拿了一盒扑克牌进了工人的工棚。

工人们一见老板进了工棚,都非常诧异,这个一直高高在上的人,怎么会走进他们狗窝一样的工棚里?他们以为出了什么大事,谁知孟笔河大手一挥说:"来,一块儿打牌。"

就这样,慢慢地,孟笔河在歇工时一边和他们打扑克,一边和他们闲聊。有时,打到兴头上,谁也不管他是老板,输了就唾口唾沫,拿个纸条子贴他脸上。工人们越来越把他当成自家人看了,说话也就随便多了。

"老板,人家老板都站在砖窑上头看,咋老不见你上去看啊?"白娃问。白娃是个很有心计的年轻人,干活不多出力气,会巧干,大家都管他叫"能娃子"。

"上去能看见个啥子啊?"孟笔河学着他们的四川腔。

"对头,我不上去,也能看得出来砖烧到几成熟了。"白娃以卖弄的神情看着孟笔河。

"吹个球哩!天为什么黑?因为有牛在飞。为啥会有牛在飞?因为你在地上吹。"孟笔河文绉绉地来了几句,惹得大家哄堂大笑。

"走,跟我出去。"白娃拉着孟笔河就往外走,其他人接了扑克继续打着。

"你看这个灰形成的云坨子,如果很均匀,那就是砖已经烧熟了;如果不均匀,很轻淡,那就是没烧熟。你看,七成熟是这个样子,五成熟是这个样子。"白娃把孟笔河拉到砖窑的一个出砖口的洞子跟前去看。那洞子像个拱券门,在放好砖坯之后,要用砖把这个洞封住,然后开始烧。煤灰从封洞的砖缝里挤了出来,慢慢地就形成了白娃所说的云坨子。云坨子是煤灰粘在砖墙外面所形成的天然形状。"你再看,这个云坨子要是很重了,就是砖已经烧过了,不能用了。"

孟笔河陷入了沉思,这些办法是干活的人久而久之总结出来的。他们是承包制,他们烧出多少砖,孟笔河给他们多少工钱,砖成了半截或者烧焦了,就要扣除这部分钱。所以,他们能总结出这个办法,也是应该的,但到底有没有能降低成本的办法呢?孟笔河二话不说,拉着白娃就去下馆子,请他吃大餐。

白娃也不客气,让他点菜他就点菜,全点自己爱吃的。孟笔河很高兴地看着他点菜,又要了自己喜欢吃的菜,然后两个人就聊上了。

"知道我点菜时为啥一点都不照顾你,只点我爱吃的吗?"白娃看着孟笔河的眼睛问。

"为什么?"孟笔河问。

"这阵子大家都说你把我们这些工人很当人看,我就再试试你,事实证明,老板你真的把我白娃子当人看,点菜是个小事,可小事总能看出一个人来。"白娃显得有些激动。

"都是自家人嘛,白娃哥今天教了我那么好的方法,我就是请你吃饭让你高兴哩。"

"球,我还不知道你的心思,你是想问我扭亏为盈的办法。看砖熟不熟,你根本用不着关心,那是我们的事,我们烧坏了,就白干了。我说得对不对?"

"对。这阵子这个事很让我头疼,能说说不能?"

"我今天敢来吃你这个饭,就能给你说出个三道李胡子。"

"能看出来,你是很有经验,而且很有头脑。"

"屁,老板你还真会说话。来,给上点好酒。"

"没问题,服务员,有啥好酒拿过来。"孟笔河起身到吧台看了看,最好的酒也只是丰谷三星,于是他走出饭店,回到砖厂办公室,取了两瓶五粮液过来。

"老板,太客气了吧,你咋拿这么高档次的酒啊!"白娃子很意外,也很感动。

"这个不算啥,白娃哥要是喝不尽兴,我到办公室里再给你取,哪天没有好酒了,我专程给你买。"孟笔河很真诚地说。他们喝着酒,开始划拳行令,不一会儿白娃便喝得面红耳赤,又喝了一会儿,白娃的舌头都有点硬了。

"老板,我给你说,你要想挣钱,呃,想挣钱是吧?"白娃说着,拿着筷子去夹菜,一直夹不住,"你想想看,不节约成本,你哪来的竞争力?怎么节约成本,你总不能坑这些农民工吧,那你就亏大了,对吧?"

"是啊,活儿要靠大家干的,怎么能亏大家呢?"孟笔河微笑着说。

"对头。你老板脑袋瓜子够使唤,那你看还有哪里最费钱?"

"煤消耗得太厉害了了。"

"对头,就要在这里做文章。"

"咋做文章?"

"不知道了吧?来,咱喝酒,嗯,喝酒,好酒!"

"那煤是一点都不能少的,少了,砖烧不熟的。"

"那一锨一锨的煤,烧的都是钱啊,你要是能把煤的费用降下来,你就赚大了。"

"可怎么才能降下来?"

"知道蒸汽机是谁发明的吗？瓦特。瓦特是干什么的？给老板干活的工人。也就是说,老板只有让他的工人发明更好的机器,才能赚大钱。"

"这个是。"

"那我给你说个办法,这个办法你用了,要是能赚钱,你给我点好处。"

"可以,说说你的条件。"

"赚了,给我十万块钱。你要是用我的方法,你一年就能赚四五十万,要你十万,你给不?"

"中,没问题。"

"我知道你老板是个说一不二的人,也不用再找人做证了。"

"没问题,老哥你信得过我,我不是那种说话不算数的人。"

"把煤搅在生砖坯子里,内外同时燃烧,热量就能用到90%以上。像现在,总是从砖窑上面往下加煤,利用的热量不到10%。这个办法不是我发明的,我以前在南方给人家砖厂干活时,人家就是这样弄的。以前见你亏损,本想给你说,见你和上个老板一样,不把我们当人看,那我们也叫你活得人不人鬼不鬼,还不如我们。你既然能把我们当人看,我就把这个法子给你说了。"

"太好了,十万,我给了。白娃哥,我敬你一杯!"

神奇的事情发生了,按照白娃说的办法实施,砖的成本大大降低,在同行业中有了极强的竞争力。砖的质量一样,价格却总比别人家的低好多,所以孟笔河的生意越来越火爆,当年就扭亏增盈,赚了四十多万。

第二年,由于上面不让再烧红砖,城区几个砖厂都倒闭了。这个砖厂因为地处山区,没有人注意到它,生意更加火爆,孟笔河赚得盆溢钵满。孟笔河没有食言,他一次性付给白娃十万块钱。

大河有水小河满,因为孟笔河的生意好了,砖厂原投资人老王叔也恢复了有钱人的生活。

9

有了本钱,孟笔河去函谷关县的矿区,投资金矿石生意。那时在函谷关县的任何地方,爱吹牛的人,总说自己是开矿的。一说是开矿的,人家都以为他是有钱人,但看到他穿得并不光鲜,就会质疑,以为他开矿折本了。同时又抱着敬佩的目光,说这个人还是有能力的,属于落难英雄。

孟笔河这时正在请人喝酒,因为心里装着运输金矿石的事情,只敬了那桌领导几杯酒,就走了出来。出了门又不能远离,就蹲在酒店门口吸着烟。这时,饭店一个服务员对他大声吆喝:"哎,你走远点,你也不看看,这是你蹲的地方吗?"话音刚落,就听一个西装革履的人大声呵斥:"你把他吆喝走了,谁结账?那一桌饭一千多块钱,是你掏吗?"

"不好意思,对不起啊!"酒店老板赶忙出来道歉,"对不起,对不起,哪能得罪您的客人呢?哥,快里边请!"

"我说老孟啊,你这身衣服也得换换了。又不是没有钱,你是咱县里有名的农民企业家。你老穿这么土,看人家服务员都把你当成啥吆喝哩。这样吧,咱一块上龙泉浴池那边给你买身衣服,走!"说着,"西装"硬把孟笔河拉上了车。他们开着孟笔河的私家车向服装店走去。下了车,"西装"并没有进服装店,他看见一个卖糖人的老汉,想过去买几个糖人给他儿子捎回去。

孟笔河在服装店里看了看,看上一件上衣,他指着衣服问店员:"多少钱?"店员像是在想心事,眼皮子都没眨一下。孟笔河又大声问价钱,店员从嘴里挤出一句很轻蔑的话:"你买得起吗?走吧!"

"把我那车轱辘卸一个下来,看能把你买了不能?"孟笔河气愤地摔门而去,上了他的三菱越野车,把车窗摇下来,看了看那个店员,见店员正惊讶地看着他,一踩油门,飞驰而去。这时,满大街都是自行车,人们见过来一辆汽车,都用艳羡的目光瞅着。有人在一边说:"这肯定是县政府的车,乡里的都是 2020 吉普车。"

送走了那些"大人物",孟笔河才觉得肚子咕咕叫,一看表,都下午四点多了,自己还粒米未进。老是这样,"大人物"们吃完了,他把钱一清,就径直到凉粉摊上要碗凉粉,再买上两个石子馍、一碗浆饭填满肚子,打两个饱嗝,就完事了。

孟笔河喜欢吃当地的寨原凉粉,那种糯糯的凉粉,加上娄下村的辣椒在锅里一炒,再切上几片南缺山村的葱,浇上一些北缺山村的蒜捣出的蒜汁,非常好吃。当地有个顺口溜:"南缺山(村)的葱,北缺山(村)的蒜,娄下(村)辣椒辣半县,唐窑(村)南瓜吊半堰。"说的是当地最有名的几种特产,一个村一个特色,都是全县有名的。俗话说,名品之所以有名,必有它的著名之处。例如南缺山村的葱,和别的任何地方的葱都不一样,不一样的地方是这种葱切成葱花放在羊肉汤里,总是漂在汤的最上面,一片都不往下沉。羊肉汤里的葱花,吃起来带点甜味,入口噌噌响,特别脆,好吃极了。说到当地的羊肉汤,还真的非常有名。据说早在战国时期,为了犒劳打胜仗的将士,国君在当地城北的函谷关城门外,架起几十口大锅,宰上几十只羊,把羊肉煮熟,再打些烧饼,让将士们美餐一顿。于是,这个地方的羊肉汤,一直是当地特有的快餐,从战国一直吃到现在。看到当地的羊肉汤在中州大地上非常有名,有人尝试着把羊肉汤馆开到省会城市,谁知道却做不出那么美的滋味来。于是,他们专门把当地的水运过去做,不承想,这样还真做出好味道的羊肉汤来了。

10

孟笔河开了好长时间的矿,他想转型发展。于是,他在村里开了个小面粉厂,生意很红火,成了村里有名的能人。为了扩大厂子规模,他决定拿出全部积蓄,再贷点款扩大经营。他跑贷款的消息不胫而走,村子里的人纷纷借给他钱,没费多大事,钱就凑齐了。为了对得起父老乡亲,孟笔河在村子里招了一批工人,工资高出别的地方许多。可令人意想不到的是,由于市场面粉价格下跌,厂子经营不到两年就垮了,这回不但赔尽了老本,连借的钱也全都血本无归。孟笔河想,自己这一辈子恐怕再也爬不起来了。为了避开讨债的人,他离开村子,在城里租了一间房子住了下来。即使这样,他也不敢在房里待很长时间,每天早早地离开家,晚上很晚才回来。出了家门,他无时无刻不在想着去做点生意。他细心地琢磨街上的每一个门店,有时站在一个小摊前一整天,看着别人做生意。可以说,能挣钱的地方,他都去过了。

孟笔河想,函谷关县的淘金热,造就了许多暴发户,不妨到富阳山上的矿区看看,那里或许有发财的机会。孟笔河带着满心的无奈和梦想,来到富阳矿区,在他看来,他是没有资格淘金的,没有本钱,什么也干不成。晚上没地方睡,他就到录像厅去凑合,没想到这里竟成了他人生的转折点。

在函谷关县的矿山上,这么一个不起眼的小录像厅,晚上竟然座无虚席,来晚了还可能找不到座位。孟笔河细心地数了一下,夹道上站的人每晚都有四五十个之多。孟笔河到门外小百货店一打听才知道,这里的民工有数千人,晚上没个去处,这里是他们唯一的休闲场所。孟笔河喜出望外,自己何不也开个录像厅呢?投资又不大,只是一台电视机,一台放像机,几把凳子就行了。

一分钱难倒英雄汉,这句话用来形容孟笔河是再恰当不过了。他当年的家当,早就抵还债务了,向谁借钱去?忽然孟笔河想起他姐家里有个放像机,于是,带着一丝希望,敲开了他姐家的大门。屋里只有他姐的婆婆在,得知来意后,老人思忖了半天决定借给他,可当他兴冲冲地抱着放像机快走出大门时,他姐回来了。姐姐破口大骂:"你还有脸再来借别人的东西。"孟笔河放下机子落荒而逃。那时正是三伏天,他站在姐姐家村头大路口上,在烈日下,整整站了三个小时。

这时,一个收废品的老头儿把他从烈日下拉进屋,给他倒了一杯开水。喝完那杯开水,孟笔河意外地发现老头认识他,更让他意外的是这院子里竟然横七竖八地放着几排电影院里面淘汰了的木椅子。他上前仔细瞧了瞧,还能用。喜出望外的孟笔河细细一琢磨,不管与老头熟不熟,既然能拉我进屋,或许就能够先拿走东西后付钱。孟笔河跟老人家聊了聊家常,又把老人吹捧了一阵子,然后提出打个借条,先租他的凳子用一用,老人家很爽快地答应了。

站在矿山上的录像厅前,孟笔河正在苦思冥想谁能借给他一台电视机，正赶上一个哥们儿的弟弟路过，他一张口，那人爽快地答应下月工资发了借给他五百元。五百元就可以买一台电视机啊！孟笔河心中喜悦。就差放像机了！孟笔河决定到自己村子里碰运气。走到村口，却停住了脚步，他的口袋里只有一元钱，这是一天的饭钱。上山的八十里路他可以不坐车，可肚子饿没办法啊，他把这一元钱看了又看，无限苦闷。这时，村口来了一群十五六岁的年轻人，这些年轻人居然还像以前那样尊重他。孟笔河叫住了他们，闲聊起来，得知这些年轻人都是从外地打工刚回到家乡，他估计他们还不知道自己有多落魄。孟笔河看着一个大点的年轻人，知道他家有放像机，就试探着问："华子，你家的放像机能不能让哥用两个月，哥两个月后按你的原样给你买个新的，咋样？"

"我家的不行，这样吧，我给你找一个，不过不新。"小伙子说。

"你去找吧，哥说话算数。两个月后，准能把新的放在你家桌子上。"

"哥，你的为人我信得过，你随便使吧，机子到时候还了就行了。现在就要？你等一会儿。"华子从家里抱出一台放像机，孟笔河百般感谢，等华子拐过了弯，他飞也似的跑起来，生怕华子反悔。

孟笔河用借来的钱在废旧交易市场买了一台松下电视机。手里抱着放像机，背上背着电视机，八十里的山路走起来，他一点也没觉得累。

录像厅开起来了，每晚都有二百多人看录像，一人一元，孟笔河心里别提有多高兴了。这时，一直有人来要债，孟笔河怕人家拿他录像厅里的东西，就先给人家付了二三百元，再让人家看看他的生意，说过几天你再来吧，攒好了一并还债。要钱的人一看他的生意很好，也不说什么就走了，孟笔河的心也放下了。两个月后，孟笔河买了一台新放像机给了华子,又专门去看望给他开水喝的那个老头,付清了桌椅租金,还给老头买了好多东西。老人家很感动,两人聊了一个晚上,成了忘年交。

11

在一个叫漕洞沟的秦岭山脉里,孟笔河看着那些四川农民工背着矿石一筐一筐地往车上装。有人站在一边用磅秤称矿石。农民工每人手里拿着一根拐杖,背着一竹篓矿石走到磅秤跟前,站在磅秤上,用拐杖支在筐子下面,人可以稍歇一会儿。负责看磅秤的人高声念出矿石的重量,然后用本子记下来,减去民工的体重,就是矿石的净重。

磅秤后面是绿色军用帐篷,里面支着钢丝床,床边放着一麻袋一麻袋的红玉烟,这烟是供住在这里的工人随便吸的。帐篷边堆着一麻袋一麻袋的包菜等时鲜绿叶菜,一麻袋一麻袋的馍,还有拉矿石车刚捎上来的几十个西瓜,这些都是给选矿厂的工人消费的。他们的职务有的是坑长,有的是副坑长,主要在这里负责把金矿石从洞子里弄出来,看护好,等下面选矿厂找车来拉。在洞子里开挖矿石,有专门的工程队,打进一米,收多少钱,按山里的行情走。当然,也有人护矿,那些专门看护矿石的人,是按月收钱的。

孟笔河走到那辆正在装矿石的车上,用手抓起一把碎矿石,看了看,黑黑的,他知道,这是高品位的矿石。像这样的矿石,每吨含金量应该在三十到五十克。他盘算着,这个洞子能打出多少这样的矿石。孟笔河的思绪飘到他爹生病那年,记得有一天口袋里只剩下几毛钱,他一顿饭只吃一个馒头,不敢买菜,真的没钱啊,一分钱难倒英雄汉的感觉,让他至今萦绕心头。

"嘀嘀嘀",孟笔河包里的大哥大响了起来,拉开牛皮包,按下按键。不一会儿,孟笔河的脸都要发绿了,他急急地大声叫了司机,坐上车直奔选矿厂。来到选矿厂,一伙人正在忙着把一个死人从汽车下面抬出来,死者是跟孟笔河合伙开选矿厂的老李。老李喝酒喝多了,开了个 2020 吉普车,从厂里往外开,谁知车穿墙而出,翻了,老李被压死了。

处理完老李的后事,孟笔河坐在办公室里,就听到外面有女人大哭的声音,这是老李的女人。女人一进办公室,就哭得止不住。等她不哭了,孟笔河问她想说什么,她说:"你看,你哥人都没了,嫂子这孤儿寡母的以后咋过啊?"说着又哭起来,哭完,她说:"要不,把这个选矿厂全交给我?"孟笔河眼都没眨就说:"中,哥都没了,我还要这钱干啥? 这厂全归你,保险箱里的钱,我一分钱不拿,我把会计叫过来,说一下,以后这儿就全归你了。正在往下拉的那几十车矿石,也全给你了——这,算是给老李一个交代。"

12

马竹涟的爸爸,那个曾经备受当地百姓羡慕的有钱人,已离开函谷关县城很久了。可江湖上还有他的传说,传说他卷走了很多人的钱,然后人间蒸发。说是卷走,其实就是融资,也就是说,大家把钱交给他,然后每年可以分红,分到高额利息。有人说,马竹涟的爸爸最近噩运连连。而这段时间,马竹涟大学毕业,回到函谷关县城教书。她一回来,就联系孟笔河到函谷湖游玩,孟笔河也是每邀必到,但两人似乎没有了以前那种亲密,显然有了隔膜。

一天,孟笔河正在睡觉,手机响了,是马竹涟打来的:"快点开车过来,我爸不行了。"那凄厉的叫声把孟笔河吓了一跳,他赶紧开路虎车飞奔过去,把马竹涟接上车。一上车,马竹涟哭得一塌糊涂。孟笔河说了许多安慰的话,马竹涟才止住哭。车停到一家餐厅前。他俩径直来到二楼一个小包间里,那儿已经拉了警戒线。马竹涟的爸爸死在餐厅里,是被人用刀砍死的,面前的酒杯里,还有半杯酒。警察说,凶手已自首,是马竹涟的爸爸最亲密的一个朋友,杀人动机是不想还她爸爸的钱。面对此情此景,马竹涟号啕大哭。

葬礼上,马竹涟过于悲痛,将所有的事情都交给村里的组长张罗来管。要用的钱,全部放在孟笔河跟前,所有事情都让张罗跟孟笔河做主。

"买啥烟,买啥酒?"张罗先是跟孟笔河商量烟酒的事情。

"先说酒吧,买三百元一件的西凤酒,你看咋样?"孟笔河以商量的口气问张罗。

"可以,这有啥样儿呢。那用什么牌子的香烟?"张罗一锤定音后又问。

"用这样的酒,和二十元的软云烟相配有点硬,用十元的帝豪烟有点软,还是用兰州烟吧。"孟笔河问,"叔,你看咋样?"

"你小伙子是行家,就这样定了。"张罗很放心,"这个事情有你在,叔少操多少心哩。"

13

过了一段时间,马竹涟渐渐从失去父亲的阴影里走了出来,她和孟笔河相约在函谷湖公园的假山亭子见面。孟笔河要还给她钱,还想再请她吃顿大餐,好好谢谢她对他爹的救助之恩。要见马竹涟了,孟笔河认真地刮了胡子,还专门让理发师给他吹了个发型。然后换了身新衣服,早早地到函谷湖公园假山上等着。从那里向北望去,函谷湖如一汪碧玉,雅淡相宜。函谷湖周围,一直在不停地扩建,南岸已经开始修建一些特色景观。高高的女娲塑像,像是这片风景的地标式建筑,看起来非常艺术。走在那女娲塑像跟前,看着那逼真的半裸的女性身体,孟笔河感到有些脸红,但还是禁不住多看了几眼。在女娲塑像的南面,一些花花草草随着地势起伏布置在不同的地方。最惹眼的是前面不远处那丛竹林,就在水畔,孟笔河每次走在这里,都会想起马竹涟。当这些竹子倒映在水中,在水里一波一波地晃动,都会让孟笔河想起马竹涟名字的来历,爱屋及乌,便对心中的伊人思念不已。

孟笔河喜欢函谷湖,因为这里给他留下了太多美好的回忆,让他品尝到生活的蜜糖滋味。当马竹涟去上海上学之后,他每次走过这里,都好像能看到她的情影。尤其是马竹涟身穿红色羽绒服,站在函谷湖的竹林边,看着满湖的冰天雪地,掬起一捧雪,在手里捏实了,向孟笔河抛去,然后笑着跑开,那咯咯的笑声经久不散。

"嗨!"离亭子还有十几步远,马竹涟拾级而上,一看见孟笔河就打招呼。好美啊!孟笔河看着她,呆呆地看着。今天的马竹涟上身穿淡青色的短袖,下身穿牛仔裤,看起来特别漂亮迷人。她还是那种传统美,永远像个长不大的孩子,一双美丽的眼睛里,总是露出麻雀看世界时一惊一乍的眼神。而这种面相的单纯和至真至美,又让孟笔河由衷地赞叹。

他们站在一起,静静地看着湖水。

"你喜欢山还是喜欢水?"孟笔河问。

"都喜欢。"

"只能选一样。"

"山。"

"知者乐水,仁者乐山。你真乃仁义之士也。"孟笔河调侃道。

"看那边!"马竹涟用手指着湖边站着的一家人。孟笔河顺着她手指的方向看去,在函谷湖边有一辆轮椅,轮椅上坐着一个中年男人,身后一个美丽的女人紧紧握着轮椅的扶手,轮椅边站着一个十四五岁的女孩。女人的穿着很旧,显然已是过时的衣服,这与她的美丽颇不相配。他们一家人也许是想划船,却因为男人站不起来,只能在那里望船兴叹。

"这是个伟大的女人。"马竹涟用极其坚定的语气说,"她要直面的不仅是生活的不幸,更要面对长年累月对她男人的精心护理,身体上和心理上都备受折磨。一年 365 天,天天这样,久病床前都没孝子。可她,你看她那淡定而满足的神情,真不是每个人都能做到的。"

"对。我很欣赏这样的女人,不离不弃,这一点很多女人做不到。"孟笔河被眼前这个女人深深地打动了。

"他们以前肯定是很成功的,他们穿的衣服,现在看来是过时的,但在当时,这衣服很贵的。"

"嗯,那男人穿的衣服,我那时只在商场里摸了摸,没钱买。"

"这个女人不是一般人,从她的面相看,是个能拿得起放得下的人。"

"是啊,一个成功的男人,背后必然站着一位为他默默付出的女人。这个男人以前之所以成功,没有这个女人的真心付出,恐怕是不行的。"

"她是天下最美的女人,人不因为美丽而可爱,而是因为可爱才美丽。她穿着过时的衣服,但很整洁,足以证明她的朴实和干净利落。"

"对,她人长得确实是数一数二,她的心灵也是数一数二,她在这种不幸的生活中,还能那么坦然淡然,足以证明她的心灵是至美的,她称得上函谷关县的蒙娜丽莎。"

"是啊,她太美了!她心灵之美丽,无法用语言来形容。她对她男人至真至诚的感情,足以感天地泣鬼神。"

他们很投机地聊着,天南海北,无所不聊。不知不觉间,太阳已向西斜了过去。

14

马竹涟和孟笔河要结婚了。

结婚前几天,马竹涟家里忙了起来。马竹涟在想一些结婚的细节,她很开心,没有那种对妈妈的依依不舍,因为她知道结婚以后就会多一个人,和她一样孝敬她的妈妈,爱她的妈妈,所以除了笑就没太多的表情了。在她看来,最大的事就是拍婚纱照,那个名叫金梦缘的照相馆就在函谷关县一高南边,之所以选这家照相馆拍婚纱照,是因为她高中是在函谷关县一高上的,当时的毕业照就是这家照相馆拍的,那天恰好她生病了,回来时大家都照完了,相片洗出来,班主任才发现没有她。不知道这事怎么让校长知道了,校长亲自下令再照一次,不能把她漏掉。这件事虽然很小,她却对校长、对学校产生了好感,那种感激无以言表。爱屋及乌,她对那家照相馆也心存至爱。

他们是以函谷关关楼前的道湖和德湖为背景拍的婚纱照,拍照那天他们从上午九点一直拍到华灯初上。马竹涟感觉她的婚纱照拍得很好,一直拍她都没感觉累。

　　函谷关关楼前风景如画,有山有水,山的雄浑和水的空灵让人沉醉。因为函谷关关楼东西各有高高的土塬,塬上的绿树把秋天装扮得绿意醉人。那些松柏,那大大的枣树,树上红红的鲜枣,衬得千古雄关分外绮丽。选择在这里拍婚纱照,是有一定寓意的。这里是老子著《道德经》的地方,千古经典《道德经》,人生只有在道德的照耀下才能更加幸福。孟笔河提议,他们的照片背面要写上"人生因有德而美好,人生因有德而丰润",马竹涟则坚决选择以函谷关关楼为背景来拍摄他们的婚纱照,她要让大哲学家老子来见证他们的婚姻,在她的心底,要让老子来保佑她和他白头到老。

　　摄影师杜明很幽默,经常把他们逗得前俯后仰,但他那种一丝不苟的敬业精神,严谨得让人佩服。孟笔河他们在他的指挥下,时而含情脉脉地注视对方,时而亲吻对方。这些镜头将作为他们青春时光的见证,这些摆拍的镜头,可以让他们在老年时细细品味。孟笔河的注视是用了真情的,他默默注视着这个即将成为他新娘的女人,在道德湖跟前,这个柔情似水的女人,她眼睛里装满了正气和柔情、知足和本分、坚贞和果敢、深爱和纯洁,拥有这样的女人,此生何求?他要使出浑身解数,让这个女人幸福,不论是物质还是精神,时时处处,他都要细心呵护她,他把心交给这个女人。他暗下决心,不会让她受一丁点委屈。马竹涟意识到孟笔河在用情地望着她,这不是装的,是一种真情的流露,她也静静地望着他。这时,她却怎么也进入不了状态,惹得摄影师杜明一直调侃她。

　　拿着散光板的杜明的助手小梅,无比羡慕地看着眼前这个白白净净的女孩,看着这一对和谐的新人,不禁脱口而出地说了一句:"若到江南赶上春,千万和春住。"几个人全都愣住了,一齐看她,她大大方方地说:"你们两个的样子,使这里变成了春天,你们处处显露出来的爱意,让人觉得如沐春风,于是这里也就好比是春天了,跟你们在一起,简直就像是在春天里。"

"这里,是咱俩心中的西湖,白娘子在这里遇到了许仙,范蠡在这里和西施归隐,苏小小和阮郁在这里邂逅,几百年之后,你我的故事也会在这里和他们一样千古传唱。"马竹涟说完,众人都不由得鼓起掌来。马竹涟并不饶过孟笔河,她继续说:"奴家在等着相公回话哩!"众人笑得前俯后仰。

"相公当学范蠡,在海边晒盐,成为全国首富,在卢氏倒卖山货,照样可以造富一方,相公要让涟儿过上最幸福的生活。"孟笔河认真地说。

"奴家要的不是这个!"

"要啥?"

"你说不说?"

"相公当学许仙,千万年不离不弃,一心一意,永不变心!"

马竹涟激动地扑到了孟笔河怀里,他们相拥着,静静地注视着对方。那目光,就像永恒的爱在流淌,从一颗心流淌到另一颗心,源源不断,亘古不绝。

杜明手里的相机不停地"咔嚓"着,他在抢拍这永恒的镜头,这个镜头是他见过的最真挚、最纯美的镜头,他要让镜头见证这段世间最美好的爱情……

当拍摄停下来,大家稍作休息时,孟笔河把带来的香蕉从塑料袋里取出,分给在场的人。这时,他发现有一个香蕉特别小,皮上还有一大块黑斑,于是他把这个香蕉随手扔在远处。然后,剥了一个香蕉送到马竹涟手里。马竹涟并没有接他的香蕉,只是用眼睛向他示意,让他转过身看一下。当他转过身,眼前的一幕让他愣住了,原来,一对收破烂的夫妇刚好经过,只见那个男人把装满废品的架子车停下来,捡起孟笔河刚才扔出去的香蕉,剥了皮,让他的女人咬了两大口,然后他似乎很幸福、很夸张地吃了起来。吃完,他又拉起架子车,他的女人静静地坐在车上,两人就这样渐行渐远。

"这就是幸福啊!"杜明情不自禁地说。

"是啊,这就是幸福,这就是真情,不论你有没有钱,只要夫妇能做到这一点,就是天下最幸福的人。"小梅说。

"嗯?"马竹涟静静地看着孟笔河,带着要他承诺的样子。

"嗯!"孟笔河并没说什么,只是郑重地嗯了一声,然后他说,"此生无论贵贱,我将像那个男人一样,哪怕穷得只能捡一个香蕉,也要让你吃上一个!"

两人激情相拥,闪光灯啪啪响个不停。

马竹涟说:"你看那道湖和德湖,是那样的明净,像是一双美丽的眼睛,清澈明亮。又像是一幅太极阴阳图,一阴一阳,相生相克,生生不息,耐人寻味。一阴一阳,不正是男人和女人吗?它象征着咱们生生世世,深爱对方。"

大家拍手叫好。

马竹涟仰头问:"嗯?"

孟笔河说:"对,不离不弃,永远深爱。"

马竹涟话题一转:"道德湖不大,只因设在函谷关关楼之下,就显得格外与众不同。在函谷关关楼南面,太初宫中的老子曾经趴在上面刻写过《道德经》的那块石头,也因经历千年风雨,变得极有灵性,被称为灵石。这块灵石,据说用左手摸着它许愿,会梦想成真。有人试过，说很灵验。"

孟笔河说："是啊，这部《道德经》，正散发着像函谷关一样千百年的魅力。那时的函谷关，在皇帝的眼里是固若金汤的象征，守住它就占尽了地利，就可以在都城安稳地睡大觉。而今天的《道德经》，却成为思想层面令人难以企及的精神养料，滋润着华夏子孙。人们都争相前来瞻仰老子的尊容，尽管他们知道，眼前的老子塑像，只不过是个塑像而已，说它是李白，就是李白，说它是白居易，它就是白居易。但能放在函谷关前的这座以金身面世的巨大塑像，它只能是老子。"

马竹涟说："'道德'两个字在哪里都能活学活用，人们都会对它倍加推崇。尤其是在爱情里，用了'道德'二字，便觉又高尚了许多，像是买了保险一样。"

孟笔河说："怎么可能呢？"

"在道德湖前照结婚照，真是太有历史意义了。如果有一天，我们两人有一方不爱对方了，至少还能做到很道德地分手，分手后再去找各自的新爱，这样，对方才不会太受伤。"马竹涟认真地对孟笔河说。

"别那么想，不离不弃，我们都能做到的！"孟笔河轻刮了一下马竹涟的鼻子，两人深情相拥。

来到函谷关关楼后面，他们走进函谷古道。

马竹涟说："我们要以一颗无比虔诚的心，朝圣一样走进古道，去感受那一夫当关、万夫莫开的英雄之气。"

他们缓缓走进函谷关关楼后面的古道，这时他们发现，古道两边的土塬上芳草萋萋之间，一棵棵大树粗壮挺拔。孟笔河说："晚上如果走在这里，没准会吓得大哭。在冷兵器时代，这窄窄的古道,车不可以并轨同走,马不可以并鞍同行,单骑行走于古道,不说众多官兵,就是一群匪徒迎面而来,后果也不堪设想。"

马竹涟说:"那些垫道的石头,不知道经历了多少腥风血雨,不知道亲历了多少故事。拥有如此沧桑的经历,它们却朴素到默默无闻,深刻到了不争一时之短长,看淡千百万雄师的咆哮,这种结晶升华着沧桑岁月的隐忍气度,让人感到人生的神奇。"

孟笔河说:"这段古道早在先秦时期就已名噪一时。因其西接长安,东连洛阳,是两京之间的锁钥要道,函谷关关楼是秦的东大门,就是古道让六国合纵的百万雄师畏畏缩缩不敢前行的。函谷关被千古称颂,若没有背后这条古道,它什么也不是。而古道似乎鲜为世人所提及,它的包容和谦虚,也是世所罕见。"

马竹涟说:"你想,当年六国合纵,百万雄师列于函谷关前,那气势足以横贯古今。只听得吱呀一声,关楼的大门缓缓开启,百万雄师只看一眼那深险如函的古道,就倒吸一口凉气。无数驰骋疆场如入无人之境的猛士,就这样耷拉下了他们漂亮的冠帽,无可奈何地转身离去。古道的不争和他们的强争,形成了鲜明的对比。最终,不争以其强有力的一面实现了争而不下的不争,成了老子文化中最强悍的一个词语,载入《道德经》这一千古经典之中。想来,老子也是受函谷古道的启发,才写下这不朽的杰作的吧。"

他们站在古道上,看到了当年的场景:一条青牛满是疲惫地驮着一位老者缓缓而来,"函谷古道到了呀!"老者漂泊的内心顿时有了归宿。虽是身处异地他乡,但除了函谷古道,哪里还有比这儿更能激荡情怀的地方? 不在这里著书立说,又有哪里堪当此重任? 于是,就在这条函谷古道里,无数次的沉思低吟之后,一部传世经典诞生了! 谁能想到,这一切都源于这条函谷古道。它,因不争,而成为永恒。

"不争,你怎么看?"孟笔河问。

马竹涟说:"争而不下的不争,才符合老子的本意。也就是,不战而屈人之兵。"

"对。这个不争,是有争到手的本事,然后,以不争的态度面世。"

"但是,婚姻中要坚决不争的。"

"对。包容是婚姻的真谛。"

"但自古以来,有人的地方就有江湖,婚姻也不例外,不是东风压倒西风,就是西风压倒东风。"

"我们不是,我会永远让着你。"

激情拥抱。

15

马竹涟的妈妈请算卦先生按两人的生辰八字看了结婚日子,定于阴历腊月初八结婚。初八这天早上,马竹涟起了个大早,去金梦缘照相馆化了妆,回来后,穿上洁白的婚纱。马竹涟朝院子里看一下,大家都在等着喝豆腐汤——村里人过红白事情时专做的大锅豆腐汤。村里人,喜欢把结婚称为红事情,还简称过事情。过事情时,全村人都要来帮忙,早饭都喝豆腐汤,约定俗成,成为习俗。今天马竹涟家请的厨师,是十里八乡的名厨,他们做的豆腐汤,尽管只是他们要干的所有活计里面的一个附带产品,却能做得很合大家口味,一般来说,好吃到大多数人都要吃上第二碗才肯罢休。

豆腐汤的做法看上去很简单,但实际操作起来却一点也不容易。单说制作过程中的切葱花这一环节,厨师的做法跟普通人就有天壤之别。厨师把剥好的葱洗净晾干后,横放在案板上,横切三两刀,就把葱切成了两寸长的短段,再用刀对着两寸长的短段竖着劈开,葱段这个圆柱体就变成了两半,把这两半的圆柱体平的一面放在案板上,再各劈一刀,两寸长的短葱段就变成了一小把窄长的葱皮,再把这些葱皮聚拢起来,横着用刀轻快地一阵猛切,一堆大小均匀的正方形葱皮就杂乱无章地摆在案板上了。单这一项厨艺,就把在场的人看得目瞪口呆。

厨师在人们满是崇拜的眼神里,一板一眼地做着菜,只见他把白菜、豆腐及各种调料有机地组合在一起,把它们放在大铁锅里慢腾腾地煮着。这时,铁锅下的干柴熊熊燃烧,锅里的豆腐汤咕嘟个不停,院里的乐队演奏着《朝阳沟》,人们在院里不停地忙碌着。这场面,真是热气腾腾,热闹非凡。

九点左右,有人大声吆喝:"开饭了!"大家定睛细看,一锅豆腐汤就放在院子中心的地上,豆腐汤最上面漂着一层鲜艳夺目的辣椒油,白白的豆腐也刚探出个头,绿生生的白菜叶格外惹眼。单这么看一眼,人们就胃口大开。

大家都端一碗豆腐汤放在桌子上,把手工酵子馍泡在豆腐汤里。手工酵子馍本来就特别好吃,这两样偶遇到一块,简直是绝配。马竹涟想,这碗豆腐汤算是厨师在这里的第一次亮相,跟上次另一家过事情时厨师做的豆腐汤相比,是略胜一筹还是稍逊风骚?厨师也一定在盘算这个事。他不会当面问别人味道怎么样,而是在数有几个人吃了第二碗,吃第二碗的人越多,证明自己做得越好。马竹涟也在数,在场的好多人都一边吃着豆腐汤,一边在数,彼此心照不宣,很有意思。马竹涟想着就觉得饥肠辘辘,不觉狼吞虎咽起来。

　　新郎孟笔河在鼓乐喧天中来到马竹涟家的院子里，马竹涟坐在自己的房间，有人开始拿着麻线绳给她开脸。等一系列程序走完之后，马竹涟就在屋里静静地坐着。院子里的孟笔河，披着绸缎被面，坐在一张八仙桌前，桌上放着专门为他一人准备的手工小包子，他的旁边坐着女方的舅、姑父、姨父等亲戚，和他一起来的表哥把手中的行礼包交给了女方管事的人，也坐在孟笔河旁边。按当地习俗，要有个开口封，也就是新郎在开口说话之前，女方家长要送给他一个红包，包里装钱或金饰品，当地人称之为开口封。马竹涟的妈妈送过来一个金戒指，管事的人放在孟笔河面前，说了声："娃，能张嘴了！"孟笔河接过，放在口袋里。

　　吃过饭，乐队开始大吹特吹。这时，女方管事的人拿了许多小礼物过来，送给男方来的放鞭炮的、摄像的、司机等人，每人一个小包，里面包的是烟、鸡蛋、核桃外加几块钱等。孟笔河在丝竹声中开始履行第一道重要程序——"披红"，他来到马家正厅，在供奉着祖宗神位的桌前立定，马竹涟的妈妈和姑、舅、姨等至亲在他身上披上绸被面，跟他来时在家里披的被面方向相反，鞠一个躬披一个被面。"披红"结束，孟笔河来到里屋，看到马竹涟穿着洁白的婚纱坐在床上。有人开始叫孟笔河找新娘的鞋子，他正要找却被人一把拉上就走，这人是一路上陪他前来的两个迎姑之一。女方的娘家也会来两个女人陪新娘，陪着新娘坐在另一个车上到男方家去，称为送姑。

　　马竹涟今天备受注目，她穿着洁白的婚纱，离开娘家时手里拿个镜子、暖瓶之类的东西，据说是辟邪，图个吉利。她坐的车就跟在孟笔河的车后面，一路驶向孟笔河的村子。路上，她手里拿个顶针，遇到其他结婚的车队，就扔一个顶针，也是为了避开邪晦。车队一共八辆车,说是图个"发"。前面是放鞭炮的、摄像的和乐队,加上载着女方所有亲戚和村里人的公共汽车,长长的队伍浩浩荡荡地向前进发。

车子来到孟笔河家村口,早有一群年轻人把孟笔河按住,用毛笔将他画成大花脸,还有人用一块大石头挂在孟笔河脖子上,然后将他绑在车上,让他拉车。伴郎则被一群人架得高高的,用胶带将他缠在电线杆上,于是大家哄堂大笑。这是农村的习俗,大家为了开心,就想尽办法捉弄新郎,孟笔河也不反抗,就那样乖乖地让人家整。

婚宴设在函谷关县宾馆,当马竹涟到那里时,宾客们早已坐好了。宴会大厅正中间有一条红毯铺成的小路,路两边是两排一米高的小柱子,柱子上放着鲜花。她知道,今天的司仪是她妈托人请的,平时只给高官和大款当司仪。

宴会在一首童声歌曲中开始,司仪先请新郎上场,说些什么马竹涟没听得太仔细。不一会儿,该她上场了,她走到红地毯的前端,新郎孟笔河就大步过来接她。然后,在他们两人前面走着一个八九岁的小女孩,她扮演小天使,左手提着篮子,右手从篮子里抓出一些百合和玫瑰的花瓣,不停地抛向身后的新娘。就这样,在小天使的陪伴下,他们携手走过红地毯,走到了司仪面前。司仪大声说:"请新郎抱着新娘转一圈!"孟笔河抱起马竹涟在台上大大地转了一圈,引得台下一片掌声。

音乐放出了婴儿的啼哭声,司仪请出孟笔河的父亲在台上坐定,让马竹涟上来叫一声爸,她叫了之后,司仪问:"这句爸叫得甜不甜?"

"甜!"孟笔河的父亲回答。

"甜就赶紧给娃发钱!"司仪接过钱,数了数,说,"哟,101块钱,为什么是101呢?"

"百里挑一!"

"听!爸爸说得真好哇,这媳妇是百里挑一的……"

虽然这些话在每个婚礼上都会听到,但在孟笔河看来,这老婆的确是百里挑一的。如果不是经历了这么多事情,如果不是在选矿厂里邂逅,如果不是马竹涟看得起他孟笔河,如果……总之,他觉得,这个老婆他满意极了。

接下来,新郎新娘在管事人的带领下,给各桌儿的亲朋好友敬酒。来到第一张桌子跟前,有个人酒喝多了,口中正说着:"早起鸡未鸣,夜晚披星还。夏顶高照日,冬迎朔风寒。汗泥遮满面,腰酸疲惫堪。日进三五十,房租煤水电。家有饕餮母,儿女还要养。豆腐家常菜,咸菜摆饭前。偶尔蛋和肉,孩子解解馋。妻称不如意,儿嫌家贫寒。邻里遭白眼,人前把腰弯。保险没钱交,有病不敢看。年已过四十,形似耄耋年,广厦千万间,土屋偏居安。何时能解脱,死后才安然……"大家也顾不上理他,径自一桌一桌地敬酒。但孟笔河却注意到这样一个细节,就是坐在最重要席位的是个年轻人,看起来很威严。于是在吃饭时,孟笔河问那人是谁,马竹涟说,那是她的一个亲戚,姓许,她总叫他许叔,别看才三十多岁,已经在市里某单位当了正县级一把手。那人没啥背景,出身贫寒,不送礼,不收礼,就因为工作能力出众,才受到重用,步步高升。因其为人正直,果敢坦诚,不论是在官场还是在亲朋好友之中,大家都格外尊敬他。在官场,因他不贪一分钱,很多人都怕他。在亲朋好友之中,因他不占任何人一点便宜,又总能把事情处理得合情合理合法,所以尽管大家都没沾到他的光,但仍然很尊敬他。他就像人们所崇尚的老子一样,用自己的人生写了一部鲜活的《道德经》,亲朋好友们总把他当成主心骨,遇到啥事也都想叫他一锤定音。

"我就崇拜这样的人,你也一定要活成这样的人,好吗?"马竹涟很郑重地对他说。

"会的!我非常敬重他,也会像他一样,用自己的生命历程写一部我心中的《道德经》。"孟笔河响亮地答道。

16

正说着,赵小杉带着她们原来上海师大 106 宿舍的室友都过来了,她们一坐下就有说不完的话。马竹涟和孟笔河最后就坐在这一桌,陪她们吃饭。

孟笔河向她们隆重介绍了桌上的一道特色菜:"大家尝尝我们当地的这盘特色菜,我们叫它酱肉。酱肉是炒萝卜片里面放上海带和猪肉片,关键是炒制时,里面加些酱,吃起来酱的味道和猪肉的香味相得益彰,让人口齿生香。猪肉选用的是五花肉,但厨师把它做得肥而不腻。而且选用的都是养了一年才出栏的黑猪肉,膘都特别厚,有的甚至达到七八厘米,这道菜一上桌子,就很吸引眼球。肥肉多,瘦肉少,冷却时只见白花花的肉片漂在菜的正上方,在过去缺吃少穿的年代,这是一道非常让人青睐的佳肴。大家尝尝,这是竹涟特意给大家点的。"

马竹涟说:"大家多吃点,在我们这里,酱肉是小时候过年时饭桌上的主角,一家人吃饭,这道菜三下五除二就吃完了。平时酱肉就存放在一个敞口的小缸子里,每顿饭一个人碗里只能象征性地夹上一筷子,这才是真正的限量版。越是限量越是值得珍惜,大人们很少吃,孩子里面老大总是吃得少,老二要照顾老三可以多吃点,老三吃了几口,看大家都不吃,也就不再吃了。就那么几筷子酱肉,在当时的情况下,越是吃得少,越是把那种味道体味得淋漓尽致。于是,酱肉就成了小时候我们最爱吃的菜,甚至成了'年'的代名词。"

"那得尝一尝,竹涟能喜欢的,一定是好东西。"大家七嘴八舌地说。

多年不见,她们有着说不完的话。她们天南海北地聊着,最后话题落到赵小杉身上。原来,赵小杉这几年在他们当地一直不在编制,无奈之下到一家印刷企业打工,一天到晚总是看人家脸色,干得不好时还要挨骂,很不如意。

"你愿意到我们函谷关县来吗?这里招聘特岗教师,像你的条件,努力一下完全能考上的。这是个正式编制,可惜离你家太远了。"马竹涟对赵小杉说。

"我想想,这机会蛮不错的,离家远点怕啥?这里有你们,我就感觉啥都好。更何况,孟笔河这小子,我也挺熟的,也很看好他,他是个可以拔刀相助的主儿。"赵小杉说着,还真动了这个心思。因为她在那家企业里也不是正式工,每次发奖金都叫她极为伤心,过节时厂里正式工发四百块,司机发二百块,轮到她,大多时候就忘了。主管为了这么小的事情,问完这家问那家,还要到一个个管事的人那里去请示,等二百块钱发下来,真是像办了一场婚事一样麻烦。到后来,主管干脆就把组里面的正式工全都叫到场,大家凑二百块钱给她,弄得她接也不是不接也不是。那才真是叫受罪啊。刚开始她还参加全厂的大会,后来干脆就不参加了,因为人家点名时也不点她的名字。现在听马竹涟说能过来干个正式工,还能和她一样当教师,那多好啊。

过了没多长时间,赵小杉就来到了函谷关县,租了个房子住下来,开始考特岗教师。白天她就待在马竹涟家复习功课,和他们夫妇一块吃饭。晚上再在马竹涟的宿舍里复习几个小时,看会儿电视,聊聊天,才回到她租住的地方。

有时候赵小杉结束得早,马竹涟晚上有自习辅导课,就把钥匙交给赵小杉,让她先去家里看会儿电视。赵小杉就和孟笔河在家里看电视聊天,有时候还帮着做一些家务。赵小杉和他们在一起特别默契,特别快乐。

一年后,赵小杉考上了特岗教师,三个人高兴得不亦乐乎,专门在金宫大酒店一楼大厅摆了一桌宴席,把她们师大原106宿舍的人都叫了过来。大家在金宫大酒店一楼大厅坐定后,孟笔河看看,加上自己一共是11个人。这几个姐妹好久不见,到了一块话可就多了。大家畅谈着昔日师大的美好生活,又都说了说现在各自的状况,聊得非常投机。孟笔河接过菜单,看了看说:"这样吧,大家每人先点一样自己爱吃的菜,怎么样?"大家都很乐意,尤其是四川的吴美丽,快人快语,先点了一盘川菜。这时,来自福建安溪的柯小小,拿出从自家带来的上好的铁观音,泡在德化白瓷壶里,一边泡着一边向大家说:"铁观音既不是红茶也不是绿茶,处于红茶和绿茶之间的半发酵茶,发酵程度要掌握得恰到好处,制作工序繁杂,一泡好茶来之不易。泡茶程序颇有讲究,大家看,这是最常见的冲泡程序……"

吴美丽说:"等一等,这里还有古筝嘛,我来伴奏一曲《渔舟唱晚》!"古筝响起,歌声、水声、摇橹荡桨声徐徐传来,乐音中,天边一抹绚丽的晚霞似乎从远方射进了屋子。大家仿佛看到"山含落日辉,金霞染流水。辛勤换来丰收乐,渔舟唱晚荡桨归"的美妙场景,夕阳西下,打鱼归舟的诗意,在吴美丽的指尖缓缓流泻,只听得那弦音时而腾空而起,变得飘忽不定,时而蜿蜒曲折,欲发欲收,时而在婉转流连处优柔缥缈,时而又在百回千转之际,突然变得铿锵有力。

　　柯小小很自觉地坐在茶案前,专业地介绍起铁观音冲泡的方法,只见她一手拿着装满开水的"随手泡"(电水壶),熟练地介绍开来:"大家看好了,老柯茶艺表演开场了!"她用开水边烫洗茶具边说:"这是第一步,叫沐霖瓯杯。"只见她把七八克铁观音茶叶放入盖瓯(盖碗)中,又说道:"这是第二步,叫观音进殿!"柯小小娴熟地把开水倒进盖瓯中,介绍道:"这是第三步,叫悬壶高冲,也叫高山流水哦!和吴美丽的古筝曲很合拍的哦!"接着,柯小小说:"第四步:春风拂面,就是用瓯盖(盖瓯的盖子)把水沫刮掉。第五步:关公巡城,逆时针在每个茶杯里倒五分左右的茶。第六步:韩信点兵,在各个茶杯里再滴进少许茶水,大约七分满。第七步:细闻幽香,大家要拿起瓯盖很陶醉地闻一闻茶叶留下的余香味。"看着眼前泡好了几小杯金黄清澈溢着清香的茶水,大家都忍不住要伸手去拿了!却见老柯压低声调故作神秘地问:"大家来猜最后一步是啥?"大家只得把手缩了回去。吴美丽随口说:"都泡好了不喝还等个锤子噢!"老柯哈哈大笑:"猜对了,最后一步,就是喝茶,雅称品啜甘霖。"说完就示范要怎样优雅地小口品茶。最后,大家人手一杯,学着老柯的样子,在古筝曲中品起香茗。

　　吴美丽演奏古筝娴雅大方,那脆亮的筝声,像小溪里的浅水在石头上轻轻淌过,时而灵透、柔和,时而明亮、清脆,时而如孤鸿飞过,空灵之声不绝于耳,时而如急雨敲阶,张扬似朔风吹雪。柯小小的表演艺术在如此美妙的伴奏中,得以淋漓尽致地发挥,那动作、那眼神、那气度,像涓涓溪流,百回千转地流淌于山间,溅出一路长歌。两者配合默契,如同一位飘逸的仙子翩然起舞,飞舞的衣袂与筝音争色,玄妙的长袖与神思齐飞。

看她俩表演得这么专业,大家不由得鼓起掌来,掌声雷动,经久不息。

马竹涟给大家洗了些函谷关县寺河山的红富士苹果,李云丽说,想吃点马竹涟上学时带的金冠苹果,翁吉俐说马竹涟上学时带的秦冠苹果最好吃,因为她从来没吃过那种苹果。孟笔河出去找这两种苹果,留下她们十个人口无遮拦地说着近来发生的故事。郑文华摸着姜阿珠的衣服说:"阿拉看一看相,侬的衣吾(衣服)不要太好看,个个名牌的颜色比一般衣吾的要好多哩!"

"大款给买的嘛,咱们谁能和她比啊!"吴美丽快人快语。

"啊,傍大款啊?"赵小杉惊讶得张大了嘴巴。

"勿是这个样子的,她老公是大款!"翁吉俐操着上海腔说。

"哎,我要喝羊肉汤,你们是不知道,函谷关县的羊肉汤喝起来不膻不腻,入口温润,特别好喝。如果不想喝汤,就吃这里的羊肉糊糊,很好吃的。"王红丽向大家推荐道。马竹涟说:"这函谷关县的羊肉汤,还真得给大家说道说道。大家看,水和羊肉两种八竿子打不着的东西,像千年前的民族大融合一样,融得你中有我,我中有你,最后成了一锅分外香艳的美食,让人吃后久久不忘。以前,函谷关这个地方是没有羊肉汤的。明朝时候,山西省洪洞县大槐树下发生了大规模官方移民。那时,到处都能看到扶老携幼疲于奔命的人群,他们风餐露宿,离家越来越远,在对家乡的切切思念中,不得已来到这个叫作函谷关的地方。他们庆幸总算没有饿死、累死,找到了可以栖息的地方,尽管衣衫破旧、面黄肌瘦,一路漂泊心神不宁,但当他们走到这里,要一碗羊肉汤,大口痛快地喝了个够之后,这碗汤终于让他们决定在此安身立命。他们在此永远地住了下来,与这里融合不分。他们不断扬弃着羊肉汤的各种做法,使这一民间美食得以成为当地主流食品。他们精心地选骨、砸骨、泡骨、汆骨、熬骨、配骨,以制出精美的羊肉汤来。为了去掉膻味,他们曾试用绿豆、萝卜、甘蔗、核桃去膻等做法,也尝试用白酒以及各种调味品消除羊肉的膻气并增加香味。他们在制作羊肉汤时非常用心,从正在沸腾的大锅里,舀上几勺羊肉汤,倒进一个小汤锅里,再往小汤锅里放上温水泡透的粉条,扔进去几片又大又薄的羊肉,加上精盐、味精等调味品,尽情煮沸后,起锅盛入汤碗中,撒上葱花和香菜末,一碗香喷喷的羊肉汤就摆在食客面前。多少年后,他们的子孙已成了函谷关下的土著,而这碗羊肉汤也不再是一碗简单的饮食,它成了函谷关县的一面文化旗帜。

这碗羊肉汤,是明朝时期那次迁徙的见证者,开启了一段历史的神秘往事。函谷关前的子民们,一直很用心地做着这碗羊肉汤,他们知道,一切都像因果轮回一样,在用心与不用心之间转变。现在,函谷关县的人,喜欢把一锅羊肉汤细火慢熬,任那香气慢吞吞地氤氲而散,满屋生香,香气绕过桌凳、绕过梁、绕过柱,飘得满街满巷,香得满街的人都醉了。而做汤的人,把用心当作一种修行,不断地悟,不断地参,终于把自己的幸福做进了汤里,揉进了别人的幸福里。这段参禅与领悟,使他们做出了羊肉汤的招牌,也做出了人生的招牌,羊肉汤成了他们修行的载体,载他们越走越远。"

"真是个当老师的料,一碗羊肉汤让你讲得神乎其神,这哪是吃饭,是在品文化,学哲理啊!"翁吉俐说。

"来来来,吃苹果,这黄的是金冠,带星点的是秦冠。其实这秦冠没有红富士好吃啊!"孟笔河回来了,把苹果分发给大家。

"不,物以稀为贵,我们那里从来没见过秦冠,至于红富士嘛,超市里多的是。"翁吉俐说。

"你从哪里弄来的金冠苹果? 现在不是有它的时候啊!"马竹涟问。

"从东村乡的冷库里弄的。"孟笔河说。

"真有你的,这世上好像就没有难得住你的事!"马竹涟用欣赏的眼神看着孟笔河。

"那是那是,哈哈哈。"

"**说你胖你还喘上了**。"马竹涟嗔怪地说。

"哈哈哈哈……"孟笔河爽朗地笑着,却一眼看见胡丽华闷闷不乐地坐在那里发呆,跟这个和谐气氛显得格格不入。于是他向马竹涟努了努嘴,示意她看一下胡丽华。

"怎么了,你看起来这么憔悴?"马竹涟走到胡丽华跟前,关切地问。

"唉,吃完饭再说吧!"胡丽华软软地说,看起来像个晒蔫的茄子。

"她遭遇小三了! 这年月,什么事都有!"吴美丽插话道。

"啊? 那大家都替她出出主意啊,姐妹们!"马竹涟着急地说。

"我说你们就算了,干脆直截了当让你丈夫净身出户,心走了,人是留不住的。"翁吉俐还是像在学校里号令三军的班长一样,语气果断而且理由充分,"不错,谁都知道,你们是在大学里谈的恋爱,历经风风雨雨,最终走到一起,可是,你们现在成了这样的结局,我就在思考,爱情是婚姻的基础吗?爱情可以长久吗?婚姻仅靠责任能长久维持吗?类似这样的问题,永远没有标准答案,所有的回答都只能在风中纷纷飘扬,落下后成一地鸡毛。在爱情和婚姻面前,作为个体,你是有选择自由的,认为婚姻是港湾你就要去用心呵护,当婚姻已经成为桎梏,你就应该当机立断,勇敢地解脱。"

"这样说吧,如果你不想离,还想把他拉回来,那你就要隐忍。有些时候明明不是自己的错,可就是需要隐忍才能够保全自己。原因很简单,你丈夫之所以能被小三吸引,那必定是因为小三有超过你的地方,这时在你丈夫的心里,给小三打的分就已经高过你了。这时候你的哭闹只会为自己减分,而且,还很容易激起丈夫作为男人想要保护小三的那种欲望。所以,忍吧。除非你真的想让自己的婚姻结束。"

郑文华对这事却持不同看法,她的声音不大,却有着一种异常坚定、不容置辩的力量。"现在要做的,不是鱼死网破、玉石俱焚,而是要夺回你的男人。要打赢这场战争,首先要做的就是忍辱负重,把这列脱轨的火车拉回自己的轨道,至于拉回来以后如何整治,那是家事。女人遇到这种局面,往往都是怒火中烧,自乱方寸,外战小三,内斥老公。结果,老公破釜沉舟,小三如鱼得水,自己只留得一个孤零零的怨妇背影。要让他回心转意,只有一个办法,那就是真爱。我的一个女同事,容貌很差,但她帅气而且事业小成的老公就是被她吸引得欲罢不能。原因是什么?就是爱。她对她老公那种无私的细致的爱,让老公的心中总是充满着幸福感,充满着感恩之情。应该说,多数人都是性情中人,所以要以心换心,将心比心。爱情里面谁也不是傻子,所以不要奢求你不爱一个人但他会很爱你。只有真爱和时间,才能把你的男人拉回来,别无他路。"

"跟她斗!真的勇士,不仅敢于直面出轨的婚姻,还能正视淋漓的鲜血,微笑着将刀口的鲜血舔舐,只为那一回眸的优雅。"柯小小虽然个子小,胆量却不小,"那你丈夫现在持什么意见?"

"他不想离婚,他要我出面逼走小三。"胡丽华淡淡地说。

"真是不要脸到了极点!出轨几年,事到临头,居然让自己的妻子出面逼走小三,这个男人不是一般的无耻,而是非常可耻!无论妻子或小三,都对他情根深种,他享受到了家中红旗不倒外面彩旗飘飘的幸福,却没有能力承担自己造成的后果。猫吃了鱼还要把自己的嘴擦干净,你老公偷腥还让你给他断后,还要躲在你的身后观战,简直是个畜生!"柯小小气呼呼地说,"这个无耻的男人,他爱的不是老婆,不是情人,而是他自己。他伤害了两个女人。"

"即使你逼走小三,表面上看似乎是你赢了,但你心里的创伤永远难以弥补,不只是你,所有的老婆在面临丈夫出轨时都已经输了。输掉了你们曾经无限甜美的爱情,输掉了你做人的尊严和底线。这时候,也许为了家庭为了孩子你还是想挽回婚姻,但无论如何,到最后赢的都只是男人。"翁吉俐很深沉地说,"不论男人出轨的理由是真爱还是肉欲,在我看来,一个出轨的男人,他的心已经不在你身上,即使你摆出一副母鸡保护小鸡的姿态,可谁又会重视你的真心?而你这样替老公搞定他玩腻了的女人,更是把你最后的尊严扔在了地上。我们觉得你真的好悲哀。正室和小三决斗,就是赢了,把你老公重新拉上婚姻的轨道,也已经没了当初的爱,家已名存实亡,赢了又能怎么样?"

"既然他有这个毛病,就是把他拉回来他也会再犯的。不是我偏激,狗改不了吃屎,要想让狗改掉吃屎,除非把狗打死。何况这种事,跟吸毒一样,有了第一次就会有第二次。当断则断吧,人,哪怕以后永远单身,也不要在这条黑船上继续待下去,忍痛割爱吧!"赵小杉像放连珠炮一样说了一通。

"那孩子呢?让这么小的孩子就生活在单亲家庭吗?"胡丽华嗫嚅着。

"是啊,大家说说,孩子怎么办。他们两个都无所谓的,受屈的是孩子。"马竹涟说。

"那你们这样,对孩子也是痛苦啊!与其让你和孩子都痛苦,不如来个痛快,孩子见你快乐了,他也会走出阴霾的。再说,儿女自有儿女福,别为儿女做马牛!"一直没说话的函谷关县的苏少侠说,"现在的离婚率已经达到30%以上了,所以,离婚没什么大不了的。"

"不过,再婚的,大多是两张皮,毕竟是半路夫妻,很难交心,难长久啊。"郑文华好像有感而发。

"不一定。主要是看人,如果人好,头婚再婚没啥区别的。"吴美丽说。

"她现在很痛苦的,大家先给她上个止痛课。"马竹涟说。

"对了,我这里有一篇《一位父亲给儿女的九条人生忠告》,写得蛮好,胡丽华你看看,或许能解除你心中的伤痛。"吴美丽从包里拿出一篇打印的文章递给胡丽华。

大家接了过来,很认真地看了起来。只见上面写道:

第一,对你不好的人,你不要太介怀,在你一生中,没有人有义务要对你好,除了我和你妈妈。对你好的人,你一定要珍惜、感恩。第二,没有人是不可替代的,没有东西是必须拥有的。看透了这一点,将来就算你失去了世间最爱的一切时,也应该明白,这并不是什么大不了的事。第三,生命是短暂的,今天或许还在浪费着生命,明天你会发觉生命已远离你了。因此,愈早珍惜生命,你享受生命的日子也愈多,与其盼望长寿,倒不如早点享受。第四,爱情只是一种感觉,而这感觉会随时日、心境而改变。如果你的所谓最爱离开你,请你耐心地等候一下,让时日慢慢冲洗,让心灵慢慢沉淀,你的苦就会慢慢淡化。不要过分憧憬爱情的美,不要过分夸大失恋的悲。第五,虽然很多有成就的人士都没有受过很多教育,但并不等于不用功读书,就一定可以成功。你学到的知识,就是你拥有的武器。人,可以白手起家,但不可以手无寸铁!第六,我不会要求你供养我下半辈子,同样,我也不会供养你的下半辈子,当你长大到可以独立的时候,我的责任已经完结。以后,你要坐巴士还是奔驰,吃鱼翅还是粉丝,都要自己负责。第七,你可以要求自己守信,但不能要求别人守信;你可以要求自己对人好,但不能期待人家对你好。你怎样对人,并不代表人家就会怎样对你,如果看不透这一点,你只会徒添不必要的烦恼。第八,我买了二十六年的六合彩,还是一穷二白,连三等奖也没有中,这证明人要发达,还是要努力工作才可以,世界上并没有免费的午餐。第九,亲人只有一次的缘分,无论这辈子我和你会相处多久,请好好珍惜共聚的时光,下辈子,无论爱与不爱,都不会再见。

"写得太好了,我共振了,明白了。"胡丽华喃喃地说。

"听说,离婚对人造成的痛苦得十三个月才能恢复,这期间,时间的大手会抚平一切创伤的。"吴美丽说。

17

酒桌前,大家聊得很热火。

胡丽华说:"我看出来了,你们函谷关县的喝酒风俗真奇特,总结一下啊,不对的大家补充。开席时,所有桌前的人都要先喝上满满的三大杯,这叫酒过三巡,这酒不喝就是不给面子,大家必会群起而攻之。等喝完这三杯,酒量不行的,早被吓住又不好意思搅局,只好静静地坐在那里不说话。接下来便是孟笔河这个做东的人,挨个给咱们这些远道而来的客人敬酒,每人也是三杯,前两杯他不喝,第三杯,他陪着客人一起喝个底朝天,因为是一对一敬酒嘛。对了,大家看看,人家敬酒的顺序,动筷子的先后,还有很多方面,那可都是有规矩的,一板一眼,井然有序,绝不马虎。咱们几个在酒桌上可都是犯过规了,每次犯规,都要被罚,喝罚酒也得态度端正,爽快地一口干,要不然继续受罚。你看那条鱼刚端上酒桌,我就夹了一筷子,这,我就犯规了。说是鱼头对着我,让我喝个鱼头酒,还说什么头三尾四,姑念我是外省市来的,偶犯,喝一个酒,这事就算过去了。话都说到这个份儿上了,我还能怎么说呢?入乡要随俗,那就喝一个呗。可让大家开眼界的是,孟笔河劝酒的水平也太高了吧,他每次给咱们其中一个人敬酒,都要和咱们谈家乡、谈事业、谈爱情、谈孩子,天地人文、历史数学,无所不及,谈的东西千变万化还让人下饭,见人说人话,见鬼说鬼话,说得一丝不苟、滴水不漏,句句往人心里去,有风度,有气度,入脑入心,体贴入微。他劝得委婉,委婉中又夹杂着友善的霸气,一板一眼,循循善诱,没有丝毫讨价还价的余地,那可真是软刀子杀人刀刀不留情,闲扯之间,让我们喝完了杯中酒。因为他的劝酒词句句有理,让我们觉得不喝了这几杯酒,就对不起他孟笔河,对不起在场的各位,甚至愧对列祖列宗,即便手里端的是毒酒,也绝不能皱皱眉头。你看,咱们喝的是渑池仰韶酒,这酒七十多度哩,看来他孟笔河不让咱们喝醉,是不肯罢休的。"

"就是,难道这就是你们函谷关县的酒场风俗吗?"吴美丽问。

"大家看看对面那一桌,你看他们,就像胡丽华说的,先是主家给宾客每人端两杯,再碰一杯酒。"为了岔开话题,孟笔河指着对面那桌酒席侃侃而谈,"为了让大家更深地了解函谷关的酒文化,请大家欣赏函谷关县一位文化名人写的一篇文章,用这篇精彩的文章来为大家助兴。"他一边给每人塞了一份文稿,一边指着里面的一些细节给大家解释,然后,在大家的掌声中,马竹涟给大家大声朗读:

干吗呢

这样的日子我始终认为是灾难日。

生活是美好的。工作、休息、娱乐、消遣,总以博大的情怀吸引也牵引着各色人等,制造也轮回着百态世事,闪亮也渲染着缤纷好景……一起朝着幸福生活狂奔不止。用某小品的话说就是:"国家,好!社会,好!生活,好!人,好!啥、啥,都好!"

有时也有抱怨,有时也有不满,有时也骂娘,但总体还是偷着乐的时候多些。

你说说,这日子多好啊!可偏偏总在美的时候添些"堵",正在家里舒坦,就有人声声"勾引"。"浪莎,不只是吸引!"那就是"勾引"喽!

"快过来吧,大家都到齐啦,好久不见,很是想念呀!"

没办法!老同学、老同事、老朋友、新朋友……大家一起聚聚,摆什么臭谱呢,何况想摆也没谱呀,人家叫咱是看得起咱,不能伤了别人,更不能屈了自己,屁颠屁颠去吧。一溜小跑……

"到了吗?怎么还没到?快点、快点!"

"你这家伙还想不想混了!叫你喝点儿小酒半天不来,啥意思嘛!"

脾气大的哥哥,有时还会加一句:"当个啥玩意儿什么,你觉得了不起了,不认识大家了,想死说一声啊!狗戴嚼子装什么那个神马……"

没办法,边委屈,边快马加鞭呗。

一片声讨、叫骂中终于闪亮登场。举目四望,一片狰狞!

"栽了!今天肯定栽了!"一大圈人没几个"好东西"!

"服务员,来大杯!来晚了,先整个大家伙!想偷奸取巧?你以为大家都是吃素的?喝!"恶声戾气,威逼利诱,再不就是,夹着胳膊、捏着鼻子、举着杯子,来硬的!不信"喂"不下去!

完了!一切都完了!想装一下、推辞一下、客气一下、含蓄一下、儒雅一下、强调一下、声明一下甚至慢一点喝的机会都没有了。直接就下去了,泥石流一样直通我亲爱的胃,直冲我亲爱的鼻子,直呛得我泪如雨下!

然后是一片喝彩,也夹杂着起哄,大家都乐了,我也乐了……

"老说不能喝,这不喝啦! 什么叫爽? 这就叫爽!"

典型的幸灾乐祸! 无语不行,怎敢欺我,必须加入欺人队伍,有仇必报,有冤必申!

接下来便是一片混战,天昏地暗……

你中有我,我中有他。时而亲切如手足,不,比手足还亲! 时而仇气冲云霄,比见日本鬼子更恨! 时而关切如大妈,不,像亲妈! 时而奸佞如什么,不能说,都是亲人,说来不好意思。

再后来,有同志就趴桌上了,消停了。有同志就双目迷离了,逮谁都是亲哥亲弟,甚至亲叔叔亲大爷,甚至亲小姨、亲小妹儿。时不时也有仇的,大打出手,摔碟子砸碗儿,掀桌子骂娘……

有人发言了:"我在哪儿? 你是谁? 叫我去哪儿? 别动我!"

"走路拐弯儿,撒尿画圈儿",一点儿不骗你。水泊梁山没见过,豪气冲天,淋漓尽致,感受还是很深的。

各色表现极具创造力,极具戏剧性,极具本色儿,极具集狂泄、狂爱、狂梦、狂野于一体,不一而足。

第二天睡眼蒙眬中的第一感觉是:难受! 第二感觉是:后悔,肠子都能悔青!

难怪有人编曲儿《酒》:喝着像水,喝到肚里变鬼,走起路来绊腿,半夜起来找水,天明想想后悔,中午见面再怼! 如此轮回。

事后曾多次反思,但终无法改变。哲人也说:"改变不了环境就改变自己吧! 我记住了,并且一直在用!"

有时也在想,这是干啥嘛! 好好的,舒舒服服、轻轻松松、忽忽灵灵、透透亮亮地去,但后来,从何处回?怎么回?甚至与何人在一起,说了甚话,更重要的是做了甚事,已全然不知,记忆出现了断裂,有了真空地带!

这是干啥嘛!干啥嘛!!为个啥嘛!!!

交情?感情?亲情?

熟人?朋友?兄弟?

好像全都有,又好像什么都没有。全乱了,得捋捋,越捋越乱。真想有先主动跳河然后直接拨打110的心情。

那天晕了,晕得特狠。终于没有实现"我仍举杯邀明月,他已不知我是谁"的宏伟目标!

醒来特难受。

难受时,编了两则短信,谈谈感想:

"好哥哥,他昨天喝了多少酒,害我到现在都卧床不起。不喝不好意思,喝了实在太害怕!刚刚进了两口水,唉!从来没感到水这么好喝过,清爽甘洌,泛着丝丝甜意……不过我还是得吐出来,受不了了……"

"腹中酒污滔天浪,耳边不停敲门声。梦里挑灯勤于勉,谁家事务明日省!"

灾难呀,这样的日子。还有多少日子会有这样的灾难,我真不知道!希望会少些!哲人说:"记着吃也记着打吧,别只记着吃不记着打哦!"

马竹涟读完了,大家一片掌声。

大家一边看着,一边喝了一通红酒,渐渐地气氛也热了起来。暂时忘记了胡丽华的不幸,也劝胡丽华借酒浇愁。赵小杉从此也是正式工了,真是乐不可支,酒喝得高了,竟趴在孟笔河的脸上亲了起来,几个女人把她拉开,说她真的醉了。马竹涟看得脸色发青,心中暗想,该给赵小杉找个老公了。

因为这一吻,马竹涟和孟笔河两人吵了一架,马竹涟朝孟笔河狠狠地发了一通火,孟笔河感觉很委屈,马竹涟是一肚子火没处发,两人心知肚明,却都没法解释。最后,他俩莫名其妙地约法三章,从此不再允许孟笔河和赵小杉单独在一起,不再给赵小杉家门钥匙,不准赵小杉单独去马竹涟的小窝。

18

赵小杉成功过了招教这一关,成为一名特岗教师,分在离函谷关县城区八十公里之外的平阳镇山区一所小学。小学距离平阳镇还有几十里曲曲折折的山路,叫犁羊河教学点。尽管地方偏僻,但毕竟也有了铁饭碗,所以大家都很高兴。

因为赵小杉离家太远,马竹涟就像亲姐姐一样,啥都替她尽心张罗。这次她要离开马竹涟去那么远的地方,姐妹要分开了,真的依依不舍。马竹涟替她准备好了一切生活用品,并让孟笔河开上车,一起去送她。当车开到六亩乡龙湖风景区,马竹涟叫孟笔河停下来。问赵小杉想不想到这个风景区逛逛,赵小杉点点头。

"这个大坝是20世纪我的父辈们用并不先进的方式修成的,原来叫窄口,后来因为风景很好,游人如织,就改名叫龙湖风景区了。你还别说,这水从上面河里流下来时,七拐八弯的还真有点龙的味道呢。从这里一路上去,是山路十八弯,弯弯见水,景色很美的。走,咱先欣赏完美景再说。"

一路上,马竹涟向赵小杉详细介绍着她美丽的家乡。"这里称得上是我们县的红旗渠,这样你就能理解修这个水库的艰难程度了。这个窄口水库,离我们函谷关县城区二十三公里,是豫西唯一一座集防洪、灌溉、养殖和旅游为一体的综合水利工程。在20世纪50年代末,窄口水库开始建设。那时候,全县各公社几乎所有的壮劳力,都以民兵团的建制来这里干活儿。大家用手拉肩扛最原始的办法,修建起这座大水库。记得当时有个民兵团唱的一首歌是:'涧水流淌千万年,弘农岭上是干原。今扛锄头兴水利,明日荡舟凯歌还。'一时间,六亩乡长桥村、窄口一带,人声鼎沸,热火朝天。大家没有住处就打窑洞,不能照明就点煤油灯,最终修成了这座雄伟的窄口水库。"

三人坐上小船,荡舟龙湖之上,孟笔河坐在船尾不停地划桨,两个女人极目四望周围的景色,山倒映在水中,水紧依着山体,水光潋滟,山色葱翠。

当他们玩够了,继续驱车前往平阳,在平阳大酒店吃了顿饭,又立刻赶往犁羊河学区。一路上,高高的石塬,就像一幅国画,塬下清澈的河水,还有河里的鸭子,都让他们感到耳目一新。

到了!犁羊河学校门口就是小河,泉水清澈见底,有小鱼飞快地疾奔而过。水里有鱼,水就有了灵性,这实在是一个极美的所在。但是他们都知道,要长期在这里工作、生活,它的沉重与闭塞是不容忽视的。不过,让他们感到安慰的是,这里的人看起来非常纯朴敦厚。

这里的孩子们自己背来玉米糁子,伙上师傅给他们煮一煮就是每天的饭,大家吃不上青菜,也都习惯了。马竹涟看着这些在苦水里泡大的孩子,不禁一阵心酸。

赵小杉似乎没有什么反应,她对这样的工作、生活条件没有丝毫怨言。

"我们会常来看你的,需要什么就说,我要是不能来,让老孟给你送来。吃的穿的,他都会用车给你送来。"马竹涟一再安慰交代。

"没事的,这里我还没新鲜够呢!"赵小杉乐观地说。

孟笔河给赵小杉提了一桶水,又帮她把衣物拎了进来,然后就跑到小河边给鸭子照相去了。这里对他来说,是极其美丽的风景。河里的水菠菜,是他的最爱,他从水菠菜的绿叶和白白的一簇一簇的根系里,不时地抓到一些虾来。那虾在他的手中,身体缩小成一个个褐色的小圆圈,最小的,缩得比谷子还小。他把玩着这些小精灵,又把它们放回到水里,这些小虾如蒙大赦,立即游得无影无踪了。

第二天,马竹涟买了许多吃的喝的,又买了电磁炉、小冰箱、电视机、电脑等家用电器,和孟笔河一起,开着车送到赵小杉学校里,帮她把电器接好,一一试用完才算罢休。这许多新鲜蔬菜,都是马竹涟从超市精心挑选的,专选赵小杉爱吃的买,装了满满一车,像搬家一样拉了过来。

马竹涟和赵小杉做了一顿饭,三个人一起吃了。因为这学校里全都是年龄很大快退休的老师,而且人家都是本村或者附近村子的,晚上都回家住,就赵小杉一个人长住在学校里。当然,老师们还要轮流值班。怕赵小杉一个人在这里孤独,马竹涟请了一个星期的假,时时刻刻跟赵小杉在一起,直到看她习惯了,才放心地回函谷关县城了。一回去,马竹涟就四方托人,要给赵小杉介绍个男朋友,在她看来,只要赵小杉有了男朋友,就不会太孤单了。

说来也巧,正当马竹涟四处托人给赵小杉找对象之时,一个刚考研回来的青年男子进入她的视线。这个年轻人叫王杰,因为一直忙于考研,还没有女朋友。在大城市,年龄再大似乎也都不打紧,可在他们家乡这个小县城,同龄的女孩子几乎全都结婚生子了,尽管研究生在人们眼中非常高大上,但他还是茕茕孑立,形影相吊。他年龄大点,但为人老成持重,他来到孟笔河家,本是要去和马竹涟的一个女同事相亲,因为不了解人家,就跟马竹涟打听这个女孩子的人品等情况。

"给你重新介绍一个,比这个女的好得多,怎么样?"马竹涟一见王杰,高兴地说。

"行啊,有肉不吃豆腐。"王杰爽快地说。

"这女孩叫赵小杉,在平阳镇教学,各方面条件都很好,和你还是蛮配的,你考虑一下。"马竹涟向他隆重推出她的好朋友。

王杰没有说话,只是用眼睛询问地看着孟笔河,他和孟笔河是多年的老朋友,信得过。孟笔河的一票,在他的心中分量很重。

"那姑娘好得像你嫂子一样,还跟你嫂子好得像一个人,人家要是能看上你,是你前世修来的福分。"孟笔河说,"你看,我都修了几千年了,才把你嫂子修到我身边,嘿嘿。"

"那行,见见吧。"王杰爽快地说。

"现在就走,你去开车。"马竹涟催孟笔河快去开车,一块去平阳看赵小杉。

按他们在路上商量的,车到了赵小杉学校门口,马竹涟先走了进去,他们两个在车里,没有下车。

"见了你,我就像见了神一样,真想你啊!"赵小杉跟她来了个拥抱。

"看你,才几天没见?"马竹涟能感受到赵小杉的那种想念,就像至亲的亲人一样,这种感觉让她心里暖暖的。也难怪,赵小杉在当地没有亲人和朋友。

"今天给你带来个帅小伙子,你过去看一下,中意不,就在车里。"马竹涟开门见山,"要不,你去换个衣服,打扮打扮?"

"没什么可打扮的,我就这样的人,一切以本色为美,难道你还不知道?你看,我平时连化妆品都不用的,唯一的化妆品,就是最近用了唇膏。"赵小杉说,"咱什么都重实质,更何况,你我可真的是天生丽质啊,呵呵。"

"那你先请个假,一会儿你俩一块到河边聊一聊,我看这个男人还行,他和你笔河哥是好朋友,笔河了解他,人品是顶呱呱的。过了这个村,可就没这个店了,你得珍惜啊!"马竹涟一口气说了一串子。

"随缘吧,不是一家人,不进一家门。如果真有缘分,那就是天意。"赵小杉叹了口气说,"以前咱是不缺追求者,可一个一个都给错过了,现在年龄大了,倒成了滞销品了。"

当赵小杉走出校门,车里的王杰就看得眼睛发直了。孟笔河看着他的憨态,用手在他眼前晃晃,说:"伙计,美女不好泡啊,要注意策略。"

19

在王杰眼里,眼前这个亭亭玉立的女人,她的脸远看像缺血一样白,可近看却是白里透红。一头秀发像瀑布一样流淌着,她有一种冰清玉洁的美,既纯朴又满脸书卷气,是美丽得让人过目不忘的那种范儿。她的脸形很像电影演员范冰冰,表情却像极了电影演员林心如。那脸增一分太长,减一分太短,白嫩得像能掐出水来,就像古诗里描述的美女罗敷一样,真的能让耕者忘其犁,锄者忘其锄。她的冰清玉洁写在脸上,一看就是那种连恋爱都没谈过的女人。王杰在心里暗暗称奇,莫非这就是一见钟情?

"帅哥,你快出来,别在车里一直看了。咯咯咯咯,看你那样,都看傻了,要是你们成了亲,你还不知道把她抱到哪里?"马竹涟拿王杰开涮。

"我俩还要到镇上买点核桃,这里的核桃挺有名的,来这里不买就太亏了。你们去河边转转啊!"孟笔河拉上马竹涟上了车,"一会儿买完东西,就过来了。"

马竹涟他们来到平阳镇,看到那里贴了一张海报,正在上演豫剧《铡美案》。知道孟笔河爱看包公戏,马竹涟缠着他要去看戏。他们进场时,戏已经开始了,不过是个加演片段《狸猫换太子》。这戏也是孟笔河爱看的。

"你看,跪着的那个太监叫郭槐,因为他深爱的姑娘被召入宫,他也净身当了太监,专门侍候这个女人。后来这个女人当了西宫娘娘,想当皇后,郭槐也心甘情愿地为这个娘娘做一切坏事,以帮助她当上皇后。抛开他们所做的坏事不说,郭槐为了这个自己永远得不到的女人,连命都不要了,这才是一种真爱,尽管他是畸形的。"孟笔河很有感触地说。

"嗯,那你呢?"马竹涟笑着看着他。

"我也会为你不顾一切的,郭槐就是我的榜样。但你可不要做坏事啊!"孟笔河严肃地说。

"我会吗?看戏吧。"马竹涟把头倚在孟笔河的肩膀上。

台下的观众,几乎没有年轻人,连孩子都很少。不像孟笔河小时候,总是跟着姥姥去台下看戏,最后也成了一个铁杆戏迷。现在的年轻人，娱乐项目很多，戏剧对于他们来说已经是无人问津的老古董了，而老人们依旧对戏曲如醉如痴。这些戏曲经过千百年的锤炼打造，将人生中的诸多哲理和细节，以故事情节展开来供人欣赏琢磨，它包罗万象，博大精深，不过归结起来，以一个"正"字为精神。这些老人，从某种意义上讲，能与戏结缘是他们的福分。生活中他们解读不透的人生，在戏里早有了答案；他们处理不了的棘手问题，在戏里也总找到范本。人世间就像千年的轮回一样，人似乎还是千百年前的那些人，又轮回到今天这个世界，只不过是面对的自然环境和社会环境有所变化而已。以前皇帝都没见过的汽车，现在寻常人家也有了，正所谓"旧时王谢堂前燕，飞入寻常百姓家"。而千百年前发生的那些事，以不同形式在现代社会重新上演，真所谓人生如戏，戏如人生。虽然这些老人的学历不高，但就是这戏让他们像上了大学一样，变得博学多识，变得正气在胸。于是在他们的人生中，便少了很多浮躁、邪气。于是他们的人生也像戏曲一样，把正气演绎得淋漓尽致，把真情看得比天还大。于是，他们活得有滋有味，家庭和睦，人也充满了精气神。

这个大舞台，能把这么多老人吸引过来享受精神大餐，真是一个美好的所在。这让孟笔河想起不久前去庐山，晚上有很多人在广场上自演自唱，自得其乐，非常享受的样子。孟笔河认为，人无论物质生活怎样，精神生活都要有滋有味才好。

在这个舞台上，演员的每一句唱白都像一个旋涡，把台下观众的心旋进美好的韵律里，字字揪心，字字惊心，每个字都像是触摸着大家的神经末梢，让人舒畅到某种极致。台下的老人们早早地就集中在这古老而朴素的大院子里，仿佛戏台下有块磁铁，老人们都变成了铁屑，全被吸住不动。看戏的那几天，村里的女人们都放下了纺车,晚上不再织布。有的人赶不上吃饭,就拿个玉米面馍,夹点生秦椒片子,一边看戏一边吃。

村里唱戏,是要给小孩子放假的。没有开始演戏之前,不上学的小孩儿,在戏台下面的大院里追逐嬉戏。男人们抽烟,烟袋锅吸吸磕磕,然后剧烈地咳嗽一阵子,就又把头埋进浓浓的烟雾里去。女人们说着家长里短,手里却不停地纳着鞋底,随着"哧溜""哧溜"的声音,绳子轻快稳定地穿过鞋底,拉出手臂长短,又去穿下一个孔了。

随着"咣咣咣"几声锣响,所有的人都停止了一切活动,聚精会神地看起戏来。孟笔河感慨地说:"这些看戏的老人,从某种意义上说他们是幸福的。他们年轻时虽然物质匮乏,吃的是玉米面馍,那时的玉米苗施的全是农家肥,没有一点污染。做馍的原料玉米籽要先淘洗几遍,还要在铁锅里煮一下,再晾晒一遍,放到石磨上加工成粉。制作馒头的整个过程也全是手工的,所以做出来的馍筋道、香甜。他们的精神生活也一样,因为历史条件的限制,只能以戏剧作为主要精神文化生活,于是他们走进了戏剧这一文化瑰宝之中,吸取了像手工馒头一样值得称道的有机养料,使他们真正达到了人戏合一。"

马竹涟一边听着,一边在想赵小杉和王杰他们。正说着,随着铿锵的锣鼓声,豫剧《铡美案》开始了。孟笔河给马竹涟讲了《铡美案》的故事梗概,马竹涟说:"你会是那个陈世美吗?"孟笔河举起拳头说:"我对天发誓,这辈子若负马竹涟,天诛地灭!"

马竹涟说:"听算命先生说,中国人的誓言是很灵验的。"

孟笔河说:"相信我!"

马竹涟娇嗔地说:"我才不信呢。不说了,走,买点吃的去!"

他们看到一个小摊上正在烙饼,就走了过去,马竹涟问:"饼子好吃吗?"

"保你满意!"接话的摊主是个四五十岁的女人,个子不高,笑容满面,说话时,她的眼睛一直盯着平底锅里的饼子,一边翻腾,一边打开一个鸡蛋扔进锅里,再把饼子平铺到鸡蛋上,不多时,一个带有鸡蛋的死面饼就出锅了。女摊主问一个早就等在那里的年轻女子:"要酱不? 要辣椒不? 要菜不?"问话的同时,手脚极其麻利地往饼上铲了一铲炒好的土豆丝,把饼两次对折后,装进袋子里。然后,她并没有停下来,从案板上一大块面团上,揪下拳头大小的一块,放在左手掌心,右手一边捏,一边旋转,三下五除二,面团就圆圆地放在案板上了。只见她在案板上抹点油,抄起一个小擀面杖,横着擀,竖着擀,再沿着面饼边沿一路擀过去,一个圆圆的面饼就亮晶晶地躺在案板上了。她在油锅里抹点油,从案板上提起那个亮晶晶的生面饼,在平底锅里摊开的同时,又转向案板揪了个小面团,开始制作下一个面饼。

饼子熟了,女摊主很麻利地给他们包了两个。接过饼子,孟笔河就迫不及待地咬了一口,哇噻,饼子吃起来甜丝丝的,那炒土豆丝和略带甜味的酱让人齿颊留香。这味道和饼子糯糯的黏劲糅在一起,好吃极了。见孟笔河狼吞虎咽的吃相,女摊主扑哧一声笑了,说:"喜欢吃? 让你老婆把面烫一烫,在电饼铛里烙一下,就是这个味!"

马竹涟高兴地说:"行,回家烙饼子了!"

20

一年后,王杰和赵小杉开始张罗婚事,因为赵小杉他们两个都不是函谷关县本地人,本来要请赵小杉单位领导出面为他们操办婚事,可因为赵小杉是出嫁方,请领导出面操办不太合适,而王杰这边还没单位,就只好让孟笔河夫妻俩全权操办了。虽说没吃过猪肉也曾见过猪跑,但事情真的落到马竹涟的头上,她还是感到有压力。马竹涟想,他们自己的婚事她就没操多少心,当玩似的,现在不一样,她得做好执掌全盘的准备了。

于是,她就开始设想,这个婚礼首先要别致一些,要不同凡响。她想,地点就放在函谷关大酒店,那里二楼大宴会厅场子大。让赵小杉他们学校和镇上的老师都来,见证这个美女一生中最靓丽的时刻。要找那个很难请的金牌司仪,每次主持都让新郎把新娘抱起来转一圈的那个。她要让赵小杉在众人面前风风光光的,这才配得上赵小杉那美丽的容貌,这才是她这个铁姐们在遇到大事时所显示出的大家风范,这才能表达她对赵小杉这个小妹的一片真情。她想,应该用一块 LED(发光二极管)屏,上面播放他们两个人的成长经历以及恋爱过程,再播出一些各自大学同学的祝福,要像放电影一样,对,就像放电影,用《闪闪的红星》的片头。这样一来,这个婚礼就显得雅致不俗,也才像精心准备过的一场婚礼。

马竹涟为了找个最好的乐队,找了好多家她都不满意。孟笔河托人去找,说好了一家,回来一讲两人立刻就吵了起来。马竹涟说他们结婚时托的就是这个中间人,找来的乐队很不满意。孟笔河有点无奈,已经跟人家讲好了,再去退多难为情。孟笔河劝马竹涟说,只要能吹响笙有喜庆气氛不就行了,但马竹涟执意不肯,还是四处托人找好的乐队。在她的心中,她要给自己的妹子举办最热闹最体面的婚礼,而乐队的水平直接代表着她的努力程度,这也是她送给赵小杉的一份礼物。她想,只有好的鼓乐演奏,才能使她对赵小杉完美婚礼的憧憬实实在在地着陆，才能使她心中所构筑的美梦踏踏实实地变成现实。

这几天为赵小杉的婚礼做准备，马竹涟事无巨细，都得她一一过手，一一过眼。操心多了，习惯了那种沉甸甸的焦虑不安，所以她想让鼓乐声敲得更强劲些，这样她的心里才舒服些。结婚那天，她什么都得考虑周全，什么都得前去操劳，紧张而劳累的她，也许只有在鼓乐声中才能得以片刻放松。所以，她心中有个不为人知的梦想，那就是让那吹拉弹唱的浓厚气氛，感染在场的每一个人，使他们高兴、欢愉。她想让这种普天同庆的合力，能给她掏心窝子疼爱的赵小杉带来好运，使赵小杉感受到她带来的点滴幸福。

当一切都安排妥当，马竹涟又想了想，看还有什么没想周全的。她在脑海里一一回放，录像的，照相的，主事的，收礼的，发放烟酒的，放鞭炮的，招呼乐队的，招呼车队的，伴娘，管花车的，化妆的……还有啥呢？对了，她猛然想起，得陪赵小杉洗澡——这也是个事。洗完澡，马竹涟拉着赵小杉，去订农家豆腐。

赵小杉不解地问："这豆腐，胡乱到街上买一些就行了，用得着去那么远，找那么好的豆腐吗？"

马竹涟说："这个你就不知道了吧！在函谷关县，豆腐汤是结婚前三天就要预备好的，客人们来了之后，每天早上都要喝豆腐汤。从大清早一直到十一点多，每个到场的客人都要喝上一碗，所以，这豆腐要多准备。"

赵小杉第一次目睹了农家豆腐的做法，那做法，让她毕生难忘。

在赵小杉结婚的这天早上，马竹涟天不明就起来，她还有好多事情要准备，就连每个人身上插的花，她都要再细数一下，看够数不。新郎身上要披的被面,她得把它放在一个她能记得住的地方,又专门交给一个人管着,这才放心。就连早上给大家安排的便饭,函谷关县特有的豆腐汤,她也要亲自尝尝,看可口不,嘱咐厨师一定要做好,多放点调料,让味道再好些。馍要到市场买那种酵子馍,吃着可口,帮忙的人吃好了,干活才会卖力。

一切都按马竹涟所预想的成功举行,事事顺利。当大家都坐在函谷关大酒店的宴会厅上吃饭时,她在催酒店服务人员,热菜要早点上,别让大家等得太久。再说,烟酒一直在消耗着,划不来,她替赵小杉他们心疼。

宴会结束,马竹涟和孟笔河去赵小杉的新房里看了看,赵小杉两口子非常激动。然后,马竹涟一转身,跑到街上的饭馆里去买生饺子,跟人家说是让新媳妇吃哩。包饺子的是个年轻女人,呵呵一笑,说:"知道咋包哩!不就是几个包点纯辣椒面,几个包点纯盐,几个馅里倒很多醋,几个里面包上麻麻的花椒面,让他们知道生活不只有甜蜜,还有酸甜苦辣在里面。呵呵……"看她还真懂,马竹涟就没有再说啥,心想,还真是办喜事哩,遇到的人都这么通情理。因为还要弄些第二天早上吃的饺子,马竹涟就在一边看着她们包饺子。

饺子,在北方很受青睐,每逢佳节必做饺子。"上马饺子下马面",古往今来,饺子已从食品上升为一种仪式,成为北方人节日中一道特别的风景线。正因如此,饺子在北方人的心目中显得举足轻重。

白,是饺子映入眼帘的第一印象,如一白衣女子,在明月清风下,在一片淡雅的槐花香里,风姿绰约,姗姗来迟。那是素面朝天、明眸善睐的一位,白衫轻轻拂过花叶,人在花径里,在众花簇拥的花径中,轻舞长袖,似月中嫦娥在花径里轻拭玉兔,那一袭白衣在众花的映衬下,格外漂亮。

饺子,从那女人的手里轻盈地飘进锅里,白白的饺子和煮沸的水好像是在演绎一场魂断蓝桥的绝世之恋。饺子是冰冷的,沸水是狂热的,当它们热恋之后,又开始不断地磨合,沸水不顾一切地用狂风暴雨般的炽热温暖着饺子,饺子不顾一切地投入那炽热的怀抱。它们都会不舒服,却都在坚持,都在包容,都在忍耐,都在煎熬,都在努力,痛并快乐着。磨合,永远是一场痛苦的挣扎,两个素昧平生毫不相干的生命,金风玉露一相逢,便胜却人间无数,在它们不懈的挣扎与大尺度的包容中,最后融为一体,形成你中有我我中有你的血脉相通的一体,最终水穿透饺子的每一寸肌肤,融入它的内心深处,变成了它灵与肉的一部分。水、饺子,以另一种形式面世,成了北方人钟爱的美食。

不一会儿,马竹涟就提着饺子进了赵小杉家。孟笔河接过饺子下锅,煮好,将饺子端上来。马竹涟则为两个新人准备了鲜艳的红色新碗筷,让他们赶紧吃,否则闹洞房的来了就吃不成了。

过了一会儿,乌泱泱一群人来闹洞房了。

人问:"你怎么不把饺子吃完?"

新娘答:"吃不成。"

人问:"为什么吃不成?"

新娘答:"生(不熟)。"

众人哈哈大笑,有人说:"新娘说吃的饺子生(生孩子)。"

见来闹洞房的人挺多,孟笔河和马竹涟他们就去忙活一些原本得由赵小杉父母在子女的新婚夜要忙的事情,尽管双方父母都在。赵小杉也不理那些闹洞房的人,跟着马竹涟进了卧室,马竹涟给她的梳妆盒里放些花生。赵小杉问："这是啥意思？"马竹涟说："花生,花插着生,有男有女,阴阳平衡。"然后又给赵小杉剥石榴吃。赵小杉问："这是啥意思？"马竹涟说："石榴多籽,意思是要多生贵子。"

正说着,一群人凑近赵小杉,把她拉回新房,要她在床上跟新郎给大家表演节目。众人逼着新娘抱着新郎,唱着催眠曲,一边哼着："月牙牙,倒茶茶,烧米汤,喂娃娃。娃娃没吃够,再给娃娃搂(方言,做的意思)。"新郎眯缝着双眼,一脸幸福状。过一会儿,哼一哼。有人说："不能睡着了,睡着了也不能赖在新娘怀里。"

看着他们的幸福样,马竹涟这才突然感到很疲惫,她叫了孟笔河,也没给那两个正哼月牙牙的人打声招呼就走了。路上,马竹涟突然觉得肚子莫名其妙地难受。她突然明白,这几天,她太累了,没有想到休息一会儿,满脑子都是铁姐们的婚事,无论大事小事,事无巨细,她都操尽了心。想想自己,想想妈当年为自己操办婚事该是多么艰辛！因此,她对母亲又多了一层敬意。

21

"看,这几天让你歇一会儿,你就是不听,我还以为你是个铁人。"孟笔河一边帮她揉肚子,一边嘟囔着。"我见人家那些老招呼事情的,替人招呼红白事情的当天,先弄两个生鸡蛋吃了,再喝一碗白糖水,补充足营养才去招呼事情,你看你,饭也不按时吃,操的心太多太细,晚上睡觉都是在给赵小杉他们操办婚事！太用心了吧？"

"人家正难受哩,你还说这些！"马竹涟半嗔着说。事实上,这几天虽然忙,但她内心还是很快乐的。即使是累得肚子都有些难受,但她为能把这件事操办得令自己满意感到自豪。

"带你去看病吧?"

"不用了,老毛病,过会儿就好了。"

"咱还没吃呢,带你去吃馄饨吧,那家沙县小吃。"孟笔河知道,那是马竹涟最爱吃的饭之一,就是桃林街南头那家沙县小吃店的馄饨,一笼柳叶饺子,一碗清汤馄饨,是马竹涟的最爱。每当马竹涟生气时,孟笔河就带她来吃这两样东西,很奏效,一来到这里她的气就全消了,啥都不再提了。

他们一起来到桃林街南头,这里真是个繁华地段,西边的友谊商场人流如织,北边的街道原本已用几个大圆石球给封死,后来不知又被谁给搬走了,于是,除了学生放学时间,大量的车辆、行人还是从这里经过。所以每当从这里经过时,孟笔河都会紧紧地抓住马竹涟的手,生怕失去她似的。这个细微的动作每次都让马竹涟幸福很久。

这家沙县小吃只是一间很小的房子,里面总是人满为患。马竹涟不想再等,孟笔河就提议一起去吃手擀面。他知道,马竹涟这张嘴天生挑剔,特别喜欢吃手工面条。记得在上海上学时,他们看到这样一个奇怪的现象,这个大都市能吃到面条的饭店,都把面条标明"河南面"字样,仿佛在这里的美食中,面条成了河南的标签。但上海的河南面,吃起来并不筋道,不如马竹涟的妈妈做的手擀面那么爽口。

他们出了沙县小吃店,走进一家手工面馆。孟笔河为马竹涟点了手擀面,马竹涟怕不是纯正的手工面,就去饭店的后厨看,只见一个老妈妈拿出一个干干净净的大搪瓷盆,清洗了一遍又一遍,抹干后,往里面倒几勺面粉,再掺点水,搅动一番,盆里那大小不一的小面团就像碎银子一样躺在里面。这些"碎银子"在老妈妈的手里不断揉搓，渐渐就变成了圆润的一大团。大大的面团在她的手里，不断地揉搓，然后重重地摔到案板上。这时，擀面杖就像是长坂坡的赵子龙，一路杀将过来，在面团上横冲直撞，如入无人之境。纵横捭阖一番之后，薄薄的、圆圆的一个大面片就躺在案板上了。

这面片经过几番折叠，静静地躺在那儿，只见老妈妈挥动菜刀，飞快地从长条被子般的面卷上一路切下去，咔咔咔，刀刀精准，从一端切到另一端，再将切好的面条拉拽着抛向空中，如丝发飘散，整齐地铺在案板上。这时，锅里的水已沸腾，咕嘟咕嘟召唤着面条入锅。面条入锅后，滚上两回，筋劲犹在便出锅了，老妈妈在碗里放好葱花等调料，一碗酸汤手工面就热腾腾地端上桌了。

马竹涟像是见了久违的恋人一般，直奔桌前，三下五除二地吃下肚，把孟笔河看得目瞪口呆。孟笔河要的是饺子，饺子还没端上来，他就安详地闭目养神。他知道，此时马竹涟一定会央求他讲小时候和小伙伴们玩的故事。

"讲啊！"果然，她开始央求他了。

"不讲了。今天太累了！"今天他想故意卖个关子，逗逗她。

"快讲啊，人家等着听呢！"

于是，他开始不紧不慢地讲起来。

"小时候，我和伙伴们玩的是推铁环，在20世纪80年代，不像现在这些小孩有这么多好玩的……"

"知道的，老是补充这一句。"马竹涟娇嗔道，"快往下讲！"

"那时候家家都有那东西，也不知道大人们从哪里弄来的。那像洗脸盆一样大的铁圈，就像哪吒三太子手里的宝贝一样，就那样单调地推来推去。"

"这个没意思,换!"

"好,给你讲打玻璃蛋儿吧,这个有意思。那时我打的玻璃蛋儿,是一种里面带花的小玻璃球。小伙伴们先在地上挖一个比拳头大点的小坑,再以小坑为起点,在离小坑五六步远的地方画一条一米左右长的线,大家对着坑站在线外面,不准踏线,拿一个玻璃蛋儿往坑里扔。一般情况下,大家都扔不进去,那就看谁的玻璃蛋儿离坑近,近的就先把自己手里的玻璃蛋儿放在弯曲的食指间,然后用大拇指的指甲盖用力将它弹出去,目标就是进那个坑。如果第一个人进不了坑,第二个人开始进坑,谁进了坑,谁就从坑里拿出自己的玻璃蛋儿走过去,把别人的玻璃蛋儿往坑里赶,在自己的玻璃蛋儿击打别人的玻璃蛋儿时,通常打定子,就是别人的玻璃蛋儿准确无误地进坑了,自己的玻璃蛋儿还在原来别人玻璃蛋儿停住的地方不停地旋转,这样就保证轻松赢了别人的玻璃蛋儿。为了掌握这个'定子'技术,我们会在闲暇时不停地练,直到练就一身真功夫,赢上几十个玻璃蛋儿,那才叫舒畅啊。有人为了练'定子'技术,着了迷似的琢磨着食指和大拇指的配合动作,痴得很啊。"

"你白(函谷关方言:别)母量(函谷关方言:估计)啊!"马竹涟故意用普通话发音说了这句函谷关县的方言,用普通话发音说出来,让人觉得很搞笑。

"你这样说话让我想起一个故事。说有个保安抓住了一个偷盗的外地人,他用方言的普通话发音对那人说,你圪蹴(函谷关方言:蹲下)哈!那人听不懂,就没反应。他就生气了,说,叫你圪蹴哈,你哈(函谷关方言:还)不圪蹴哈,你四(函谷关方言:是)不四想叫我歹(函谷关方言:打)你个熊?"

"哈哈哈哈……"马竹涟笑得把手里的奶茶都洒到孟笔河的衣服上了,她赶紧抽些卫生纸帮他擦起来。

22

正擦着,门外咚咚咚的锣鼓声震耳欲聋,他们出去一看,原来是一群人在表演骂社火。只见一个老男人站在临时修建的木台子上,上身反披件羊皮袄,里面的羊毛全露在外面,远远看去,他就像一只羊。那老男人只管旁若无人地在灯下高声叫骂。

"东西常村的骂社火很有名的,骂家反穿皮袄意思是说自己现在就是一身毛的畜生,是畜生,就不会说人话,不说人话,那就说骂人的脏话。按照风俗,畜生骂人,人不能怪罪。所以,这老男人一开始骂,大家就会聚精会神地听,因为他骂得很艺术,形式上采取当地很流行、群众很喜爱的顺口溜、念祭文等,讽刺、挖苦'出杆村'的过头事。'出杆村'指的是当年不出社火的西常村,如果东常村出社火,西常村就是'出杆村'。骂对方村里的贪官,骂村里的各种歪风邪气,骂不忠不孝的人和事,骂违法乱纪的事。负责主骂的人一般都是村里的秀才,叫骂时很讲究技巧,要逻辑严密,无懈可击,使对方心服口服。他们骂人以文采取胜,骂词幽默诙谐,词句朗朗上口,骂得兴起越骂越有词。除了平日编写的骂词之外,骂人者还特别擅长即兴编词,就像精彩的辩论赛一样,都以将对方比下去为乐事。就这样,骂人者越骂越过瘾,听众听得如痴如醉,这种以方言为辩论形式,以骂人为主题的民间艺术,深受当地人喜爱。

"当然,骂人也是有讲究的,那就是'三骂''三不骂'。'三不骂'是指:第一,不骂村里的老实人;第二,不骂村里的异姓人家和外来的弱势群体;第三,不骂村里已出嫁的女人。他们主要骂对方村里的'村盖子、人尖子、社火头'。那些骂既是对他们给村里办了实事的人的肯定,也是对他们'渎职'的一种提醒。最后,骂阵队还要用铳炮把一种叫作'鳌盖'的道具在空中打碎,'鳌盖'上写着对方姓名,是侮辱对方的东西。打碎后,双方社火头握手言和,宣布本次骂社火结束。

"这种辱骂其实是一种发自内心的敬重,正话反说,反话正说,辱之愈甚,敬之愈甚。嬉笑怒骂之间,弘扬了真善美,摒弃了假丑恶,骂和敬有机统一。这种民间艺术的智慧和魅力使得这几个村的村风越来越正,民风越来越淳朴。"

这时,有人送来一张传单。传单上面专门介绍了骂社火,上面写道:

> 据记载,东西常骂社火,原来叫"社合",始于轩辕黄帝铸鼎功成,臣民载歌载舞。尧舜为弘扬始祖功德,决定每年春节后,由健铿主持,他的弟子青鸟公为帮手,安排设祭欢乐酒宴。春祭一日始,酒宴一日终,中间三日骂社火。群体化装,列队歌舞,断桐为琴,斫桑为瑟,逗骂取乐,以滑稽取笑为旨,这是原始期。在后来自发活动中,有了好差之别,互相挑逗辱骂,村社越"合"不来,社合由此演变为骂社火。夏周之时,骂社火为国风,周礼为主题。春秋后到唐宋,又有儒、佛、道诸教的参与,内容日趋丰富。元明时期,骂社火又以立木为杆于桌面,化装扮演为特点,综合艺术日趋完善,叫骂成风,贬彼褒己,村民兴趣更高,争强好胜,欲罢不能。一村拿着麦穗,一村

拿着谷穗,表示奉陪到底,两村从元宵节骂到了地里的麦子黄梢,仍不肯罢休。湖城县令急奏皇上,皇上下了一道圣旨:"兴骂不兴当场还,从正月十一开始,十六结束。东起西落。交替进行三次……谁若违犯,罚米三石。"县令传旨后立"骂社火碑"于连亲桥东,这是发展期。从清朝到今,社火彩杆以铁芯为主,仿用轩辕黄帝的金刚仙箕天兵出师布阵法,有威武强大的群体方阵,有新颖奇妙的艺术构想,有巧夺天工的艺术造型,有超凡脱俗的艺术魅力。斗文、斗武、斗富、斗巧、斗丑,全民参与(千人以上),各尽其能,雅俗共赏,各得其乐。三省(豫、陕、晋)轰动,人山人海(三四万人之多),这是成熟期。东西常骂社火浓缩远古文明之精华,折射现代文明之光彩,这一民间艺术奇葩将会注入新的活力,不断创新、完善、传承、发展,一定会绽放出更加灿烂夺目的光彩!

他们看完传单上的内容,抬头看,那骂社火的正骂得如火如荼。只见那个骂家反穿皮袄,正在用当地方言痛骂小三,骂得酣畅淋漓。

"因为骂社火,这两个村里几乎没什么歪风邪气。不像县城,日黏事(函谷关方言:坏事)多得比美国还多。"看社火的人群中,有人在说。

"就是,应该天天在这里弄点骂社火,风气就正了。"有人接了话茬。

第三篇　出事了

1

时间过得真快,转眼间赵小杉结婚一年多了。

马竹涟在电脑上备课时,习惯性地把 QQ(一种中文网络即时通信软件)挂在上面,备课累了就找个朋友聊天。这天,她累了顺便看看 QQ 上都有哪些好友在线,一看,只有赵小杉的丈夫王杰在线。王杰的网名叫深沉,马竹涟叫涟漪。他们就有一句没一句地聊了起来,等聊到赵小杉,马竹涟吓了一跳:

深沉(2239149178)　15:56:13

小杉发短信逼我离婚。

我一个人在房间疯了似的。

涟漪(2239163056)　15:57:59

啊?怎么会这样?

结果呢?

涟漪(2239163056)　16:04:16

你们也太快了吧,结婚才多长时间?

深沉(2239149178)　16:04:35

当时她很通情达理。

后来才知道,她因为年龄大了,才跟我结的婚。

结婚一年半没给我买过任何东西,没给家里买过一根菜。

认为我挣的钱必须她花,还要给她。

她挣的是自己的。

深沉(2239149178)　16:07:11

结完婚变了。

彻底变了。

一些诱惑。

她家比较穷。

她认为自己老师的职业神圣。

涟漪(2239163056)　16:08:06

过日子就要好好哄老婆。

深沉(2239149178)　16:08:21

哄?

涟漪(2239163056)　16:08:22

女人就喜欢被哄。

深沉(2239149178)　16:08:27

哈哈。

涟漪(2239163056)　16:08:30

哈哈?

深沉(2239149178)　16:08:35

要什么就买?

涟漪(2239163056)　16:08:47

你不会哄女人吧?

深沉(2239149178) 16:08:53

哄多了。

深沉(2239149178) 16:09:00

也许不会哄吧。

涟漪(2239163056) 16:09:11

所以……

深沉(2239149178) 16:09:13

我只会一味对她好。

深沉(2239149178) 16:09:20

她能说。

深沉(2239149178) 16:09:43

吵架不让我张嘴。

涟漪(2239163056) 16:09:50

你的好还是没留住她。

深沉(2239149178) 16:09:53

只让我听她说。

涟漪(2239163056) 16:10:14

说明你还不够好。

深沉(2239149178) 16:10:26

她要的是那种打她她都会说人家好的人。

涟漪(2239163056) 16:10:50

呵呵。

涟漪(2239163056) 16:11:54

要经营好,婚姻需要技巧。

深沉(2239149178) 16:12:46

一直一个人经营,很累。

涟漪(2239163056)　16:12:55

你是个诚实的人,可能不是她喜欢的那个类型。

深沉(2239149178)　16:13:15

很伤。

深沉(2239149178)　16:13:20

嗯,她说我不会说话。

深沉(2239149178)　16:13:33

说我太老实。

涟漪(2239163056)　16:14:05

对她的好用不到地方。

深沉(2239149178)　16:14:10

我现在除了不会生孩子,剩下差不多都会。

涟漪(2239163056)　16:14:40

你的忙和累,她没有感觉?

深沉(2239149178)　16:14:47

你没见,我就根本不知道怎么对她好。

也许她从学校回来给她一堆钱。

她就会很好。

深沉(2239149178)　16:15:27

错就错了。

涟漪(2239163056)　16:15:51

人都爱钱。

深沉(2239149178)　16:16:29

可爱不是那种。

深沉（2239149178）　16：16：07

我的朋友那时气到都要去她那里闹。

涟漪（2239163056）　16：16：41

呵呵。

涟漪（2239163056）　16：17：19

有爱没钱能走多久？

深沉（2239149178）　16：17：46

很短吧，因为我碰不到傻女人。

涟漪（2239163056）　16：18：13

有钱没爱又能走多久？

深沉（2239149178）　16：18：51

也许能久点。

涟漪（2239163056）　16：19：02

哈哈。

深沉（2239149178）　16：19：03

给她所需会弥补空虚。

涟漪（2239163056）　16：19：54

钱只能解决一些问题。

2

正在这时，马竹涟看见面前的电脑屏幕出现了不正常的震屏，平时只有在手机铃声将响未响时才会出现这种现象。她看看手机屏幕，并无铃响。突然，桌上的矿泉水瓶倒了，接着有人在楼道上大喊："地震了，快跑！"于是她撒腿就往外跑，一直跑到操场上。片刻工夫，所有学生都跑到了操场上，学校正在组织老师清点学生。大家七嘴八舌地说着关于地震的事,很多教师都在打电话联系家人,可是电话全都占线。

大地开始摇晃起来,整个操场像是要裂开似的,上下晃动,让人不知所措。人们不知道这地面会不会裂开来,远处的房子会不会倒下去,因为他们这一代人,没有经历过地震,函谷关县这地方,也从来没发生过。唐山地震时,马竹涟他们这些20世纪70年代出生的人都还小,不知道是啥样子。所有人都陷入紧张慌乱之中。几分钟后,大地不再摇晃了。大家才七嘴八舌地说笑起来。有人说,找个人坐在张衡的地震仪跟前,就提前知道哪里有地震了。

孟笔河的电话打过来了,他关切地询问马竹涟在哪里。接着是马竹涟的妈妈的电话,陆陆续续又有几个朋友打来电话。

过了一会儿,孟笔河再次打来电话,让她出去,他在校门口等她。马竹涟急匆匆地跑到学校门口,只见孟笔河一手捧着鲜花,一手把她抱了过来,像是劫后重生似的。他们久久地拥抱着,旁若无人地拥抱着,惹得远处有人直打口哨。

"刚才打电话,听说你没事,就给你买了束花。"孟笔河顿了顿,说,"主要是怕把你吓着了。咱这里震级不大,但不知为什么,看不见你我的心就发慌。"

马竹涟抱着孟笔河的头亲了又亲,泪如雨下:"我也是!我真怕见不到你,你知道我有多担心你吗?怕你那里震得厉害。"

3

这时,赵小杉也来了电话,马竹涟就约赵小杉,说一块去鼎湖湾景区转转,赵小杉答应了。马竹涟到函谷关县大酒店门口等她,从那里坐向西去的公共汽车,还好,有座位。

一上车,马竹涟就对售票员说:"到鼎湖湾时请叫我们一下,我们怕坐过了,误了下车。"售票员说:"就在函谷关县高铁客运站的出口不远处,请放心。"

过了半个多小时,马竹涟她们两个人一看到函谷关高铁客运站了,就开始睁大眼睛,好不容易才看到鼎湖湾的牌子,于是赶紧喊司机停车。赵小杉说:"售票员真不靠谱,要是坐过了,还要折回来,得走多远啊。"

通向鼎湖湾景区是一条柏油马路,不太宽,两边全是庄稼地。因为是出去散心,这段路两边的风景,对她们来说,也是值得一看的。可这时,马竹涟有一肚子的话要问赵小杉,没有看风景的兴趣。到了景区门口,有个操当地口音的女人守着门,问她票价多少钱,说二十元一张。赵小杉指着马竹涟说:"她是鼎湖湾景区所在地冈东村的,应该免票。"那女人很干脆地说,拿身份证来。然后头也不抬地说:"你们一个人掏十块钱门票就可以进了。"不知为什么,两人顿时觉得很没意思,走也不是,进也不是。按说这鼎湖湾景区来了也不止一次两次了,可今天她俩很想进去吃黄河鱼。在函谷关县城里,很少能吃到这里渔民做的野生黄河鱼。

赵小杉拉着马竹涟,从景点大门的西边往东走去,景点没有围墙,全凭一高高的峭崖作为屏障。赵小杉带马竹涟去的地方,是崖畔的一个缺口,那里有条小路,可以通到景区里面。从上往下看,那小路并不陡峭,所以两人想都没想就下去了。及至半腰,两人就后悔了,原来小路并不那么好走。这时,上也不容易,下也不容易,叫人哭笑不得。两人只好横了心往下走,走到崖底,却不能一下就到湖边,还隔着宽宽的一片芦苇荡,她们刚走到芦苇荡边,就有野鸭扑打着翅膀飞走了。马竹涟朝刚才野鸭躺卧的地方看看,希望找到一个野鸭蛋,最后还是很失望地收回了目光。

马竹涟对赵小杉说:"据《括地志》记载:湖水原出虢州县城,湖南三十五里夸父山,北流入河即鼎湖也。虢州县城,指的就是现在的函谷关县城。而《阌乡县志》则说因汉武帝曾在此地建'鼎湖宫',历代诗人也都有赞美鼎湖的诗句。唐代李白诗曰'鼎湖流水清且闲',明代彭纲则写下'鼎湖烟树接孤城',这些诗句因诗人的著名而著名。同时,这些诗句的著名,也成就了诗人的著名。"马竹涟又说:"据《史记·封禅书》记载:黄帝采首山铜,铸鼎于荆山下。鼎既成,有龙垂胡髯下迎黄帝。……故后世因名其处曰鼎湖。"她顿了顿,又说:"《水经注》中对鼎湖也有记载,看来,这还真是个值得一看的地方。可惜的是,从这里看不到一片秦砖汉瓦,叫人无比叹息。"

她们看了看鼎湖湾的简介,只见上面写道:鼎湖东北即大禹魁梧的塑像至今高高地矗立在黄河岸边。阌乡十二景中的"黄河晚渡""半崖春燕"即在此一带。因老阌乡县城西、南绕湖水,北临黄河,每当夕阳西下,水波晚霞,杨柳笼紫烟,别有一派迷人的景象。"洪波浩渺自西来,晋豫平分两岸开。一苇才冲烟霭去,后帆又载月明来。"古人的这首诗,正是黄河晚渡的生动写照。如今,在万亩湖面上,千万只燕子飞来绕去,和苇中的白鹭、天鹅、鱼鹰、野鸭等各种水鸟组成了珍禽集体舞。而水上的芦苇、马兰、荷花等绿色植被在黄河风的吹拂下,波浪起伏,水草、鸟布景天然,形、声、色赏心悦目,游人荡舟其间,完全会被满目苍翠中充盈的灵光宝气、祥云紫气所陶醉。

她们走进横在岸边的铁渔船上,船的第一层是几个包间,一个十一二岁的小男孩招呼她们上第二层。两人坐好后,小男孩很老练地问她们吃啥,两人点了黑鱼两吃,要了两个馒头。不一会儿,小男孩手持一个带把的小网,网着一条鱼对她们说,二斤。赵小杉点了点头,小男孩有点吃力地把鱼拿下去做了。

这里一直有风,赵小杉咬开的馒头不一会儿就让风给吹干了。黑鱼做好后还是由小男孩端上来,他用稚气的嗓音告诉她们,这鱼就是从她们身后的黄河里捞的,是绿色食品。

"这年头,真东西实在太少了。看看,奶粉不大敢喝了,火腿肠不大敢吃了,许多名牌都不敢信了。"赵小杉感慨地说。

"是啊,现在是越真越贵的时代。"马竹涟说,"感情也是。"

"真羡慕你们两个,感情那么好。"赵小杉由衷地感叹。

两人的话题由此说开去,对赵小杉的婚姻进行了深入的探讨。

4

孟笔河站在函谷关县大酒店门口等车,他要从这里坐汽车去高铁西站,然后再坐动车去北京。坐上公共汽车,孟笔河不停地看表,催促司机开快点。在快到高铁西站的路口时,时间已很紧了,他给售票员掏了一块钱,说:"请往车站里送一点。"于是,司机给他送到了高铁西站的广场边。

这时,马竹涟和赵小杉正好从鼎湖湾景区走出来,就站在高铁西站的路口上。汽车里的孟笔河看见她们,赶紧把头低下,往座椅后面躲了起来。

孟笔河刚进站,火车就在他面前停了下来,他赶紧上车。

这时,天气很热,车厢里的 LED 电子屏上显示,外面 37℃,里面 35℃。

　　"叫你们列车长来,我掏了那么多钱,坐在这么热的车里,这算哪回事?"对面座位的一个中年男人大叫。过了一会儿,来了一个女服务人员,说:"对不起,车上的空调坏了,现在给您退钱,先登记一下您的车票。"这个中年男人出示了车票,还在不停地嚷着。不一会儿,车里广播向四节不能享受空调的乘客道歉。孟笔河一路忍受着酷热,心想,原本以为坐动车的人会少些,没想到车上的人真多。

　　火车抵达北京西客站,孟笔河坐出租车到北苑北路和上屯路交叉的地方,那是他在函谷关县城就订好的一个全国连锁的大酒店。在酒店里稍稍休息,他就乘地铁 5 号线去八王坟汽车站,买了第二天去北戴河的车票。办完这些,他才坐公交车去看鸟巢。等他赶到鸟巢时,天已经黑了下来,工作人员不让再进了,他就只好站在远处望了望夜幕灯火下的鸟巢。

　　夜空忽然飘起了小雨,人也稀少起来。孟笔河一个人向前走着,耳畔传来动听的吉他声,他循声走过去,看见几间供电房一样的小房子一侧,有三个男孩,两个坐在音箱上,一个弹着吉他,弹吉他的男孩一米六左右的个子,站在麦克风前唱着:"莫名我就喜欢你,深深地爱上你,没有理由,没有原因……"

　　身处异乡,听到这样的情歌,孟笔河不禁思乡念家起来。他从身上掏出一张处方笺,借着月光看了看,叹了口气又放回口袋里。他心里烦乱,无助地看了看鸟巢,长叹一声:"我的巢在哪里?"此时,他是多么想念马竹涟,想得他都快疯了。

5

第二天一早,经过四个多小时的颠簸,孟笔河来到了北戴河边。大海的气息和着晨风扑面而来,站在海边,他感觉人是如此的渺小。孟笔河花了四十元到海滩上的一个衣服摊上买了游泳短裤,他准备下海了。

海里有很多男男女女,最吸引孟笔河眼球的,是那些会游泳的女人,她们自由地在大海上劈波斩浪。孟笔河细看,那些会游泳的女人竟然全是外国人。几个中国女人也在游,但腰上都圈着一个又黑又胖的汽车内胎。

孟笔河看了看,海里有一条警戒线,在警戒线跟前站着的人,水还不及他们的肩部,于是他下了水。海水有些凉,他又向前走,水深了点,他向前猛地一扑,脚打着水泡,双手向前划着,游了五六米远。这个游泳动作是小时候和小伙伴们在砖厂的一个蓄水池里练的,后来他们就在弘农涧河里游泳。记得在弘农涧河里初学游泳,他的小命差点丢在了那里。那是中午放学之后,吃过饭,小伙伴们就相约来到弘农涧河游泳。看着人家一个个身体向前一扑,很快就游到了河对面,他很羡慕。也学着人家的样子,向前一扑,结果一下子就沉了下去,喝了好多水,幸好当时有个小伙伴把他往前一推,他才到了浅水区。他又羞愧又不好意思地看了看推他的伙伴,感激之情在心中涌动,却忘记了给人家说声谢谢。

这里的海滩真美啊,真是人间仙境,孟笔河感叹。他之所以选择来这里游泳,是因为这里是疗养的好地方。他——孟笔河,需要很好地疗养,此时的他深知,自己命悬一线。

天蓝蓝的,海大得望不到边,让人误以为这是到了天边。海里,有很多美女穿着比基尼,钻在汽车轮胎的圈圈里,旁若无人地嬉戏着。最惹眼的是那个有着魔鬼身材的年轻女人,她仰泳时悠然自得,让人心生嫉妒,而且她能仰泳二十多米,还会在水里来一个轻松转身,再转成漂亮的蛙泳。这个年轻姑娘,是中国人,真棒!当这姑娘走近时,孟笔河细细打量一番才发现姑娘的眼睛跟中国人的不一样,是个外国人!

这个沙滩因为这么多比基尼,平添了一道美丽的景色。加上大海自身的无限魅力,和那干净的沙滩,五色的遮阳伞,就连那条傻直傻直的海岸线,都让人感受到一种天人合一的美。晴天丽日,没有海风的沙滩上,孟笔河身边的那对情侣,让他无限羡慕,他们在遮阳伞下的躺椅上,呢喃着,抚摸着。

这种风景让孟笔河无法再看下去,他跳进大海,跃进这个人间天堂。扑腾了几下,就有海水咕咚一下灌进他的嘴里,那种苦涩和腥味,让他站在水里想吐却又吐不出来。于是他紧闭上嘴巴,可一不小心,海水又从鼻孔里钻了进去。真是防不胜防,他不得不站起来,想把肚里的水吐出来,但除了几声干咳,却又无济于事。他又狗刨式地向前游了两回,每回就是五六米远,再折回来游两回,三五个来回之后,他发现自己体力不支,身体困乏了,游不动了。他心里很清楚,自己的游泳技巧是有问题的,不够协调省力。出了海,躺在沙滩上,那种困乏之后的舒服,真是难以言表,人家为啥把北戴河作为疗养的首选地,此时的他似乎明白了。

不经意中,太阳已经开始西斜,该走了。孟笔河换好衣服,走出沙滩,又恋恋不舍地在那里站了好久。走在小吃街上。每个饭馆门口都有女人主动上前招徕生意,他真的很想进去吃点海鲜,可是,他本能地不想进去,是怕被宰吗?还是怕不卫生?他也说不清楚。

终于,一家店门口标了价格的饭店吸引了孟笔河,看到价格很实惠,于是他进去吃了一些海鲜,感觉舒服极了。吃饱饭之后,他走在那繁花似锦的海边,看着美丽的大海,看着海边少男少女拿着小铲子,在沙滩上挖个小洞引海水玩,回头再看那成片的比基尼美女,看那一对对情侣悠闲地漫步,看那出海的舰艇一跳一跳地向前猛冲,看海鸥低低地滑翔,看巨石上的人们黝黑的剪影。这里的一切,如梦如幻!

这里真好,人间真好! 孟笔河感叹着慢慢走回去。

从北戴河回来,孟笔河直接走进了协和医院。当孟笔河再从这个医院大门出来时,他耷拉着脑袋,怔怔地看着手中的处方,脸色苍白,双手颤抖得像是不能拿得动这个处方似的。孟笔河仰天长叹一声:"天灭我也! 我还年轻啊,老天就这样让我走了吗?"

6

初夏的函谷关,显得格外漂亮。郁郁葱葱的绿树红花把这千古雄关映衬得格外雄壮峻峭。那金色的老子像,惹人注目。马竹涟一边走着,一边反复琢磨着老子《道德经》里的这句话:"水……处众人之所恶。"她在想,王杰娶了赵小杉,赵小杉是个极其漂亮的女人,用老子的话讲,这个女人,不是众人之所恶,而是众人之所喜,众人都喜欢,赵小杉的诱惑就多,王杰的压力自然就大。一方面围城里的人,会因为种种小事闹矛盾,性格的磨合也很难到位,双方家庭内部的各个事件的处理也常会有摩擦,加上贫贱夫妻百事哀,他们婚姻破裂的可能性就大。另一方面,有多少不怀好意的男小三,会为了一时欢娱,不断地给赵小杉以诱惑。这样,他们冲出围城的可能性就太大了。假设王杰熟读《道德经》，悟透了"水……处众人之所恶"这一名句，娶一个"众人之所恶"的丑老婆，那他的婚姻安全系数就大得多。女人也是这样，如果嫁的不是"众人之所恶"的丈夫，陷在"众人之所喜"的怪圈里，老公帅也罢，能力强也罢，有钱也罢，无论是时人公认的条件极好的男人，还是潜力无限的绩优股，都可能走到王杰现在的地步。

这样想着，马竹涟抬头看了看眼前和她一起在函谷湖畔散步的孟笔河。这几天，马竹涟觉得孟笔河越来越不靠谱。这时，孟笔河的手机铃声响了起来，他看了看来电显示，说是一个不相干的人打来的，现在正散步，不能影响心情，不接了。等马竹涟一转身，他关闭了铃声，调成振动。他们向前走了不到三十米时，手机的振动声，还是很倔强地一声声传到他们两人的耳朵里。这时，孟笔河在开机状态下把电池卸了下来，过了半个小时，他把手机电池装好，打开手机。可手机还是隔几分钟就振动一次，马竹涟明明看见他按的是挂机键，但他还把手机举在耳边，大声说："你是谁？啊？什么？是不是打错了啊？"

走到高高的道德天书景点跟前时，马竹涟停下了脚步，她很喜欢看这些文字，也很喜欢其中写的诸多大道理。大音希声，大象无形，像这样的语言，他们两个都很喜欢。她正准备跟他讨论其中那句"道法自然"，就见孟笔河又开始接电话："啊，说话呀，听不见，你大声点！我说话你能听见吗？信号不好。"然后挂了电话，又若无其事地跟着她向前走。

他们走到老子塑像跟前时，以往他们都会在此驻足，交流《道德经》中的一些语句。但这次马竹涟只是对老子像多看了几眼，孟笔河更是一脸漠然地从老子像跟前经过。

"噢,是小王? 这个问题明天公司开会要讨论,先不说了,回头再跟你联系吧。"又有人打来电话,孟笔河说完,脑门上沁出汗来。马竹涟用纸帮他擦了擦,没说什么。但这时她的脑海里浮现出昨晚给他打电话的一幕:

"在哪儿呢? 回来吃饭吗?"马竹涟问。

"不回去了。今天晚上的会很重要。"孟笔河的声音并不大。

"我怎么听着是在外边呀,还有那么大的汽车声。"

"正跟同事找饭吃呢,能不在外边吗?"

"怎么有人喘气呢?"

"没开车,正跟同事赛跑呢。"

现在,马竹涟把思绪收了回来,她不禁打量起面前这个她最爱的人。不知什么时候,孟笔河把她为他搭配好的领带换掉了,改系一条紫色的领带。她很诧异,他并不喜欢紫色,以前挑衣服,带点紫色的他都要换掉。现在连衣服都换成紫色的了。他的审美喜好什么时候发生了如此大的变化? 以前他最不喜欢在钥匙串上挂什么小玩意的,那次她把他们的结婚照,放在钥匙扣里让他佩戴,他都坚决不服从,现在身上居然有了个小钥匙扣,里面还是个玫瑰花! 她想,一般关系的人都不会选择送领带这些贴身物件,这领带是谁送给他的? 让她大吃一惊的是,他换了双新鞋子,每次买衣服他们都是夫妻俩一块去买的,怎么他新衣服新鞋子换了个遍,她却一点都不知道。尤其让她吃惊的是,他的鞋子近来经常擦得锃亮,以前他是不注意这些细节的,每次出门前,都是她亲手把他的鞋帮与鞋底交界的地方,反复擦干净,而他,从来不注意这些细节的。他为什么会变得如此注重细节?

"你最近要见什么重要的人吗?"马竹涟问。

"没有啊!"

马竹涟又想到了一些细节,孟笔河的内裤,最近换成了平角的,以前都是三角的。而他身上穿的内裤,从来都是她给他买,他太忙,从来都不知道自己穿多大号的内裤。颜色也有很大变化,以前他总穿白色的,可近来,他总穿黑色的。他的袜子也变了,马竹涟给他买的全是白色的,总是她洗好,放在柜子里,他穿完一双换一双,像是挨号似的。可今天,他穿的是黑色的,李宁牌的。她给他买的,全是乔丹牌的。她还在他的袜子上发现了一根女人的长头发,她蹲下身子,从他的脚和袜子之间的开口处,把这根长头发抽了出来,比她的头发要长得多,很明显,这不是她的头发。

"谁的?"马竹涟看着孟笔河的眼睛问。

"啊,是这样的,在街上碰到一个女人,她的头发太长了,都打到脚后跟了,觉得好玩,正巧她在那里梳头,就要了她一根头发。"孟笔河支支吾吾地说,"拿在办公室把玩,没想到这会儿它能在这里。"说着,孟笔河拿出手机,让她看那个女人的照片。那个女人她也见过,在函谷关宾馆门口见过,她的长发长得不可思议,一直长到脚后跟。

"这好像没那么长啊!"她双手一拉头发,还不到一米长。

"弄断了,原来好长的!"

"你还有心玩弄女人的头发?"

"这不好奇嘛,一般人哪有那么长的头发。"孟笔河振振有词。

这一系列的异样,让马竹涟的心为之一颤。难道孟笔河外面有了女人? 这个念头在马竹涟的心中久久盘旋。

"让我看看你的手机!"马竹涟说着就伸手去拿。以往,她总是每天看看他都打电话给谁了,然后像模像样地盘问他。有时候,哪个电话号码他没记住,想半天也想不起来,总是先给她解释说,绝对不是女人的手机号,然后慢慢地想,直到想出来给她一个满意的结果。可这回不是。

"你连你老公都不信任?"孟笔河一边恼羞成怒地说,一边用手把装手机的那个口袋紧紧地捂住,大声嚷着,"不走了,你一个人逛去。"

7

两人不欢而散。这样的事在别人看来可能只是一件微不足道的小事情,可在他俩之间却是第一次。马竹涟觉得孟笔河的变化真是太大了,她开始认真地细细地打量她身边这个男人,这个从不跟她翻脸,总是哄着她、护着她、让着她的男人。他心疼她,从来都不让她做饭。走在路上,他总是替她掂着包。她最喜欢坐在他骑的摩托上,轻轻抱着他的腰。而他,总是故意拐到路上有坑洼的地方,让车猛地停一下,然后嘿嘿坏笑一下。她问他,很美吗?他说,很美。她问,咋个美法?他说,很肉感。她轻轻掐他一下说,坏死了。他说,坏都死了,剩下的就全都是好了。两人一路上耍着贫嘴,哈哈大笑着,任轻风从耳畔轻轻刮过。

男人有钱会变坏?在她心里,他不是这种人啊。他是个把钱都不当钱的男人,从没有物质欲望和占有女人的欲望。正因为他总是把钱不当钱,她才真正看上了他。许多当年追她的男孩,一看是奔着钱来的,她就打退堂鼓了。而她是看重他的善良,知道他发自内心爱她,才嫁给他的。那时,孟笔河还因为马竹涟家太有钱,怕侍奉不了她,准备打退堂鼓,不跟她谈恋爱了。在她的印象里,他的眼里除了她,从来都没多看一眼别的女人,怎么现在突然就有了？如果他有女人，他能看上的肯定也是个很有内涵的女人，绝不会是个花瓶式的漂亮女人。他这个人看东西总是看实质，既然是看实质，那这个女人肯定就不是奔着他的钱来的，如此说来，如果有那他们该是两情相悦，有真爱的那种。马竹涟想，如果他们是真心爱对方的，她马竹涟，就没有别的选择了。因为，如果一方是谋钱的，给点钱就打发了，人都可能犯错，错后能改，这日子似乎还能过，可如果事实不是这样，那就只能是自己退出了。

马竹涟转念一想，一切要重证据，没有亲眼看见就不算是真的。她真的不相信孟笔河是那种人，她在心中否定了一千遍。为了让自己的脑子不想这些东西，马竹涟开始给自己加压，学校里的活，她拼命地多干，一节课，她备了一遍又一遍，精益求精。她狠下功夫，本来这一节课用半小时就可以备出来，可她用一个月备，也不嫌时间多，只是一个月备出的这节课，要比半小时备出来的精彩多了。当然，如果有时间，用一年或者十年来备这节课，讲出来，那课自然会更精彩。她把每一分钟时间都花在备课上，只有这样，才可以避免自己去胡思乱想，才可以忘记一切让她烦恼的事情。她打开录音机，装上一盘磁带，按下播放键，一曲《水手》很沧桑地播放了出来。

《水手》这首歌，在他们这一代人心头整整萦绕了二十年，郑智化那略微嘶哑的歌声，唱出了许多人心中的痛，当痛成愁结，越愁越痛之时，他的歌无疑成了代表年轻人的最有力的心声。那歌词写出了众多平凡人一次次跌倒后又爬起来的挣扎与呻吟，写出了他们像孬种一样活着，却又不屈地与命运抗争的精神。一个在风雨中迷失方向、迷失自己之后，又硬挺起来的刚强的形象，那就是水手。

马竹涟想,人生不如意事十有八九,既然选择了去大海中搏击,就要有大海的胸怀,就要直面怒涛狂风,习惯被巨浪吞吐。人生如海,风平浪静时的美丽,要会珍惜会享受,巨浪滔天时的艰险,要会周旋会应对。正如歌中所唱的"他说风雨中,这点痛算什么,擦干泪,不要问为什么"。只有习惯了怒涛狂舞巨浪无情,习惯了狂风暴雨的洗礼,习惯了重重地跌在甲板上,淡淡地爬起来,习惯了一次次浪涛劈头盖脸地从脸颊上劈过,她才能更加成熟,更加从容不迫,生活中才不会有幼稚的抱怨与叹息。那时候,心海里盛满的当是生命之树上那深沉的绿色。

8

孟笔河约了赵小杉在函谷关城郊的一二三宾馆见面。两人见面后,静静地在房间里坐着。

"求你了,帮帮我,好吗?"好久,孟笔河哀求着说。

"不行。你还是找别人吧,我真的干不了这事。"赵小杉斩钉截铁地说。

"真的再也找不到合适的人了,你考虑考虑吧。"

"你考虑过我的感受吗? 她是我最要好的朋友! 你让我怎么面对她? 这事儿我真的干不了!"

"这样吧,给你点时间你好好考虑一下。"孟笔河乞求地说,"对了,你和你老公还能和好吗?"

"不可能了!"

"为什么?"

"你说他好好的,啥不能干偏要去当屠夫。他那一大家子人都是杀猪卖猪肉的,像生下来就是干这一行的!"赵小杉的情绪激动起来。

"那杀猪的行当并不差啊。"

"你是不知道,我每星期天都去涧河市场,站在案子跟前卖猪肉。大冬天的,手弄得油乎乎的,不敢往口袋里放,手都冻得不像是自己的了。"赵小杉伸出手让孟笔河看,那手,哪是女人的手,看起来挺吓人的,"夏天再热,你都得站在摊子跟前,把人都能热晕过去。"

"那杀猪也能赚大钱哩。"

"现在这市场,各人都有各人的老客户,你要是抢了人家的老客户,人家可真的要跟你拼命哩。各个饭店,在哪家买就老在哪家买。有一次,一个老在我那里买肉的饭店老板跑到别家去买,我就追了过去,问他咋不在我这里买?他说,你今天的肉贵了,我说,那可以便宜给你啊,你说你什么价钱买?我都习惯了这种追着顾客的做法了。"

"啊,欺行霸市啊!"

"就形成了这种风气,要是哪天这肉少了,老客户来了,没有肉,就从别人的案子上借些肉给人家,别的摊主也不会把他们的肉卖给属于你的客户的。"赵小杉起劲地解说。

"看来各行还真有各行的潜规则!"

"是。因为这样的规则,许多新入场的卖猪肉的,都赔得一塌糊涂,我老公也是。"

"你是因为他赔了,才不跟他过的吗?"

"不是。我不愿意在涧河市场干这个。算了,不说这个了。"赵小杉止住了话题。

9

那天,马竹涟坐在一家宾馆对面的小吃摊上,吃她最喜欢的食物之一——炸糖糕。只见在那个用泥盘的炉子上面,放了一口大大的平底铁锅,锅里的油咕嘟咕嘟地乱叫,几个胖乎乎的糖糕,在油上面漂着。老妈妈一边用筷子拨着糖糕一边说:"糖糕还是热的好吃,稍等一会儿,吃热的。"

马竹涟爱吃糖糕,是有故事的。那是在她小时候,外婆来家里做客,拿了几个糖糕。这东西,在那个年月非常稀罕。记得当时,她和几个小朋友分吃一个糖糕,大家每人只分到一小块,她先用嘴吮吸了里面的糖,然后才慢吞吞地小口小口地吃掉,那种场景,仿佛是电影里的慢镜头。多少年过去了,她依稀还能记起那极美的滋味。

在那个年代,什么都缺,能吃到糖糕,就已经是很享受了,没有谁还会想,能再多吃上一口。那时,听到《山丹丹花开红艳艳》里唱到小吃,她就想当年红军长征到达延安,纯朴善良的延安人就是用糖糕这独特的小吃加上米酒接待红军的。"热腾腾的油糕哎咳哎咳哟,摆上桌哎咳哎咳哟,滚滚的米酒捧给亲人喝,咿儿呀儿来吧哟,围定亲人哎咳哎咳哟,热炕上坐哎咳哎咳哟……"糖糕也随着这首歌唱响祖国大江南北。

正想着,老妈妈已经把面用开水烫过后做成面团,拍成小饼状,再包上白糖,揉成圆团,揪掉一小块面后,再拍成饼状丢进油锅里,翻动几回,炸得焦黄干巴脆,糖糕就出锅了。不等糖糕凉,马竹涟就把它拿了起来,轻咬一口,真是又甜又油又筋道。

如今,生活水平越来越高,糖糕在人们心中,已没有了当年的地位,这一传统美味渐渐淡出了人们的视线。而马竹涟却对它情有独钟,她一边吃,一边观看街上的美景。这时,一辆出租车在对面的宾馆门口停了下来,夜色中,走下一男一女两个人。不看不要紧,这一看,她惊呆了。女人长得什么样,她没有看清楚,但身边的男人,分明就是孟笔河。她看见两人一起向宾馆的房间走去,他们刚从一楼走进电梯,马竹涟就冲了过去,正好看见他们,因为离得远,她就这样眼睁睁地看着孟笔河和一个女人走进电梯里。

马竹涟去吧台问了一下,人家不给她说在哪个房间。她只好说,那人是自己的一个朋友,约好的,刚好手机没电了,电话号码也查不成了。说着,她把关了机的手机给服务员递了过去,然后又塞了几张百元大钞过去,服务员才告诉她——904房间。她乘电梯上了九楼,在楼道里踱来踱去,心里格外难受,她没去敲门又下来了,静静地从宾馆走了出去。

马竹涟静静地回到家中,看着她的孩子孟淼。这个八岁的小男孩,因为他们两人的长期不和谐,已变得孤僻起来。每次学校开展教育帮扶,让马竹涟当代理妈妈,她看到那些单亲家庭的孩子是那样的孤僻、无助,都会想到她的儿子。看到单亲家庭的孩子们那种强烈的自尊心和无奈的现实所形成的反差,尤其是他们内心那种"别人都有一个幸福的家,为什么我不能有"的想法,她感到十分难过。不是他们的错,却要他们幼小的心灵去承受这种家庭的不幸,实在是太难为他们了。而此时,她怎么也没想到自己也要面临这样的局面,想到自己的孩子孟淼,她感到揪心的疼。孟笔河倒是很关心孩子的学习,孩子的分数,他看得比他的命还要重。他舍得给孩子买学习用品,不管多少钱的择校费,他想都不想就掏了。可是,他哪里知道,这一切哪有给孩子一个美好的家重要。那些留守儿童家长,也都跟他一个想法,他们想只要多挣点钱,让孩子在城里上最好的学校,多给他们零花钱就行了。事实上,孩子缺失的爱,在他们的成长中是永远无法弥补的。马竹涟想,如果没有孩子,离了就离了,大家各行其道,各自寻找自己的幸福。可是,想到这个她一把屎一把尿拉扯大的孩子,她的心像是让人用钳子夹着,一点一点撕碎。想到这里,她欲哭无泪。

马竹涟看着孟淼,思绪渐渐回到了几年前。几年前,当她刚生下这个孩子,她才真正懂得了自己父母生养她的不易。冬天,洗孩子的湿尿布是她每天要做的功课,不管水有多冷,都必须手洗,然后再晒干。晚上,孩子哭着要撒尿,不管天多冷都得从被窝里钻出来,抱着他撒尿。然后再冲奶粉,冲好后就往自己手腕上滴几滴,来感受温度是否适宜。喂儿子吃完奶,还得哄他睡觉,他要是睡不着,一直哭,还得用褥子把他包住,在房间里转着晃着,直到他睡着。每逢下雪天,尿布晒不干,就放在火炉上烘烤,有时实在没办法,就把湿尿布压在自己的身体下面,用身体给它暖干。父母对儿女的真情,就体现在这点点滴滴的现实生活中,这些东西,如果不是她一点一点在孟淼身上实施,她哪会体会到父母对自己那种真真切切的爱意?

当孩子还抱在怀里时,人家会安慰她说,等孩子再大点就比现在省心了。孩子到半岁时,母乳和奶粉的营养都跟不上了,开始让他吃些简单的饭食,这时又操心他发烧、拉肚子。孩子发烧了,她一整夜都不敢睡觉,隔一个小时就为他量一次体温,体温超过38.5℃,就用退烧药。就这样,孩子喝了退烧药,体温下降了,她安心睡上一会儿觉,睡一个多小时又赶紧起来给他量体温,再烧,再喝退烧药,如此反复,根本睡不了个安稳觉。为此,她从一无所知到知道了函谷关县城最能治拉肚子的、最擅长治小儿发烧的所有诊所。她手边必备的体温计、退烧药之类的东西,从来都不敢间断。早上用眼睛挨一下孟淼的额头,看体温是否正常,是她每天必修的功课。多少年了,她的眼睛和他的额头已经有了无数次的亲密接触。诸如此类的琐碎的辛苦和不为人知的养儿不易,她都在点点滴滴地经历着。

马竹涟想,就拿给儿子起名字这事儿吧,两个人花费的心思就足以证明了他们对儿子的一片苦心。儿子一出生,他们喜得贵子,喜上眉梢,但为儿子起个名字,却成了一个大难题。在儿子出生前,孟笔河也曾为别人家的好几个孩子起过名字,但那时少不更事,初生牛犊不怕虎,给谁都敢起。但经历了太多沧桑之后,就不一样了,他再也不敢随便给别人家的孩子起名字了。他知道了在每一个父母心中,给孩子起个名字是多么的重要。他们会下很大的功夫,在仓颉所造的所有汉字中,找上几个自己最可心的字来,那种苛求与挑剔是与生俱来的。有人说,名字只是个代号,起啥都行,说这话的人,肯定是个局外人。

轮到孟笔河给自己的孩子起名字,就想到了起名社,他向人打听了哪家起名社名气大,他走进这家起名社,才发现前来为孩子起名的人多得坐满了屋子。他交了钱,写了该避讳的人名,以为可以高枕无忧了。但起名社发来的名字,很快就让家人给否定了。"这个名字从电脑上查了一下得分不高。""那个名字跟函谷关方言中的某个不好的词谐音一样,不能用。"众说纷纭,起名社发来的所有名字全都被否定了。于是,为了这个必须起的名字,孟笔河拿着字典开始一页一页地看,找了些自己喜欢的汉字,依起名先生的导向,开始排列组合,组合好以后,再上网查一下,电脑上显示的各种指标都达到"优",才确定下几个名字来。于是再拿到家庭会上讨论一下,结果还是一一被大家否定,各有各的理由。于是,他再去查阅字典,再上网看这个名字所得分数,再到家庭会上被一一否定,弄得他焦头烂额。直到必须开出生证明的前一天,名字还没定下来,孟笔河一着急,到街上找了一个算命先生,说了孩子的生辰八字,先生说孩子五行缺水,名字必须带水,先生让留下电话号码,容他慢慢查找。晚上,先生打电话过来,说名字要带个与水有关的字,建议叫孟淼。孟笔河想,"淼"字挺好,他把"孟淼"二字在网上一查,起名字的各种指标都达到了优,于是,这一名字就花落他家。一个名字,起得好艰难啊!

他们对孩子真的是付出太多了,可怜天下父母心啊!

马竹涟还想起有人讲了这样一个真实的故事,说是某个村子发生了狼叼小孩的事。狼叼住小孩在前面跑,一群人在后面追。狼停了下来,有人拿着铁锹往狼身上戳,狼一回头,做扑状,那人吓得缩了回来。这时,狼伸出爪子,只是一爪子,就把孩子的肚子抓破了,一口就吃了小孩的肠子。孩子的妈妈闻讯赶来,不顾一切地向狼扑去,狼才被吓跑了。这个故事,要是她在生小孩子之前听到,可能会一笑而过。可是在她牵着孟淼的手听到这个故事时,她深深佩服那个妈妈的伟大,她知道,如果是她也会这样做的。可是现在,有人要夺走孟淼的爸爸,让孩子缺少父爱,她想她自己也会像扑狼一样,去抢回这个男人。但是,小三不是狼,孟笔河也不是孩子,她奋不顾身抢回的只是一个没有心的男人,对她来说这个男人如果只是行尸走肉,人在曹营心在汉,有意思吗?

10

"她很迷人吗?"马竹涟平静地问。

"是的。她是个气质女人,成熟优雅,很有女人的韵味,不任性,懂包容。"孟笔河一副死猪不怕开水烫的样子。

"你知不知道,女人一旦投入感情之后,都会不能自拔,甚至疯狂到听不进别人的劝告。你会害了她!"马竹涟愤怒地说,"她们一旦到了四十岁,不再漂亮,再回头的机会就会很少,咱身边这些例子还少吗?"

"这个不是你考虑的事!"孟笔河冷冷地说。

"你造孽!"马竹涟气得脸色发青,"她是谁?"孟笔河什么也不说,打开电脑,开始玩枪战游戏,房间陷入寂静。"你准备跟她过?"半晌,马竹涟才静静地问了一句。

"嗯。"孟笔河从鼻子里哼出一口气来。

"你想过孩子没?"

"他有他的命。"

"你决定了?"

"嗯。"又是从鼻子里哼出的一口气。

"算你狠!"马竹涟狠狠地撂下一句话,摔门而去。

此时的马竹涟多么想让这个家圆圆满满,自然和谐,多么希望这个浪子能回过头来。这时她才明白,平安是福,平淡是福,没有经历过诸多灾难的人,是不会把这句话放在心上的。她深深知道,不论男人女人,在婚姻之外都有渴望激情的冲动,那些明智的人之所以能够抵挡外界的诱惑,是因为他们深深懂得诱惑就像毒品一样,一旦吸了就难收手,所以很多人对此一笑而过,享受着属于自己的那份看起来并不美好却非常实用、非常值得珍惜的生活。那些没有离婚的人家,也许会忍受不了婚姻中的另一方,但他们深深知道,换个人还是这样难以磨合,还不如这个已磨合好了的。而当一个人真正懂得了"平安是福,平淡是福"这句话的深义之后,就会真正懂得能和另一个人平平淡淡地过着日子,就是人生最美的境界了。

马竹涟的脑海里浮现出他们两人有天晚上在函谷湖畔赏月的情景,那时他们还没恋爱,看着天上月映在水中,水面轻浮着淡淡的树影,就连岸边的阔叶草也映射着淡淡的月光。她穿的是白底小花的裙子,他穿的是粉色的衬衫,一切一如他们淡淡的情谊,就连伫立在远处的金色的老子雕像,也映射着淡淡的金黄,正因其淡,才显示出包容万物的胸怀。那个时光,是那么的美好,那么的值得回味。她希望,他们在一起,不求大富大贵,不求金银满屋,只要永远这样淡淡地过日子,就是最好的期盼和最好的日子。

这个时候,当婚姻行将结束之时,她最能回忆起的,不是热吻,不是那些所有饱含激情的时刻,却是这个淡淡的场景。她清晰地记得,那个淡淡的月夜,月亮是上弦月,弯弯的。那时,他们觉得,这弯新月像一条弯弯的船,满载着他们对甜美生活的希冀和渴望。现在,她觉得她和他是残缺的,如同那弯残缺的月亮。

那种淡淡的幸福,现在看来是弥足珍贵而又可望不可即。她想,这世界原本就是残缺的,因为残缺,所以人人都在奋力寻找自己缺少的。所谓完美,实质上就是不再残缺,也就是这份如同那个夜晚一样的至美的平淡。

平淡是福,她长叹一声,可是现在,她连一份平淡的生活也得不到,对她来说,平淡的生活已是难以企及的梦。她要忍受的不仅仅是长久的心理恢复，还有更多糟糕的事情要面对。据网上说，离婚的人一般得十四个月才能恢复过来，更让她揪心的是她的儿子，将要面对单亲家庭的煎熬，她自己可以吃得所有的苦，却不想让儿子跟着受苦，纠结啊。

"呜呜……"想到这里，她伏在桌子上痛哭起来。

11

这天早上，马竹涟破例很早就来学校，因为她想在学校的塑胶跑道上跑几圈。也许是从来没起这么早的缘故，今天她细细打量了一下校园，学校大门上的校名是毛体，是专门按电脑上的书法字体拼出的，她站在大门前细细品味，为这大气的书法所折服。校门口那棵景观大树，看起来枝繁叶茂，硕果累累。她想，这棵树放在这里真是再恰当不过了。因为这所学校在当地人的心目中是最理想的学校，每年中招考试成绩都让当地人啧啧赞叹。尤其是近几年，不管学生成绩啥样，没有一个学生辍学，这不是每所学校都能做到的。这充分说明，学生对学校的信任，家长对学校的信任，更重要的是家长和学生对所有教师的信任。马竹涟觉得，这种肯定在她对事业成功的界定里，是最重要的一环，这也是她所教的每一届学生总能获得全县第一的原因。这些年来，马竹涟和她的同事们秉承"特别能吃苦，特别能奉献"的校训精神，把学校的声誉、品牌打了出去，为学校更为他们自己赢得了尊严。因为每当别人听说他们是函谷关县第十中学的老师，就会对他们投以一种特别赞赏的目光。

马竹涟正看着门口的大树出神，忽然发现在门岗值班的一位女老师边打电话边哭。从那位女老师的话里，她大概明白了：这位五十多岁的女老师因心脏病发作,急需去医院,可接替她值班的人还暂时不能到岗,所以急得直哭。

"我来替你值班,你去吧。"马竹涟接下了她的岗位。马竹涟知道,学校任何一位老师遇到眼前的情况都会这样做的,大家不仅视荣誉为生命,更是把责任心提高到了只有想不到,没有做不到的地步。不一会儿,换班的老师来了,交了班马竹涟就向操场走去。才早上6点,红色的塑胶跑道上已经有一个人在跑步了,那是校长。他穿着一身红色的运动背心和运动短裤,向前奔跑着,马竹涟跑了过去,与他并排,随着他的节奏向前。两人简单说了几句话,校长说他刚开始跑,准备跑十一圈,一圈是三百三十米,问马竹涟能跑几圈,她说,试试看吧。跑到第五圈,马竹涟就觉得腿部肌肉开始发紧,全身有一种步入极限的感觉,她实在想停下来,可她不想示弱,于是她咬着牙继续往前跑,只觉得每跑一步,大脑都在向她提示停下来吧。渐渐地,马竹涟跟不上校长的节奏,校长渐行渐远,落了她大半圈,就在她准备停下来时,突然,她感觉身上轻松了一些。于是,她像运动员那样,不断用鼻子吸气,用嘴呼气,这时的腿就好像不是自己的了,跑不快,但跑起来没啥不好的感觉了,脑海里也就没有那种一直想停下来的感觉了。就这样机械地跑着,似乎不费力地跑完十一圈,她甚至感觉自己还能保持这样的状态再跑几圈。

跑完之后,马竹涟和校长在操场上边慢慢走着边谈论一些学校的事。轻风吹来,她只觉得神清气爽,她想,跟校长在一起跑的时候,那种挑战极限的艰苦卓绝,实在难受到了极点。可是,眼下放松下来,却又是如此轻松、舒服。这种由极苦滋生出的极乐,实在充满了哲学意味。先苦后乐,难道是上天给自己的一个很现实的人生指示？马竹涟这样想,既然能通过极苦的运动获得如此美妙的快乐,何不天天早上来锻炼呢？更重要的是这个行动能每天提醒她,苦后方有甘甜,人生不也是这样的吗？

12

为了排解痛苦,马竹涟把全部心思都用在了工作上。她要把生活中所有的烦心事暂时抛于脑后,工作是个不错的排遣内心痛苦的办法。她静了静神,打开课本开始备课。今天,她要备的是白居易的《琵琶行》,她想,课前的导语不妨用有关白居易的一则笑话来开始。那则笑话说,当白居易初到长安拜访当时著名的诗人顾况时,顾况看了看他的名字,开玩笑地说:"长安米贵,居大不易。"这笑话,一定能引起孩子们的兴趣,实在是个不错的导语。

一开始读《琵琶行》,马竹涟整个人仿佛都投入诗句里面,她的每一寸心仿佛都笼罩在全诗所说的氛围之中了,似乎每一句诗,都在诉说着她心中的愤懑和哀怨。一入眼便是"枫叶荻花秋瑟瑟",恰如她此时的心境一样。秋愁,秋愁,古人说秋便是愁。尽管窗外还是夏天,但马竹涟感受到的却是诗里那肃杀的深秋气息,在她看来,秋没有严冬那样严厉与冷峻,却有着绵长的冷漠与孤寂,它像一个冷眼看客,眼睁睁看你失去了春的明艳、夏的炽热,然后,就像那个曾经让五陵年少争缠头的琵琶女一样"老大嫁作商人妇"。此时的马竹涟,犹如置身一个刚刚还人声鼎沸的歌舞剧院,谢幕时,灯光渐少,观众已云散,空余满怀寂寞。她一遍一遍地念着那句"枫叶荻花秋瑟瑟",不禁慨叹,白居易就像那个琴艺极佳的琵琶女一样,只需"转轴拨弦三两声",便能在未成曲调之前达到先有情的境界。白居易匠心独运,单"枫叶荻花"四字,便为此诗定下了肃杀的基调。它跟马致远的《天净沙·秋思》一样,开头便让人悲从中来。

马竹涟端起杯,喝了一口大枣水,有点涩味,但那种淡淡的苦,比甜味更让人觉得舒服。一如这首淡淡的苦诗,让人愁肠百结,却也舒服。

当她读到"转轴拨弦三两声,未成曲调先有情"时,不禁又长叹一声,说,这句诗真让人拍案叫绝。歌舞也罢,戏曲也罢,无论哪种形式的文艺作品,都是作者抒情的载体。而未成曲调就能先有情,那可不是一般的演奏者所能达到的造诣。读到"嘈嘈切切错杂谈,大珠小珠落玉盘",琵琶女的技艺之高超、境界之高远,实非一般人所能企及。此曲只应天上有,人间能得几回闻?白居易只用这一句,便把琵琶女极高的演奏水平描摹得淋漓尽致,真是妙笔生花,无限精彩。

"冰泉冷涩弦凝绝,凝绝不通声暂歇。"读到这里,马竹涟不禁泪水涟涟。人生无常,总是在人最幸福之时,会飞来横祸,导致未卜的惨局。联想到她自己,现在不正如一团清水在冰上苦苦挣扎,忍受着苦寒,艰难地寻找着自己的位置?冰冻三尺,非一日之寒,她这团晶莹透彻的清水,在冰面上苦苦熬煎,每一秒都像有万箭穿心,每一刻都像有千万股冷气在全身奔流。马竹涟不敢再看下去,她似乎看到了琵琶女年老色衰时的无助和凄惨,叹息人生如梦。想她年少之时,是何等的繁华奢侈,年老时嫁作商人妇又是何等的孤凄悲凉!那个从京城被贬到九江弹丸之地任职的白居易,亦如琵琶女曾盛极一时,又盛极而衰。赋诗之时,他踟蹰于那黄芦苦竹之间,彼时的他,何尝不是心如刀绞,肝肠寸断?

看到此处,马竹涟想到自己的婚姻,由盛转衰,继而落得家破人离。为什么美好的生活,就像玻璃一样易碎,经不起一丝一毫的风吹雨打?心碎了,看什么都易惹起闲愁。于是,她选择走出去,和朋友去函谷湖边游玩,朋友的孩子看到河边美景,随口便吟诵出一首诗来:"大堤杨柳雨沈沈,万缕千条惹恨深。飞絮满天人去远,东风无力系春心。"她看看这个 11 岁的孩子,这首诗,未谙世事的他是不会懂的。他还是"少年不识愁滋味"的年龄,哪里会懂得"而今识尽愁滋味,欲说还休"的真义。像他刚才所吟诵的那首唐代何希尧的《柳枝词》,那种大堤上万千柳条在滴着雨水,像是谁的眼泪在飞,作者诗意地说成"惹恨深",委婉而含蓄,真是耐人寻味。一句"飞絮满天人去远,东风无力系春心",境界全出。一个"系"字,写得格外传神。

看到一个 11 岁的小孩能在春天的景色中如此轻松地吟诵出合乎意境的诗来,就觉得有点意思。于是马竹涟多问了几句,想看看他还能吟诵出多少关于春天的诗句来,谁料想,这孩子竟一张口就是十多首,丝毫不拖泥带水,异常流利。于是她对这孩子能背诵多少诗产生了浓厚兴趣。问了问,才知道这个叫王宇轩的小学生在娄下小学上六年级,学校每个学生都会吹笛子,学生们每个月都要进行吹笛子比赛,比赛时各班又花样翻新,为了使每次比赛不单调,学校要求学生们在吹笛子时加背古诗,并编了校本教材,就这样,王宇轩小学没毕业,就已经背了三四百首古诗。

惊叹之余,马竹涟向小宇轩要了本他们的校本教材,书上所选的每首古诗都包含脍炙人口的名句。她随手翻了一页,上面是唐代诗人张继的《枫桥夜泊》,看到这首诗,她仿佛看到了天将破晓之时,一轮上弦月高高地挂在天空,月下的孤寂游子,是那么孤苦伶仃。秋天夜晚的"霜"透着浸肌砭骨的寒意,这时,树上栖息的鸟儿在啼鸣,诗人夜泊的小船在满天霜花中格外凄冷,那个长夜未眠的游子在黑暗中对酒邀月,越喝越凄凉,越喝越愁苦,泪眼婆娑,正当他孤独寂寞时,"当——"的一声沉闷的钟声传来,种种难以言传的凄凉感受,一齐涌上心头。

越看诗越心痛,一首首古诗像是一阵阵哭声,声声入耳,又像有一双无形的大手,在她的心里撕扯着,撕得她肝肠寸断,泪水涟涟。

13

星期天马竹涟不想让儿子宅在家里,就带他到大自然中去游玩。他们去爬了几回函谷关县城西的娘娘山,但孩子不喜欢。带他去函谷关风景区,他对那里曾发生的古代故事,算是稍有些兴趣。但所有这些景点的游玩,都抵不上鼎湖湾渔民做的一条味道极佳的黑鱼,让孩子久久惦念不忘。

儿子报了跆拳道班,也许因为活动量增大,他的饭量也增大了,这真是意外收获。这以后,他又喜欢上了游泳,一到周末,就催着马竹涟去游泳。给他购买了游泳所需的装备,一进到水里,他就撒开了欢儿,就像鱼儿见了水一样,到处乱窜。泳池里的人太多,花花绿绿的游泳圈和泳装,把原本单调的游泳池装点得五彩缤纷。人多了,找人就费劲,所以,马竹涟下到水里,主要任务就是看住孩子,不能让他到深水区去。有一次,马竹涟就亲眼见一个小孩儿从游泳圈中间滑了出去掉在水中,孩子连喝了几口水,正好她离得近,赶紧把孩子抱出水面交给了他的家人。尽管孩子平安无事,但他的家人却吓得面如土灰,看到此情此景,马竹涟也就丝毫不敢大意,哪知儿子叛逆心理极强,眨眼不见就戴着游泳圈滑到深水区,弄得她格外紧张。为了解决这个问题,她就开始教儿子正规的蛙泳游法,她是从泳池里跟人家学来的。先是最基本的往前漂,两脚在池壁上猛蹬一下,然后全身放松,任由自己往前漂。儿子漂了几十次之后,就把游泳圈扔到一边了。

按照人家教的蛙泳口诀"收、分、蹬、夹、漂",马竹涟开始一步一步地教儿子学习,很快,小家伙就找到了感觉。对他来说,难度大的莫过于换气,换气的方法马竹涟教了他好多次,但因为种种原因他显得力不从心。于是马竹涟只好用奖励的办法,完成一组换气奖励一件东西,没想到这招还挺有效果,待他完成一次换气之后,就像完成了一次大的飞跃。渐渐地,他能完成好几次换气动作,一次能游出十多米远了。马竹涟长吁了一口气,总算是把他教会了。

从此,儿子喜欢上了游泳,只要星期天没啥事就一定要去游泳,一游就是周末两天,冬天也从不间断。看着他在水里游得如鱼得水,马竹涟也很开心。日子就这样开心地过着,仿佛没有了忧伤,没有了伤痛。

14

马竹涟从一个小巷子里走出来,一眼就看见本校一位女同事朝这边走了过来。这位女同事是个大龄青年,叫竹芳,已经三十八岁了还没结婚。看到她,马竹涟想到自己也将是个无家可归的人,下场可能比她还惨,倒不妨跟她聊聊这方面的话题,看她现在对婚姻是个啥看法。

"哎,竹芳,你去哪里?"马竹涟很热情地叫住了竹芳。

"你好,我去前面思达超市买个东西。"竹芳说话干脆利落。

"那正好,我也去。"马竹涟跟她一起进了超市,一边选购东西,一边聊了起来。很快,话题就说到了找对象上,进而扯到离婚上。

"也不知怎么回事,男人一离婚还很抢手,很快就能再成一个家。可是女人就不一样了,尤其是那些带个男孩的女人,更是难找啊!"说起这个,竹芳像个专家。

"那你知道为什么吗?"马竹涟很感兴趣地问。

"女人嘛,总想着要对自己好一点,所以,再找对象时一定要找个比前夫更好的,这就很难找了。男人呢,就比较能将就,于是,男人就成家了。"竹芳说。

"这样啊?"马竹涟心里哇凉哇凉的。

"现如今啊,农村剩的娃(年轻男人)多,城里剩的女儿(年轻女人)多。"竹芳顿了顿,又说,"因为农村的女儿都让小伙子在城里买房子,没房子不嫁,嫁人就看这家的经济条件怎么样,经济条件不好的,不嫁。于是,很多农村小伙子就老大不小了还找不到对象。城里的女儿要求的条件就高了,跟她们般配的人本来就少,于是,一批女儿就剩下来了。"

"这样啊?"马竹涟心里更加哇凉哇凉的。

15

马竹涟一个人走在函谷关县城的大街上,华灯初上,她站在街道边,看着超市里进进出出的人们。超市门口播放着节奏感极强的音乐,一群女人随着音乐节奏跳着健身舞。

回头一看,有个舞厅,她信步走了进去。里面场地不算小,人也不少。她就坐在一边的长凳上,有两个年轻人跳的舞特别漂亮,很吸引她的眼球。不知道他们跳的是什么舞,动作幅度很大,女人隔几分钟就有一个倒地动作,在将要倒地的瞬间,男人拉住女人的手,迅速将她拉回怀里。女人上身穿黑色紧身衣,下身穿红裙子,身材高挑,每一个动作都很到位,充满韵律感。那种身体语言与音乐节奏的和谐匹配,达到了收放自如的地步。

正看着,来了一个中年男人,很绅士地邀请马竹涟去跳舞。跳了一会儿,男人开始跟她攀谈,有一句没一句的,他们就那样随着节奏聊着。男人侃大山海阔天空,不知不觉就说到了离婚这件事上了。

"函谷关县现在离婚率高着哩,十对里有三对都离了。哪像人家朝鲜,1993年到现在,全国只离了十对儿。函谷关县这个小城到底是咋了?那些女人面对男人的出轨只有三种选择。"男人说着,顿了顿,接着说,"第一,忍着,为了孩子,继续过。第二,跟别人出轨,各玩各的,不让孩子知道。第三,离婚。"

马竹涟沉默了,这三种,都不是她想要的,可人世间的事情总是这样,让人无法满意地选择。

"还有些人想把出轨的男人拉回原来的轨道,再过以前那种亲密无间的日子,那真是自欺欺人,异想天开。人生是个单行道,再回来时,人早已不再是原来那个人了,怎么能回到从前,一切都已时过境迁了。"那男人叹了口气。

"有的人婚姻就很好。"马竹涟想岔开这个话题。

"没人能逃得过的。所有的婚姻都千疮百孔。好好经营也罢,不好好经营也罢,没人能逃得过的,一切都像是冥冥中注定的,天意不可违啊。"男人似乎很沧桑的样子。

"找情人能过得好吗?"

"男人得到女人之前,表现得很善解人意。等终于得到了女人就原形毕露,男人不再把自己收拾得干净整洁,不再殷勤地为女人送花。你想,连老公都不再帮你拖地刷碗,情人又何尝不是?"男人清了清嗓子,显示出很博学的神情,接着说,"人始终是孤独的,即使有火热的爱情,贴心的伴侣,内心也会有无边的寂寞在源源不断地滋生。人的欲望没有止境,婚外情也往往难以让人如愿,多数时候,不过是在饮鸩止渴。红杏出墙的借口可以有无数,孤单寂寞,相见恨晚,阴差阳错,诱惑难挡。不出墙的原因一个就够了:这个男人和那个男人,其实没什么两样,何必让自己多一次失望?"

"那看来,离婚是最好的出路?离了,不是还可以找更好的?"马竹涟问。

"你看看那位,就是那个,对,上黑下红的那个。她长得够漂亮吧,离了。离了之后,由于种种原因,也许是寂寞得太久了,就遇上了现在的这位,你看,就是跟她跳舞的那个,那家伙吃喝嫖赌抽,啥都干。再离吧,多次离婚的,人家咋看你?"那男人努了努嘴,马竹涟顺着他的目光看过去,正是那个舞跳得特棒的女人。

"唉,怎么会这样?"马竹涟说着,生怕人家看出自己脸上流露出的忧伤,赶紧岔开话题,"你说男人都喜欢啥样的女人?"

"男人总是深深地记住让他哭的女人,女人却会记得让她笑的男人,可是女人总是留在让她哭的男人身边,男人却留在了让他笑的女人身边。这世界就是这么神奇。"男人叹了一口气。

"嗯,有点意思。"马竹涟很郑重地点了点头。

"这个世界上最残忍的一句话,不是对不起,也不是我恨你,而是他再也回不去。没有经历过的人,永远都不会明白的。"男人说着,脸上有一丝浅浅的无奈和沧桑。

"人最宝贵的东西,不是家财万贯,而是拥有陪伴你一生的人。人不能强迫别人来爱自己,只能努力让自己成为值得爱的人,其余的事情则靠缘分。"马竹涟也被他感染了,显得像个哲人。

"有些伤痕划在手上,哪怕很重,伤口愈合后就淡忘了,好了伤疤忘了疼;有些伤痕划在心上,就是划得很轻,也会永驻于心,久久难以释怀。不是吗?"男人又沧桑起来。

"人都是这样,同样的一件事情,他可以用自己的感受去安慰别人,说得头头是道,入木三分。可是临到自己头上,那些理论就飞到了九霄云外去了。"马竹涟淡淡地说。

"是啊,不识庐山真面目,只缘身在此山中。"

"嗯。"

"人生的意义不在于能幸运地拿到一手好牌,而在于把一手不怎么样的牌打好。所以,人得往好处设想,从坏处着眼。"男人装作很深沉的样子,侃侃而谈,"假如你想要得到一件东西,就一定要放它走。它若能回来找你,就永远属于你;它若不回来,那根本就不是你的。你再勉强地据为己有,也是徒劳。"

"嗯,有些人注定只是人生中匆匆的过客,过客就是过客。"

"过客是不可能留下来的,对留不住的过客,你再用心也没用。其实,最佳的报复不是仇恨,而是从心底渗出的冷若冰霜。"

"啊?"

一曲舞跳完了,休息的时候,马竹涟坐在最后面的长凳子上,她不想再和谁跳下去了,这时的她心乱如麻。当下一支舞曲放了好大一会儿时,有个头发像瀑布一样的女人朝她走了过来,邀请她一起跳舞。马竹涟本想拒绝,这女的却一再说,一个人坐在那里太没面子,还是跳起来好。于是,她和这个女人跳了起来。女人很健谈,给她讲了好多这些跳舞的人的故事,这个女人离婚了,那个女人有情人了,等等。

"放着好好的日子不过,为啥都要找情人啊?"马竹涟听了"瀑布"女人的唠叨,半天才说了一句话。

"夫妻之间,那种甜蜜的爱情,往往在柴米油盐中渐渐淡了下来,很多夫妻很少交流,甚至长时间没有平心静气地交流过。这样,婚姻中的女人就会开始对丈夫不满,说丈夫缺乏幽默,不够勤快,不体贴,自己内心的苦恼想倾诉,可对象却不是丈夫。于是,好多女人开始找情人,情人与她没有那么多油盐酱醋茶的琐碎事儿,这样矛盾就不多,各自能容纳,能沟通,能交流。情人永远不会嫌你烦,更不会骂你整天吃饱了撑的,只会柔声细雨地安慰……""瀑布"女人很投入地说着,"生活中,不管女人花多少心思期待着能给老公一个惊喜,回报的都是一鼻子灰。而情人呢,对于女人给他的礼物见了都会喜出望外,永远都会说:'宝贝,你真好!'再送上香吻拥抱,就连说话都会创造性地制造美好气氛,吃饭睡觉说成吃饭饭睡觉觉。"

"这不能算是女人出轨的理由,一个聪明的女人,该知道拥有一个美好的家庭才是最幸福的,找情人只是饮鸩止渴。"

"你真傻,你想想,男人可以去按摩,可以搂着下一代唱歌,可以夜不归宿。女人也是人,要比男人付出得更多,生儿育女,相夫教子,为什么女人就不能出轨?为什么要女人去忍辱负重,干干净净做人,小心翼翼做事?""瀑布"女人越说越激动,"女人的虚荣心是很强的,情人会陪着她逛上一天的街,会不停地说:'宝贝,这件衣服真漂亮,你穿了一定很漂亮,试一试?宝贝,这个拎包配你那条黑裙真好,买下来?'丈夫呢,即使勉强陪你逛街,也总是心不在焉,当你试穿一件漂亮的衣服请他来当参谋时,他会说:'你柜子里有那么多衣服,还买呀?'这女人的虚荣心得不到满足,她就会……"

"这话似乎有点道理,但放在高贵的女人身上,就不会这样的。"马竹涟不屑地说。

"你这么漂亮,追求者肯定一大把吧？与婚外男人在一起,女人可以找回初恋般的感觉。要是没有,姐劝你找一个,别辜负了大好时光！""瀑布"女人很认真地说。

"有意思吗？我只知道,要爱请深爱,不爱请离开。我不想找什么婚外情,那是饮鸩止渴。"马竹涟认真地说。

"唉,真难得世上还有你这样的好女人。不过话说回来了,谁都想要一个幸福和美的家,可不是所有的人都有那样的好运气。最怕的就是再也回不去。正因为回不去了,下一个又太难遇,不少人才选择了找情人。""瀑布"女人动情地说,仿佛她刚刚经历了一场人生的洗礼,再也回不去了似的。

"看来,婚姻中的人,还真都不是那么容易。"马竹涟叹了口气。

"婚姻和爱情,都要懂得止损,像玩股票一样。得到了不想要的东西,就必须舍弃,否则就会错得厉害。爱情和婚姻一样,也是求仁得仁,千万别指望从不可能的人身上得到好结果。"

16

函谷关县城西边宽阔的街道上,人来人往,车水马龙。不知是近年来大家都暴富了,还是车价降得越来越低,买车的人越来越多。年轻人奋斗的目标也渐渐清晰了起来,买房然后买车。这么个小县城,房价已涨得叫人望而生畏,普通老百姓要想买城里的房子压力很大。可现在的丈母娘却都不想让自己的女儿住不上楼房,渐渐地就形成了一种没有房子不嫁女儿的世态,村子里的光棍就像这路上的车一样渐渐多了起来。唉,什么东西一跟钱沾上边,就变得如此庸俗。

夏天的黄昏,马竹涟站在一二三宾馆门前,看着车流像长龙一样,慢吞吞地向前挪着,挪向三只凤雕塑跟前。天黑之前,空气显得燥热了些,这两条长龙,显得焦躁不安,好像无暇与三只凤雕塑嬉戏。

函谷关县城的步行街,正是最热闹的时候,小贩们摆开夜市热火朝天。靠近凤凰雕塑这边是卖吃喝的,数烧烤摊前的生意最火。这里的小摊几乎包括了函谷关县城大部分饭食品种。面食以油泼面、捞面、刀削面为大众所喜欢,有人喜欢吃油泼面,喜欢看摊主把面拉得长长的,高高甩过头顶。油泼面摊主把面条煮好后盛在碗里,放些青菜和葱花,撒上调料,然后把烫好的油往面上一泼,葱花发出很响的嘶嘶声,客人离几米远都能听见。有时候摊主好像掌握不住火候,油倒在碗里还冒火焰,摊主赶紧用勺扑灭。这些面食多源于山西,摊主们喜欢在灯箱上标明"山西刀削面",以显示自己的正宗。说起刀削面,函谷关县的人还真挺喜欢吃,那面和成一团后,只见摊主左手把面团往胸前一抱,走到煮着沸水的大锅跟前,离锅半米,右手拿着一把巴掌大的刀片子(刀片子一边开刃,另一边卷着,正好手可以握卷着的部位),手起面落,一条条一指宽薄厚均匀的面条,直直地飞落锅中,在沸水里不停地翻滚。待面煮熟,摊主捞起来,放进一个已经炒好西红柿鸡蛋的小锅里搅拌,锅下的火正旺,菜味浸入,这叫炒刀削面。炒的刀削面很筋道,面里有酸中带甜的西红柿汁,加上青菜的可口,味道极好。

马竹涟他们一行五人想吃油泼面,就开车在一家医院门口西边的小摊前停下,因为他们一致认为,这家油泼面最好吃。马竹涟本来没有心思吃什么,现在,对她来说一切都是浮云。但当她坐在那家小摊的露天小桌子前,她发现这个小摊雇了十多个服务人员,有近二十张桌子,这里就像个大磁铁,过路的人都向这里围拢来。摊主吆喝着让哪个服务员去干什么,虽是忙,却忙中不乱,井井有条。那些服务员各司其职,几个人专门炸豆腐干,几个人专门拉面、下面、洗碗、收拾桌子。这种热火朝天的场面,俨然是一个小型企业,管理规范,大家手脚麻利,干脆利落。坐在桌前的人,等上几分钟,热腾腾的油泼面就端到了面前。

看着这个热火朝天的"小企业",马竹涟想起自家的选矿厂。她的父亲,也是这样一个头脑非常清晰的人,能把每个员工任用在合适的岗位上,让他们发挥自己最大的才能。马竹涟想,人这一辈子不需要做多大的官,挣多少钱,只要能像这个小摊主,把一碗油泼面做好,让摊前有近百人吃着,这就算是成功的人生了。

而对于像自己这样的女人来说,能有个和睦温馨的家庭就足够了,可以没有多少钱,哪怕人家都开汽车,自己骑自行车都行,最关键的是夫妻同心,两个人可以没有爱情,只要能平淡相处就行了。因为在婚姻里,最值得珍惜的是那份长时间积淀下来的亲情,那一点一滴的关心和责任,渐渐地积攒起来,犹如一部由两人写就的书,得两人慢慢去读,去品,去玩味。这种积淀会渗透在两人的肉体和灵魂之中,变得你中有我,我中有你。而现在,当她准备跟他离婚时,准备亲手拆除这个家时,才发现他就像她身上的一块肉一样,如此难以割舍。

《易经》说,人本就处在水深火热之中,一边是水深,一边是火热,你从这边跳出来,逃离了水深,却不知道又要钻进火热之中,备受烧烤之痛。老子说,道法自然。要向自然界学习,一切顺其自然,否则,你越是挣扎越是痛苦。可是,人的一生好像总有问题摆在面前,你解决了这个,又会有那个接踵而来。你逃不掉,走不脱,只好用尽气力去解决。

这不,今天马竹涟带着这四个人,就准备把孟笔河他们堵在宾馆里,她要看看这个女人是谁,她要狠狠地给孟笔河些颜色看看,只要这次能把他吓住,再不胡来,她还想继续经营好这个婚姻,用心把这个负心汉拉回来。

吃完油泼面,马竹涟他们的车就开过去停在一二三宾馆的门口,因为车玻璃上贴有车膜,外面的人看不见他们。她知道孟笔河他们刚刚登记了宾馆房间——这些情报,都是花钱弄来的。

尽管已经快晚上八点了,但函谷关县城八月的天气依然闷热。马竹涟他们的车停在街道一边的大松树树荫下,然后司机开足了空调。函谷关县街道两边的大树,在夏天显得格外茂盛,树下的月季花,红色的、粉色的,大朵大朵,鲜艳夺目,不知道这样美的景色,有几人在细细欣赏,反正此时的马竹涟心里像猫抓一样,挠心得很。

17

眼前的道路还是车流不息,一切都杂乱无章,让人心烦。几个男人不停地抽烟,因为开着空调,又不能开窗,马竹涟简直是度秒如年,狼狈不堪。即使这样,她还是觉得,让自己更狼狈的是那两个狗男女。

"就是他们俩。"当那两个狗男女从出租车上下来时,马竹涟低声说。按照计划,她现在先让这四个男人盯紧人,盯紧这个叫孟笔河的人。

马竹涟正面打量了这个女人,女人身材高挑,染着红头发。当她走近些,把马竹涟吓了一大跳,这个女人不是别人,正是赵小杉!马竹涟惊讶得把嘴张成了"O"形,她瞪大了眼睛,不相信眼前的一切。天哪!马竹涟怎么也没想到,那个女人竟然是赵小杉。那个为她准备婚礼自己差点累死的赵小杉,那个没有工作,自己跑前跑后为她张罗的赵小杉。马竹涟惊呆了,眼泪扑簌簌地流了下来。

记得那次为赵小杉准备婚礼,马竹涟真是操碎了心,就连男方披红时,别个别针她都要亲自去帮忙,还不忘把披在新郎身上的红绸被子,细细致致地摆弄整齐,之所以如此尽心,就是因为赵小杉是她最要好的朋友啊!当婚礼圆满结束,她累得像散了架。可那时她心里甜啊,她想,她为她的好朋友尽力了,尽管婚礼还有许多小的失误,但全局是让她满意的,最终不仅是她,所有的人都认为这场婚礼圆满成功。那时,她是欣慰的,看着一对新人,她像是喝了蜂蜜一样,心里涌动着高兴的激流。

可是今天,马竹涟看到的是和自己相守多年的孟笔河的背叛,还有友情的背叛。充当可耻小三的,不是别人,正是自己最用心交好的铁姐妹,是自己最上心的好闺密。孟笔河的背叛,让她一提起婚姻就害怕。而赵小杉如一块美玉啪地碎裂在眼前,不给她半点反应和思考的时间。

泪水,汩汩涌出马竹涟的双眼,她不知道是眼在流泪,还是心在流泪。看着眼前的一切,她痛哭失声,痛得乱捶乱打,痛得乱抓乱踢。泪眼中,她看到街道隔离带上的月季花,像是一颗颗撕碎的红心,挂在绿绿的枝头,一直向路的尽头延伸着……

当马竹涟流泪时,车上一个男的已带着相机溜下车,悄悄尾随着孟笔河他们进了一二三宾馆,一路朝他们照相。不一会儿,他就带着相机回到了车上,对马竹涟说:"他们进了902房间。"然后把数码相机打开,让马竹涟看他拍到的照片。看着这一连串照片,马竹涟注意到一个细节,进房间时,不是孟笔河开的门,而是赵小杉拿着磁卡开的门。这说明什么?说明赵小杉是心甘情愿的。还有一个细节,那就是孟笔河扶了一下赵小杉的后背。这个动作说明什么?说明他们的关系已经是格外亲密了,不是吗?从他们走路的距离就可以看出来。

看着看着,马竹涟的眼泪大颗大颗地滴在相机上。"怎么会这样?怎么会这样?"气愤、委屈一股脑地涌上心头。

"咱可是说好的,今天只是给这小子点颜色瞧瞧就行了。"车后座的一个男人阴阳怪气地说。

"按原计划进行吧!"马竹涟斩钉截铁地说。

"你瞧,他们出来了!"车里有人说,大家都感到非常意外。于是,四个男人分别拿了一根鸡蛋粗、八十厘米长的铁棍准备下车。两边的车门都打开了,两根铁棍的梢露在了外面。孟笔河他们从宾馆大厅里往外走,他和赵小杉走出宾馆门口,挥了挥手,一辆出租车很快就靠了过来,赵小杉拉开车门进了车里。

说时迟那时快,孟笔河的手刚拉开车门,就从后视镜里看见几个男人拿着铁棍朝他走来,同时他也看见了马竹涟。他明白了,今天他要走一趟鬼门关了。"给我兄弟打电话!"他一边朝赵小杉大喊一声，一边撒腿跑了起来。

孟笔河奔跑的速度实在惊人，一溜烟工夫，他跑进一条巷子里，顺着巷子像个没头苍蝇一样乱跑乱撞。他期望能找到一个大门，并迅速把大门关起来，再从门后越墙而走，以逃过此劫。可是，事实上，他并没有那么幸运，在一条巷子口，他看见一个拿铁棍的人朝他走来，他赶紧转身往后跑，又有两个拿铁棍的人朝他走了过来。他一步步往一边的院子门口后退，可他知道身后一定也有人抄着家伙在等着。

"不准打人！"那打雷一样的声音喝住了在场的人。来的人正是孟笔河的堂兄弟，长得五大三粗，面相倒不太恶，但声音却很洪亮。

四个人一看，这不是个好惹的主，收拾起家伙溜走了。

马竹涟看到此情此景，不禁悲从心来。原本计划只是给孟笔河一点颜色瞧瞧，只要把他吓住，让他以后不敢再招惹小三，保住这个家，其他的事情以后再说，没想到让他兄弟给搅了。马竹涟心中不免埋怨起这个兄弟来，埋怨他真是不该来帮这个忙，他这次帮了孟笔河，以后孟笔河有恃无恐，会越发胆大起来。以后，她即使想办法赶走赵小杉，也还会来个小林、小丽之类的人充当小四、小五，如此看来，她已没有必要再挽救和孟笔河的婚姻了。马竹涟恶狠狠地说："孟笔河，我看够你的脸了。"

18

爱情需要止损，婚姻需要止损，人生需要止损。有个声音在马竹涟耳边回荡，这句不知从哪里听来的话，如今对她如同一盏指路明灯。人生如同股市，总处于跌宕起伏之中，而且十有八九总是处于跌势。如果你买了垃圾股，而又学不会止损的话，那你就会像坐过山车一样，转得你头昏眼花之后，才发现今天是如此惨痛。人生又如同打扑克牌，要靠个人经营，越是不好的牌，越要有好的心态，即使心已如刀割，依然还要把手中的每一张牌，在最合适的时间打下去。

　　到底该怎么办？实在不想走，不走又没办法。家已破碎，人心已死，留也留不住，回到家里只觉得一切都像那些物事一样，泛着冰凉的光。看着一见她就扑过来的儿子，马竹涟的眼泪不禁扑簌簌地流了下来。她实在无力给儿子提供一个幸福的家，这不是她能办到的，她可以给孩子她全部的爱，却不能给他一个温馨的家。儿子已渐渐长大，他已经长得那么高了，又怎能不受伤害呢？更何况，他小小年纪就要忍受别人在背后指指点点，饱受人世间的流言折磨，他要眼睁睁地看着他的亲娘，饱受小三的精神侮辱，压力之下，又怎么能安心学习？怎么能快乐成长？

　　马竹涟烦躁地看了看房间里的一切，这个曾经让她感到温馨的家，现在陌生了。那沙发原是她亲手挑的，现在看来得扔掉了，后来的人不会喜欢它的。打印机一直卡纸，说修，总没来得及修，这不，准备离婚了，还真用得到这个打印机了。于是，她抱起打印机，走进弘农路上的朝新科技电脑维修店。店主尚经理很忙，对他的徒弟招了招手，小徒弟笑盈盈地接过她手里的打印机，也不知是他故意的还是无意的，接打印机时直接握着她的手接了过来。马竹涟好像全没知觉一样，麻木地看了看这个小徒弟，这家伙嘴倒很甜，一连声地叫姐，问哪里出了问题，一边打开打印机瞧，一边姐长姐短地拉家常，夸马竹涟的衣服好看，人长得漂亮，说着，眼睛直直地盯着马竹涟。

　　不知是为了拖延时间，还是小徒弟想再见见马竹涟，小伙子摆弄了好长时间后，对马竹涟说，明天来取吧，今天修不好。这时，天也快黑下来了，马竹涟只好从店里走了出来，她漫无目的地向前走着，心中像过电影似的，把自己和孟笔河从恋爱到结婚的经历过了一遍。

　　不知为什么，马竹涟开始对婚姻产生莫名的恐惧，她想，她和如此心爱的人都过不好，下一个婚姻又能如何？原本，她爱他和他爱她一样多，所以他们很恩爱。现在，她爱他胜过他爱她，他却溜到了无影无踪的地方。如果是他爱她多一点，她会不会也像他那样跑远了呢？她不会，因为她不是那样的人，她觉得是哪样的人终归就是哪样的人。难道，是她把人看错了？在她的印象里，孟笔河不是这样的人啊。她不禁想起他们俩结婚前的一个故事：

　　那是一个夏夜，马竹涟要去郑州参加班主任培训，孟笔河把她送上火车，他俩依依不舍地道别，仿佛要离开一生一世似的。火车启动时，他激动地追着火车跑，直到火车再也看不见了。

　　当天晚上，在他们的爱窝里，孟笔河喝着啤酒，不停地换着电视频道。这时，一个女孩的电话打来了，她说："哥，到你家坐一会儿吧！"

　　孟笔河说："不行啊，我要送你嫂子出门了。"

　　女孩站在孟笔河家门口敲着门说："骗谁啊，刚刚见你送走了。"

　　女孩进了门，把手里提的一瓶葡萄酒往茶几上一放，还有热腾腾的炒饸饹面，几碟小菜。孟笔河最爱吃饸饹面了，一闻到那种红薯面条的香气，他就馋得慌。可是，平时他和马竹涟都太忙，没有时间弄这个稀罕玩意。这时,女孩举杯敬他,脸上浅浅的笑,让孟笔河感觉好浪漫好温馨。一瓶葡萄酒喝完,女孩说头晕,就软绵绵地倒在了孟笔河怀里。孟笔河把她放在卧室的床上,为她盖上被子。女孩睡着了,他轻轻地走出卧室,关上了门。

坐在客厅的沙发上,孟笔河喝着白酒,不停地换着频道,他努力地让自己的心静下来……几个小时后,女孩醒来了。孟笔河睡得像个死猪。女孩问:"你不寂寞吗?"

"有点!"

"可是……怕我纠缠你?"女孩问道。

孟笔河认真地说:"婚姻主要是责任,我得对马竹涟负责。"女孩沉默了。这个女孩就是赵小杉,她打了个电话,不一会儿,门铃就响了,赵小杉把门打开,进来的是马竹涟。马竹涟进了门,扑进孟笔河的怀里,幸福地哭了起来。从此以后,马竹涟更加死心塌地地爱着孟笔河,她完全信任他,认为他是经过考验的免检产品。

唉,可能是今非昔比吧。如今的马竹涟,再也不敢轻言相信真情了。

19

"离就离,希望你从此阳痿,希望你得性病,希望你让车撞,希望你让雷劈成块子,让压路机压成人渣,渣渣让野狗吃……"马竹涟破口大骂,骂着哭着。

"呵呵,到时候你慢慢吃,别噎着。"孟笔河幽幽地回敬了一句。正是这幽幽的一句,还真把马竹涟给噎着了。

"滚,我再也不想看见你!"马竹涟声嘶力竭。

"我也一样。"孟笔河还是幽幽地说。

"谁先找谁谁就是傻子!"马竹涟呜呜哭了起来。

"好!"孟笔河头也不回地开了门往前走去。

"我说到做到。"马竹涟狠狠地说。

"很好。"孟笔河还是幽幽地说。

马竹涟泪如雨下,泪眼婆娑,看着这个自己最爱的人一步一步消失在视野中。从此,她无心再看杨柳岸晓风残月;从此,她不知道再能放心地执何人之手,和谁休戚与共。只是此时,有太多孟笔河的好渐渐涌上心头。这个人就像手中的沙子,越握得紧,越握不住。

20

近日,学校要搞个朗诵比赛,要求四十岁以下教师全部参加预赛,可以朗诵诗文,也可以用自己生活中的真实教学事例来演讲。当然,马竹涟也在参赛之列。尽管大家平时教的课不同,但对于这种要抛头露面的事,都格外重视。马竹涟也一样,她不求得第一,只求在全校教师面前不出丑就行了。更何况,这方面,女老师比男老师有优势。

老师们都开始准备了,有人去图书馆找诗集,有人去请教语文老师,请人家给找个题材或帮忙写个朗诵稿。

诗文朗诵比赛一开始,副校长张静那雄浑的女中音就吸引了大家,只听她朗诵道:

　　我是一名普普通通的教师,普通得就像田野里一棵无名的小草,但我有一颗滚烫的心,一腔温暖的爱,一份慈母的情,像小草一样,志在染绿田野。今天,我,一名教师,要用对孩子们深深的爱,对教育事业的无限赤诚,吟诵出我心中最美的赞歌——我深爱着我的事业,我愿青春在奉献中闪光!奉献在真情中闪光!真情在学生幸福的成长中闪光!在学校,常有不少同事问我:"小张,你哪儿来那么大的劲?教那么多学生,又苦又累的,怎么还成天乐呵呵的?"我总是说:"快乐正是我所追求的。我要用我的快乐去感染每一个学生,学生的快乐是我最大的快乐。我希望这种快乐,形成良性循环和无限多的感染,让我身边所有师生都能快乐幸福。"

....

最让我难忘的是那一次,课间我抱着作业匆匆忙忙去教室,上楼梯时一心想着怎样才能用最自然的方式让孩子接受作业上的错题。谁知,一不留神脚踩空了,摔倒在楼梯上,又顺着楼梯滚了下来。一股钻心的痛,让我的眼泪夺眶而出。当学生扶起我时,上课铃响了,我什么都没想,在学生的搀扶下,走进教室。课堂上,我强忍着钻心的疼痛,还和平时一样,开始投入地进行教学互动。因为投入,我竟全然忘记了疼痛。这堂课,我不拘一格,推陈出新,进一步创新教学方法。音乐的特长使我的语文课如虎添翼。和以往一样,为了激发孩子们的学习热情,我在这堂课上模仿明星,激情飞扬地唱了一首与课文有关的歌曲,大家掌声雷动。

这个时候,全班所有的孩子都忘我地和我合唱,整个课堂洋溢着欢声笑语,课堂教学在快乐的氛围中进行着。我竭尽全力,用快乐拨动着孩子们美丽的心弦,用至深真情激发着孩子们无限的兴趣! 孩子们因为爱上了我的歌也爱上了我的课,都尽情敞开心扉,敢说敢问,使原本枯燥的课堂,变得精彩纷呈,与孩子们互动得格外充分,也使教学效果达到了理想状态。课间,孩子们把心里的悄悄话讲给我听,我快乐着他们的快乐。许多同学遇到困难也是第一个想到我,我知道,这些鸡毛蒜皮的小事,在他们的心里,却是天大的事。我帮助和引导他们,破解了他们生命中一个个的难题。他们享受到了成功的快乐,我也因此幸福着,快乐着。

上完当天的两节语文课后,我一瘸一拐地来到医院。医生说因为扭伤后又连续上下楼梯,还耽误了最佳治疗时间,现在只能用石膏固定,得三个月才能治愈。

当我躺在病床上,心却飞到了教室。

…………

张静副校长在朗诵这些内容的时候,马竹涟在想,这就是我的心声呀,我也永远都会这样满怀豪情地告诉天下人:"我是一名教师,我幸福,我快乐!"

张副校长朗诵完,立即就有个男教师站了起来,当众抑扬顿挫地朗诵起戴望舒的《雨巷》:"撑着油纸伞,独自/彷徨在悠长、悠长/又寂寥的雨巷,/我希望逢着,/一个丁香一样的,/结着愁怨的姑娘。/……"

马竹涟早已没有了这种青杏儿般的情怀,她想也没想,就拈出了她最喜爱的一首诗,信口背了起来:"轻轻的我走了,/正如我轻轻的来;/我轻轻的招手,/作别西天的云彩。//那河畔的金柳,/是夕阳中的新娘;/波光里的艳影,/在我的心头荡漾。//软泥上的青荇,/油油的在水底招摇;/在康河的柔波里,/我甘心做一条水草。//那榆荫下的一潭,/不是清泉,是天上虹;/揉碎在浮藻间,/沉淀着彩虹似的梦。//寻梦?撑一支长篙,/向青草更青处漫溯;/满载一船星辉,/在星辉斑斓里放歌。//但我不能放歌,/悄悄是别离的笙箫……"

以前,马竹涟只知道这是一首名诗,出自诗人徐志摩之手,也知道这是诗人在失恋之后,写下的一首脍炙人口的情诗。至于它的精妙之处究竟在哪里,她还真的没有细细揣摩过。但今天,她一读出口,一股浓浓的离别之情,一种格外清晰的恨别之意油然而生。那种千般无奈万般不舍的情怀,是柳永的"执手相看泪眼,竟无语凝噎"哪能形容得了的?因为斯人已去,早就无手可执。更因斯人移情别恋,留给诗人的,只能是对过去无限美好的爱情的追忆。

"悄悄的我走了,/正如我悄悄的来;/我挥一挥衣袖,/不带走一片云彩。"马竹涟深深地触摸到了诗人的内心深处。那种轻轻的走并不潇洒,她仿佛看到诗人就站在剑桥侧畔,看着昔日曾经和自己心爱的人默默走过的地方,那情影仿佛还在,却又触手难及。他轻轻地走到桥下,掬起一捧清水,想要用力握紧它们,却越是使劲越是握不住,就那么眼睁睁地看着那些水从手里溜走了,一如他的爱情。他又掬起一捧,就那么轻轻地掬着,水,似万丈柔情,就因他不经意的一掬,就停在了他的手中,随着时间的推移,水还是一点一点地从他的指缝间流了出去。这个时候,诗人只好说,不带走一片云彩。这个云彩,指的是什么?是那深深的依恋,还是那万丈柔情?反正无论是什么,诗人都深知,那些东西一如手中的水一样,洒进了大地,再也找不回来了。

"那河畔的金柳,/是夕阳中的新娘;/波光里的艳影,/在我的心头荡漾。"看到那美丽的金柳就似乎看到了他心爱的姑娘。她的美丽的脸庞,袅娜多姿的俊俏身材,就像这河畔的金柳一样楚楚动人。她舞姿轻盈,随着音乐的节拍,缓缓旋转,惊艳全场。就是这么可心,一如河畔金柳的姑娘,如今再也找不到了。金柳啊金柳,我美丽的姑娘,昔日曾人面桃花相映红,今天却金柳依旧笑春风。

"软泥上的青荇,/油油的在水底招摇;/在康河的柔波里,/我甘心做一条水草。"在爱情的康河里,在曾经美好的生活里,马竹涟总是幸福地做着一棵生活中的水草,一切平淡的日子都像是裹了蜂蜜一样,甜得有些腻人。是啊,柔波里的水草,从来没想过水有枯的一天,人有要走的一天,而现在,自己的一切幸福都成了昨日的故事,叫人如何能够接受!

"那榆荫下的一潭,/不是清泉,是天上虹;/揉碎在浮藻间,/沉淀着彩虹似的梦。"读到此处,马竹涟的眼泪夺眶而出。那榆荫下的一潭水,似万丈柔情,一点点揉碎了,才揉成那样小小的一潭。可就是这样,曾经风风雨雨,不顾一切,曾经经历万千重劫难而至死不渝的感情,就这样静静地沉淀了。因为没有了梦,纵使这万丈柔情如何痴烈,也都成了过眼烟云。

轻轻的我走了,正如我轻轻的来。是啊,该走了,还在等什么呢?还有什么云彩可以回来,还有什么美梦可以等待?

21

走在东关桥上,就有朋友发来短信:

沁园春·函谷关东关集

涧河风光,千里车流,万里人潮。

望涧河南北,车行如龟;

新区老区,汽笛啸啸。

司机烦躁,膀胱欲破无处尿。

看日落月升,尚未过桥。

交通如此多焦,引无数美眉竞折腰。

叹奥迪 A6,慢如蜗牛;

奔驰宝马,无处发飙。

一代天骄,兰博基尼,泪看摩托把车超。

俱往矣,还数自行车,猛蹬嗷嗷。

  看完短信她笑了。这段路便是东关集。这个集市,因为是从老区通向新区的主要干道,加之正中间有函谷关县最大的教堂,成为全市各色人等常去的主要集市。这里卖的东西,也是雅俗共赏,许多名品店主,都把这里当作甩货的主要市场。所以,这里不乏高档产品,许多工薪阶层和有钱人也都喜欢在这里逛逛。这里有他们爱吃的稠搅饭和浆面条。有人专门在周日赶来吃一回稠搅饭。卖搅饭的摊主把黄灿灿的玉米面和得稠稠的,边搅边加热,熟了以后,舀起一大勺子,往碗里倒,稠稠的玉米面糊恋恋不舍地淌进碗里。摊主盛好饭,在上面浇上一勺子酸菜,再加一勺子自家烤制的辣椒片子,看起来格外馋人。

晚上，东关桥上夜夜都有集市，摊主大多是一些年轻漂亮的女人，晚上在这里摆地摊，第二天继续去工作，两不耽误。这个从桥东头密密麻麻地摆到桥西头的小型集市，像是一条女人街。女人们是这里的主要卖家，也是这里的主要消费群体。

马竹涟无心在这个小集市上挑选什么货物，她静静地站在东关桥上，向北望去。北边涧河两边的霓虹灯映在水里，显得格外迷人。远处的大桥也因霓虹灯的装扮，如长虹卧波，在晚上看起来光如彩链。大桥北，函谷湖公园的树上、亭子上、假山上，都亮起了霓虹灯，五彩缤纷的灯光倒映在水中，仿佛水中龙宫，晶莹炫目。

集市的繁华，霓虹灯的璀璨，这些美丽的景色都激不起马竹涟一丝兴奋。一颗平常心吧，她在心中默念。她知道，自己做不到心远地自偏，做不到漫观天外云卷云舒的闲远。

22

函谷湖，在不同的时段看起来是如此的不同。马竹涟格外喜欢水，此时此刻，她脑海里浮现的不是她和孟笔河在函谷湖畔相依相偎的美好情景，而是这晚上的水，在灯光的映衬下，显得白亮。这白亮，让她想起以前早上起床的场景。

以前，每天凌晨五点二十分，孟笔河会准时起床开始做饭，他往锅中倒水，淘好的米在冷水碗里浸泡着，待水开后往锅中放米，大火煮十分钟后，改小火慢熬。米在锅里随着水浪翻腾着，孟笔河在煤气灶旁弯着腰，用勺子一下一下地缓缓搅动……半小时后，孟笔河一手端一碗热气腾腾的白米粥，一手端一碟刚炒好的青菜，走进卧室，喊马竹涟起床。马竹涟翻过身，嘟囔一句

"还早着呢"又睡了过去。孟笔河看着马竹涟香甜的睡相,不忍再叫。把饭放在床头柜上,就坐在床前,看看表,再看看马竹涟,轻轻为她拉上被角,再一会儿一看表。不一会儿,马竹涟突然从床上弹起来,慌忙穿衣,嘴里不住地抱怨:要迟到了,你怎么不叫醒我?他把白米粥递过去,说:"不着急,还有时间,先把米汤喝了。"粥是白米粥,这样的粥,马竹涟喝了很多年,她喜欢喝这样的白米粥。他们俩结婚以后,每天早晨,孟笔河都会端过来一碗白米粥,白盈盈的白米粥,在灯下泛着亮晶晶的光。孟笔河总是说:"你胃不好,多喝白米汤,养胃。"马竹涟便大口大口地喝着,恬淡清香的白米粥,白亮白亮的,温暖的不仅是她的胃,更是她的心。

往事历历在目,现在这一切,却已成了光影泡沫。不知道为什么,马竹涟满脑子都是孟笔河的影子。生活中的点点滴滴,一幕幕,一桩桩,原本美好的东西,现在却都像毒药一样,一点点刺激着她的神经。她感到自己的心像是有一双大手,在拼命把这些东西往外赶,可越是强烈地往外赶,这些东西越是死死地抱成团。真是才下眉头,却上心头。她叹了口气,向前走去。

东关桥东头向北是一条小河,曲曲折折的小径掩映在一丛丛设计美观的绿色园林之中。树荫下,小河边,许多恋人在那里相拥而坐。若是换了别人,对这一对对的恋人,或许会有一种见多不怪的感觉。可此时的马竹涟,却觉得不敢直视他们,甚至在内心深处产生了一种极其渴慕的感觉。这时,她耳畔飘来高亢而沧桑的歌声,她隐约听到:看到人家手牵手,我尽量不回头。这种感受现在用来形容她,真是再合适不过。

马竹涟加快了脚步,穿过三平桥,走到纪念"杨震讲学"的亭子下面,看着这几个惟妙惟肖的石人,她不禁感慨良久。函谷关县这个小地方,还真的出了不少名人。东汉太尉杨震在函谷关县设馆讲学,被推为"关西孔子"。老子骑青牛过函谷关,著述《道德经》五千言。隋唐时尚书杨尚希、杨元琰,诗人宋之问、杨凭、杨凝,教育家杨敬之等,均系函谷关县人氏。明清,函谷关县梁村人许进一门"四尚书",其中许赞官至吏部尚书,并入阁为相。阌乡东常人屈允高一门"三进士"。自隋唐至清一千三百多年间,全县考中进士者多达八十二人。古代的函谷关人,真是不简单啊!

又向前走了几步,便有一座高大的金身女性雕塑矗立眼前,这是女娲,传说女娲补天的故事就发生在函谷关县。又有传说讲夸父追日时,弃其杖化为桃林,而函谷关县古称正是桃林县,也就是说,夸父追日的传说也发生在这里。

再往前走,有一丛蜡梅,马竹涟站在蜡梅树前,久久不想离开。宝剑锋从磨砺出,梅花香自苦寒来。马竹涟现在的人生极尽苦寒,可是,她不知道苦寒之后,若能开花,花该为谁而香。不经意间,马竹涟想到了宋代的女词人李清照,其一生可算是不幸至极,可她的诗脍炙人口,传唱千古。马竹涟最喜欢的就是那句"生当作人杰,死亦为鬼雄"。这时,她反反复复琢磨着这句诗,仿佛这句诗给了她极大的力量,易安懂得要做人杰,为鬼雄,而她马竹涟,为什么就活得如此窝囊,只能当个孬种呢?她不禁边走边思考如何"让自己强大起来"这个摆在她面前的最大的课题。

23

就这样,一天天,马竹涟每晚都要在函谷湖边慢慢地走上几个小时,走过了让她无比痛心的八月十五,又走到了除夕。这时的马竹涟,不想让母亲知道她的窘境,她要母亲以为她的家还是好好的,她还在幸福地包着饺子,一家人,其乐融融。尽管那些东西对此刻的她来说是如此奢侈。这时她才深切地感觉到,有些东西是奢侈品,是可遇而不可求的,比如爱情,比如天长地久。

除夕,夜幕渐渐落下,鞭炮声像是谁在往铁桶里倒豆子,远处的、近处的,噼噼啪啪地传来,那声音像是一种不客气的旋律,直直地升起又落下,不像是落在地上,倒像是落在心里。那声音,有从高空上坠下来的,也有从地面往上升腾的,都急促而短暂,像是在逃避什么,匆匆忙忙地来了又去了。

除夕的夜幕像是让灯光撕开了个口子,渐迷人眼。马竹涟一个人走在街上,看着华灯初上的夜光下,曾经走过千百次的这条街道。和以往不同的是,整个街道除了在玩鞭炮的几个零星的孩子,就没有几个人了。所有的商店都关了门,商店门口那红红的对联美丽别致。在马竹涟眼中整个街道像是让人撕了的清明上河图,满是悲情的美丽。街上除了几个零星的人匆忙经过,就只剩下从门缝里挤出的灯光了。

她饿了,想去找点食物,而冷清的街道上连个小摊都没有。这时,她觉得特别冷,好像不是活在人世间,而是行走在地下世界,感到好阴冷,好阴冷。走着走着,她突然发现远处似乎有一家店门开着,她下意识地朝那里走去。

真是不幸中的万幸,有一家专营过桥米线的店还在营业,她大喜过望。走进店里,店小二很热情地迎了上来,指指墙壁上的价格表问她吃什么,她要了一份米线。店主很敏捷地走进去做饭了,女主人微笑着,提了一壶沏好的茶放在她面前,又给她取来一只玻璃杯。给玻璃杯里倒了茶水,她两手放在玻璃杯上焐着,热乎乎的,真舒服,这久违的舒服劲让她心里有了片刻的安宁和温暖。她喝了一口,水并不烫,于是她一口气把整杯茶水喝完了。就是这杯茶水让她真正体会到了什么叫荡气回肠。又喝了一杯她才完全缓过神来,好像重回人世间,温暖,自心底里渐渐溢了出来,和店里的暖气融融相合。她看了看女主人,女主人淡淡地微笑着,让她有一种进入了小桥流水边人家的感觉。

从口音判断,店主人两口子是异乡人。从他们的脸上看到的是微笑。这微笑和店里温馨的布置、温暖的气氛合二为一,让冻饿交加了几个小时的她感受到了无限暖意。马竹涟想,如果没有前几个小时的冻饿,她绝对不会如此刻骨铭心地感受到这份温暖。此刻,坐在这小店里,她仿佛置身于天堂一般,一种发自内心的感谢,从她的身体里不自觉地溢出来。

走出小店,她静静地往前走着。这时的夜幕平展得光润圆滑,丝毫没有一点皱巴巴的感觉。看着高楼上明亮的窗子,想象着窗里的陈设布局,想象着满屋子飘荡的温馨气氛,一种临界状态的情愫久久地在她脑海盘旋。饭香,笑声,歌声,这一切都在夜色里氤氲着,像炼乳似的浮云慢慢化开,围绕着高楼上的窗户,如梦如纱。

她在想象,那窗子里面或许只是切菜板上菜刀的嚓嚓声,只是孩子玩具车的辚辚滚动声,只是暖水瓶中开水向杯中倾倒的哗哗声,只是电视剧里人物的絮语声……仅仅这些,单调乏味的音码,就足以让窗外的她投入地感受到幸福与甜美,足以让暗夜里踟蹰的人驱散所有的寂寥与落寞。而那扇普普通通的窗户,永远在黑夜里闪烁着无穷的亮光。窗子里飘落下来的响声,此时都无端地万分悦耳。还有窗子里可能飘落出来的很普通的故事，此时此刻，对于黑暗中她那双黑色的眼睛，折射出了无穷的魅力。

第四篇　揭开迷局

1

　　马竹涟要去距函谷关县城不远的一个小村子,这个村子叫七里堡。七里堡住着赵小杉的丈夫王杰,王杰把城里的房子卖了,所以在城里是找不到他和赵小杉的。马竹涟只好去七里堡找他们,她知道赵小杉不会在这个村子里常待,但只有见了王杰,才能知道赵小杉的下落。

　　从9路公交车上下来,没有直接通向七里堡的公交车,路上连个三轮车也没有。马竹涟向路边商店的店主打听,店主说只能坐便车过去,但马竹涟是外村人,不认识人家,搭不上便车,就只有步行过去了。她向店主详细打听了去七里堡的路线后,沿着一路的上坡走去。

　　路上,沟沟崖崖边,成行成排的酸枣树挤在梯田上,梯队从坡下往上一路排开,沟边的悬崖侧畔,大片大片的酸枣树上悬着像红宝石一样的酸枣,惹得她垂涎三尺。她凑上前去,目测了一下酸枣树与悬崖边沿的间距,在确保安全的情况下,揪了个酸枣放进嘴里。红色的酸枣像是只有一层皮包在枣核外面,吐掉枣核,嘴里酸酸的,比醋还酸。那层酸枣皮不经嚼,吃起来很不过瘾。于是,她刻意去寻找那些硬些的酸枣,终于找到一颗硬硬的红酸枣,但这种酸枣实在太少了。物以稀为贵,越是稀少她就越想再找到几颗。

正走着,她的眼睛突然一亮,有一棵一人高的酸枣树上,有十几颗较大的酸枣,有大拇指头那么大。看颜色,凭感觉,她认定那一定是硬酸枣。因为硬酸枣的表面不同于软酸枣那种鲜艳的红色,是一种略带黑色的褐红,红中透黑又带着星星点点的绿意。她迫不及待地走上前去,拨开一个个半寸长的枣刺,揪了一颗酸枣。酸枣表面光滑如缎,硬硬的,塞进嘴里,却半天嚼不出味道来。等果肉全咬离果核时,一种淡淡的酸味才溢了出来。那酸枣枣核大大的,果肉不像小酸枣那么酸,还略带甜味,酸甜各半,像酸奶的味道。她一连往嘴里塞了几个,大嚼起来,那种酸甜杂糅的味道,让她的味蕾绽放。

她向山路深处找去,那里还有几棵小酸枣树,树上也长着这样的果子,她一边奋力避开长长的枣刺,一边小心地让自己不掉下悬崖,不一会儿,手里就满是酸枣了。她把酸枣往口袋里一装,继续摘,直到把这几棵小树上的硬酸枣全摘完了,才像干了一件大事似的松了一口气。她回过头一看,自己已离大路好远了,也难怪,好景色和好东西也只有在僻远的地方才能找到。

正走着,她看见前面有一棵较大的枣树,两人多高,但树干只有胳膊粗,树上有几颗红黑红黑的大枣,格外诱人。她从地上捡起一块砖头,砸下来一颗,红中透黑,有核桃那么大。她用衣襟擦了擦,放进嘴里,枣很甜,却不及刚才那硬硬的小酸枣有嚼劲。很可惜,像是过了这村就没了这店一样,她再也没遇上刚才那么好吃的小酸枣了。

这时,她的脑海里想起了孟笔河,他们总是在大枣熟透的时候,去当地后帝村买枣,那些明清时期种植的枣树结的枣当地人叫明圣枣。据说,这种明圣枣全世界只此一处。这明圣枣长在树梢上,享受充足的阳光,因此也格外甜。她和孟笔河举起长杆,把那些明圣枣从树上敲打下来。她执杆敲打,枣落下来,打在孟笔河的头上,孟笔河狼狈躲避,惹得她大笑不已。

当她收回思绪,才发现阳光是如此潇洒地从远天之外高高地射了下来。她站在那里,把心打开,在阳光下一遍一遍地翻晒,将那些存于内心深处的妄念,晾晒在这阳光下的乡陌之间。她希望,那些妄念再也不要回来,再也不要在她的凡胎肉体中停留。

再往前走,迎面有一棵小柿子树从路边梯田斜伸到小路上来,满树的红柿子就像《西游记》中孙悟空背着的那个桃枝一样果实累累。那棵柿子树只有杯子口粗细,枝上红彤彤地挤满了拳头大的柿子,跟故宫门前的那些柿子树是一个品种,看来皇帝青睐的柿子,也栽到了寻常人家的地里。一想起故宫,她就想起和孟笔河一起去故宫游玩的情景。那时,她是大学生,孟笔河是个一贫如洗的穷小子,为了省钱,他们找到了协和医院里一个专供病人家属夜间歇息的大厅,那大厅封闭得很严实,冬天不冷,夏天有风扇,而且不收费,拿几张报纸一铺就可以凑合一晚上,在京城有这样一个所在,真是让他们心花怒放。晚上,他俩买了些北京的地方小吃,一个黑烧饼,两人一人咬一口轮流咬着吃,还觉得香得不得了。

想到这里,马竹涟叹了一口气,那轮流咬烧饼的甜蜜场景,现在看来是那样弥足珍贵。

马竹涟仰面定睛一瞧,有三个柿子已经熟透了。她爬上梯田,来到柿子树下,树只有一人多高,伸手一够,柿子便沉甸甸地落在了手里,圆圆的柿子破了皮,正溢出红色汁液。马竹涟凑过嘴去轻轻一吸,甜甜的柿液令她心扉舒畅。她撕开柿皮,柿子肉和甜蜜的汁液一同涌出,有的来不及吸到嘴里,就顺着指缝流了下去,流到地上,也是红红的一片。这时,马竹涟掌上便满是浆液,稠稠的。她又想起了和孟笔河一起摘软柿子的场景,孟笔河摘到一个红软红软的大柿子,正准备往嘴里塞,她一把抢过去就往前跑,孟笔河在后面追,追上了,抱着她转圈,她的笑声,在山谷间回响……

2

马竹涟上了一个长坡,再往西拐,直行一千多米,才走到赵小杉所住的七里堡村。村子不大,各家院里院外都长满了枣树。许多人家的院墙上挂着红薯蔓子,叶子枯萎地耷拉着,有的根上还垂着一枚枚鸡蛋大的小红薯,红宝石一般惹人喜爱。

好久没去王杰家了,居然忘记了王杰和赵小杉的房子在哪条巷子。

村口有个老大爷在晾晒大豆,马竹涟走过去问,老大爷看了看她,没吱声,又去干活了。马竹涟感到莫名其妙,又往前走了一段路,见到一个中年妇女,正在家门口剥花生米,她走过去跟那女人聊了会儿花生收成的话题,那女人以为她想贩卖花生,对她格外热情。说她家里今年收了好多花生,邀请她去家看看。这时,马竹涟顺口说:"我认识你们村里的赵小杉。"

女人看了看她,怔了一下,赶紧走到门口向外张望了一下,然后转回来很神秘地说:"这个赵小杉啊,太不像话了,把她男人骗的,城里的房子都卖了,村里的地也卖了,地里面的枣树,这几年刚到旺果期,也全都给卖了。男人真痴,钱让赵小杉拿着,赵小杉又不跟他过。男人现在都没地方住,整天在塬上那个破房子里住,后来他找赵小杉要钱,赵小杉不给,他就去告去上访,结果还要不到钱。赵小杉的心也太狠了!"

"那赵小杉现在在哪里?"马竹涟问。

"不知道。听说她今天要回来的,说是要把村里的房子也卖了,她回来就是要取走房钱。"

"她要那么多钱干什么?"

"这个嘛……"中年女人又朝外面看了看,确信没人过来,才小声地对马竹涟说,"听说她在城里有人了,那男的得了一种怪病,得做手术,需要一大笔钱。她把能借的人都借了,还没凑够,准备把房子卖了,还能凑点钱。可这房子一卖,她掌柜王杰往哪儿住啊? 这不是把人家往绝路上逼吗?"

"她男人为啥要把钱给她?"

"这个就说不清了,可能是她男人还想跟她过,才会这样做的吧。她给她男人说,这钱是要给她自己治什么重病,可啥病能用这么多钱啊。家家都有一本经,咱也说不清啊。"

3

赵小杉来到大渠边的一座寺庙里,今天是阴历初一,上香的人很多。她刚在那里站定,就有人问庙里主事的人,来还愿应该怎么做。主事的是个年轻人,告诉那人让他把要供的水果放到神像面前,然后上香,再一板一眼地按主事的吩咐去做。如此繁多的礼节,让赵小杉目瞪口呆。她看那个还愿的人,一点也不张扬地将厚厚一沓百元钞票塞进了功德箱,然后,拿着一串鞭炮点燃,在那里发出噼里啪啦的响声。

　　赵小杉花了二十多元钱买了纸钱和鞭炮,向神像走去,她对着神像作了三个揖,然后双手合十开始祈祷:"愿他的病能看好,愿他们能幸福地生活在一起,愿我和她之间的误会能真正消除。"敬神如神在,这时,她的脑海里,想起有人给她讲的鬼吹灯。说是那些盗墓贼,进到古墓里面,取墓中的宝物前要先点上灯,取时如果灯灭了,他就不能要这件宝物了。因为他们深信天人合一,鬼吹了灯,他就不能取这件宝物了。怪不得小时候,妈妈总是不让她用嘴吹灭蜡烛,而是用手摇摆出的风把蜡烛灭掉,说是吹灯嘴会歪的,看起来,这也暗合了鬼吹灯的说法。

　　赵小杉磕完头,把买的东西在燃香上方左右各绕三圈,然后拿到离神像不远的地方,照人家的样子磕头、烧纸。待她去放鞭炮时,见有个人的鞭炮响了一半,断了。只听那人说:"真倒霉,鞭炮只响了一半,看来要出啥大事了!"赵小杉把鞭炮点了,还好,那串鞭炮没有断,全响完了。她长吁了一口气,正准备走,有个人叫住了她。这人是孟笔河的大姨,塞给她一个桃子,说:"这是供果,吃吧,吃了叫你啥都好起来。"

　　"姨,我和孟笔河之间的事,想跟你说说。"赵小杉看着孟笔河大姨满脸的皱纹,觉得她是那么的慈善。

　　孟笔河的大姨找了两个小凳子,找了个避开人的地方,和赵小杉坐在那里。只见孟笔河的大姨一会儿抹一下眼泪,哭声时大时小。

　　"姨,人这辈子,最重要的,就是一份情。我尽我最大的努力了,我要让他们很幸福地活着。笔河也是个重情义的人,他看不得别人难受,我理解他。我是学护理的,笔河哥除了找我没人可找了,他的朋友圈里没有会护理的人。"赵小杉认真地说。

"你是我家的大恩人,你会有好报的。"孟笔河的大姨一边抹眼泪,一边感激地说。

"姨,你想多了。即使全世界的人都误会我,只要你知道真相,就行了。"赵小杉从口袋里取出一封信,交给孟笔河的大姨,请她在自己生下孩子之后转交给竹涟。赵小杉郑重地对孟笔河的大姨说:"有些事,你说给她听,她信。"

"几个月了?"

"七个多月了。"

"做 B 超了没?男孩还是女孩?"

"没。现在都不让做,男女都一样的。"

4

当马竹涟来到赵小杉家门口时,那条长长的窄小的巷子里,有一只白猫静静地蹲着。阴影中,那只白猫显得格外惹眼。因为它的惹眼,显得小巷有股阴森的气息,依马竹涟的直觉,像是要出啥事似的,一种莫名的、不祥的预感突然袭上心头。

马竹涟走进赵小杉家的院子里,这是个五间一层的砖房,砖房两侧是东西厢房。东厢房很小,才两小间,门外支了一个土炉子,这种土炉子当地人称"锅头"。旁边有老式的风箱,风箱杆已被磨得明晃晃的,证明这锅头用很多年了。锅头上的大锅很大,上口有一抱粗,蒸馍时放上高高的几笼馍,再在上面压几块砖,火烧得旺旺的时候,往灶膛里面扔几个干辣椒,烤得通体快发黑时取出,捣成碎片,再加些蒜泥,夹在刚蒸出的馍里吃——这是马竹涟的最爱。她喜欢看母亲在蒸馍时往灶膛里放上一块湿软的生面饼,下面用苞谷叶垫着,烤得发焦时取出,吃起来格外香甜。最让马竹涟难忘的是馍蒸熟了,刚一出锅,母亲就会把一些生柿子趁热倒进大锅里,然后加些桑叶、玉米芯之类的东西,三天后,那些原本很涩的生柿子,就变得甘甜可口,吃起来格外好吃。当地人把这叫暖柿子,能吃到这样的柿子时,就快中秋了。中秋时小孩子会把圆馍用筷子穿起来,上面再穿个暖柿子和苹果,跑到村子里集合,煞有介事地开始面向月亮,嘴里念念有词:"愿,愿月哩,愿你妈脚尖哩。"这种连小孩子都觉得滑稽的许愿方式,却年年都在继续。

院门大开,房门也没上锁,却没有一个人在。

马竹涟在院子里找了个小木凳坐下来,这个农家小院绿意盎然,有几只鸡在树边不时地找寻着什么,马竹涟感觉自己此时就像一团空气,静静地飘浮在绿意里。

5

院子里的葡萄藤上,还挂着几串葡萄,马竹涟想起前些年赵小杉刚结婚时,为了照顾这葡萄树,他们两家人经常来到这里,为它浇水施肥。当葡萄藤的枝蔓上开始生出新枝,枝上又分出三个叶片时,赵小杉一家和孟笔河一家就会聚到这里,把一枝枝藤蔓上的小芽掐掉,不让它因胡乱生长而浪费养分。这时候,赵小杉总会大声说:"咱们大家弄掉的,是葡萄藤的欲望,咱们自己不好的欲望也要这样消除掉,只有这样才能修成正果,获得幸福。"她的话赢得了大家雷鸣般的掌声。他们给葡萄树施上农家肥,再把捡来的死猫烂狗埋在葡萄藤根部。这时,赵小杉富有诗意地说:"一个葡萄藤对死猫烂狗的渴望,远远超过了人类对金钱的贪婪,那种东西就像它的爱情一样,能把它滋润得满脸放光。"赵小杉的丈夫哈哈大笑,差点从凳子上掉下来。

　　还是在这个葡萄藤前,当一串串青色的葡萄串从叶间探出头来,他们四人就会在周末聚到葡萄藤下,孟笔河一手抓紧那小小的葡萄串,另一只手抄起剪刀,把葡萄串顶端的1/3剪掉,这样,在葡萄串长大时颗粒会非常密集,长大的葡萄串和没有剪过的葡萄串分量一样重,只是没有剪过的颗粒松散,不太好看。

　　还是在这葡萄藤前,当葡萄成熟时,他们四人看着这棵能把院子里的天空都遮严的葡萄藤,看着满眼都是绿莹莹的葡萄串,兴奋得满脸放光。这时,赵小杉会洗上几串葡萄,分给大家品尝。赵小杉会故意揪一颗葡萄,塞进孟笔河的嘴里,大声问:"甜不甜?"然后斜着眼看着马竹涟,问:"酸不酸?"赵小杉的丈夫大声说:"酸!"四个人哈哈大笑。

　　接下来是四个人准备饭食的时候。赵小杉从鸡窝里摸出几个鸡蛋告诉大家,这可是正宗的土鸡蛋。然后吩咐两位男士,一人剥葱洗菜,一人剥蒜捣蒜。她和马竹涟则开始和面,他们在一起,中午必吃浆面条。马竹涟把孟笔河劈的干柴,不断地填进红红的灶膛里,将火拨弄得旺旺的,在旺火旁放一个生红薯烤着,然后将风箱扯得老长老长的,让大家听一听风箱所发出的有节奏的啪啪声。赵小杉把花生米和大豆放进开水里,水沸之后,放进碎牛肉块,牛肉熟后再往锅里添上一瓢水,不待水沸,就倒入很多的浆汁。他们都喜欢吃酸酸的浆面条,所以浆汁倒得特别多。待浆面条舀到碗里,孟笔河他们也把菜弄好了。桌上放着四盘菜,一盘西红柿炒鸡蛋,一盘绿西红柿炒豆豉,一盘辣椒拌咸韭菜,一盘凉拌黄瓜,馍是他们亲手蒸的酵子馍。几个人就坐在葡萄藤下的小石桌前,吃着这样可口的饭菜,两个大男人连说爽快。尤其是孟笔河,呷了一口酸酸的浆汤,说:"真是从胃里酸到心里了,这种母古(当地方言,意为模糊)酸,让人像当了神仙一样舒畅。"

6

现在,马竹涟看着这个院子,一片凄凉,一点生机都没有,往日的回忆都像那些埋在葡萄藤前的死猫烂狗一样,让葡萄藤给吸光了。天很快就黑了下来。这时,鸡早就飞到了树杈上,安静地咀嚼着白天的故事。远处传来狗吠声。过了一会儿,狗不叫了,邻家院里的灯亮起来了,又听见叮当作响的洗菜刷锅声,极有节奏的拉风箱的声音,还有不时从远处传来的牛哞声,悠远绵长地飘扬在村子的上空。好久没听过的驴叫声,此时也很有韵律地传到耳边。

村庄的夜是迷人的。

正在这时,传来几声很亮的唢呐声,并不成曲调,像是在试音。接下来,就听"咣咣咣"的敲锣声,几分钟后,一曲豫剧《大祭桩》就开始在村头演出了,演员们那清亮高亢的唱腔在夜晚的村庄悠悠地回旋着。

也许是对戏剧太迷恋了,一听到唱戏,马竹涟就浑身都是劲。她信步走出院子,循着音乐声往前走,过了三排房子,就见一家人门前放了一匹红色纸马,院子里灯火辉煌。乐队就在院门口,八位演奏人员坐在一张八仙桌前,各司其职,配合默契。当她走近时,乐队已换成了越调《收姜维》片段,只见一个三十岁左右的女人,在乐队前方迈起方步,扮演着诸葛亮的角色,用那种像吴侬软语一样的声音,唱着"四千岁你莫要羞愧难当,听山人把情由细说端详……",只几句,就把一个文文弱弱、充满智慧的诸葛亮表演得活灵活现,吸引得在场的人都扭头专注地看她。那个年轻厨师一边抬头看一下乐队,一边熟练地把一寸多长的葱白纵向劈成两半,再切成细丝,末了还跟着节奏哼上一句"虽说你今一天打回败仗,怨山人我用兵不到,你莫放在心上……"。马竹涟看了看满院子都在忙着的人,这会儿全让这个女乐手的演唱给迷住了,不管手里有没有活儿,都很用心地听着。

函谷关县的人们对婚丧嫁娶十分看重,以婚事为例,为了尽力把这件事情办得隆重圆满,主家往往会提前好几天就把"混事情的"找全,少则数人,多则二三十人。就拿其中的娶亲这一部分来说,主要负责人就有总管、执行总管、主婚人、证婚人等四五人之多,还要临时成立许多小组,有的负责布置新房、封红包、搭棚子、联络、迎亲、迎客、导座、送客、认亲等事项,有的负责车队、乐队、鞭炮、礼花、礼桌、烟酒等琐碎事宜。无论哪一项衔接不好或是出现疏漏,都会影响婚礼进行,甚至出现不和谐音符,使主家难以下台。

马竹涟扫了一眼满院子的人,那些帮着蒸馒头的女人,正挽起袖子揉面,她们揉出的面团蒸出的馒头,白生生的特别好吃。尤其是这样的馒头配上那用干柴烧出的大锅烩菜,更是香味扑鼻。这种烩菜多以白菜、豆腐块为主,再加上几片猪肉,红色的辣椒油就漂浮在菜汤最上面,看了令人胃口大开。厨师总是做上一大锅放在那里,来了客人就端上烩菜,很方便,也很好吃。

马竹涟的眼停在那些洗盘子的人身上,村里"过事情"时,主家最发愁的就是找洗盘子的人,"混事情的"都不愿意干这种活儿,所以主家往往先跟别人说好,如果洗盘子的人家里有婚丧嫁娶的事了,主家到那时就给他家洗盘子,这样说好互洗盘子才行。而一个人洗盘子,往往不够,这就要有一些跟主家特要好的朋友,也愿意干这种活的人来干。如果实在没人,就得主家或是总管来协调一些村里不是有头有脸的人,施以烟酒等好处,才能请得动人家。当然，每个"混事情的"都可以得到一盒香烟。

很意外，马竹涟看到了一个人，一个她正在等的人——赵小杉的丈夫王杰。王杰正坐在那儿，往他面前的一口大铁锅里倒洗洁精，大铁锅里堆满了碗筷，按函谷关县当地的习俗，一家红白事情完结，碗筷是不洗的，留给下一家租用的人家来洗。所以，他要把刚送来的碗筷都清洗一遍。

见到马竹涟，王杰并不惊讶，麻木地站了起来，默默地走到马竹涟跟前，说："走，到家里坐坐。"

马竹涟走在他的后面，看了看他的衣服，乔丹牌的运动服已经很旧了。从后面看，裤管已卷起了很多皱褶，大片的黄泥巴粘在裤管上，就是在灯光下，看起来也是非常惹眼。

7

当赵小杉走进一二三宾馆 902 房间时，孟笔河已经在那里等候了。

"这是十万块钱，你拿着。"赵小杉从口袋里掏出一个存折说，"建行的。"

"你从哪里弄这么多钱？"孟笔河着急地说。

"这个你别管。"

"小杉，你可千万不能……"

"不能咋了？这钱一点都不脏，这是他一家人的血汗钱！"

"你丈夫咋说？"

"他不知道这钱用在哪里，不过没关系，他听我的。"

"这是不妥当的，我不想再做手术了，死了就死了，没啥的。"

"这话怎么说的，我就是卖房子卖地，也要让你把这个手术做了。你说不做就不做吗？你也太对不起我这些钱了。"

"唉！小杉，真的，别这样。"

"你是救过我的命的，在你生病时，我怎么能坐视不管？"赵小杉怒眉横竖。

"你说的是在上海上学时遇到小流氓的那件事啊，那点小事情，是人见了都会管的，我只是遇到了，更何况你是竹涟的好朋友，我管，是应该的。"

"真的，当时我吓得要死。那几个小流氓手里拿着刀子把我围住，四周漆黑，太害怕了，幸亏那时你路过。后来，那几个人用刀捅你，血都溅到我脸上了……要不是当时有一群人路过，你连命都搭上了！"

"事情都过去了，就别再提了，那真的没什么。"

"你是面对过死神的人，难道这小小的病就吓倒你了吗？听我的，这手术一定要做。手术要是做成功了，你身体健康，再把厂子收拾起来，能挣的钱多的是，你怕啥？那时你有钱了，加倍还我！"

"加倍是肯定没问题的。"

"我欠你们夫妻的太多了！不说你救了我的命，你看，我这工作是竹涟姐帮忙联系的，招教考试前，又是帮我借书，又是帮我辅导，还找人给我设计课件，设计课堂教学内容，连板书设计都是她亲自动手。面试前，连我穿啥衣服都是她操心。我至今记得那件青春蓝的连衣裙，看起来特别大方，以至于每次参加赛课我都穿它。再说，我结婚，她就像是我妈，把啥事都安排得井井有条，听说你们俩在我结完婚后，在家睡了整整三天才歇过来，对吧？竹涟姐对我的好，一点一滴我都记着，你们的好我还都还不完啊！"

"都过去了,不提了。"

"不,我这个人,谁对我不好我受不了,但谁对我好我更受不了。我宁要别人落我的人情,也不想占任何人一点便宜。"

"咱们是朋友,还要讲那么清吗?"

"可这是救命之恩啊!"

"真的要讲那么清吗?"

"是!"

"我的病要是看好了,那你和你丈夫,就是我的大恩人!"

"对了,把你的病历再让我看一下。"

孟笔河取出病历,赵小杉详细地看了起来。当她看到"忌过性生活"几个字时眼前一亮,她指着这几个字对孟笔河说:"我明天把这个复印一下,然后,再给竹涟姐写封信,证明咱俩之间没有任何关系。这信,要在你做完手术之后再告诉她,如果你手术成功了,就能给她一个惊喜。如果手术不成功,也完全符合你不让她难过,不让她看见你痛苦的样子的初衷。唉,咱们怎么会走到这一步啊!"

"是啊,你每次来宾馆给我上药,咱俩一男一女,外人看起来,还真像有什么似的,这话,都传到她耳朵里了。"

"没事,只要你拿病历让她一看,她就会明白的,她是聪明人。只是这药,每次都得在宾馆贴,这里温度合适,水盆和厕所离得近,很方便。还必须我贴,你又没有一个干护理的朋友。掏钱找人贴吧,咱又没那个钱。唉,只是别人要是看到咱俩一块儿从宾馆里出来,说咱俩有啥事,可真是跳进黄河也洗不清啊。"

"清白的就是清白的,咱俩心里清楚就行了。"

孟笔河摘下头上的帽子,他的头发已经全都掉光了,长期的治疗,使他的身体已经极度虚弱。赵小杉走过去,帮他整了整上衣。然后,从孟笔河的包里取出一些药水,往他的全身涂了一遍。

"这药,隔几天就要来宾馆涂,老是麻烦你来,真不好意思!医生说,得要女同志精心地涂,还必须懂护理,还必须特用心,每次都是隔十分钟涂一次,一整夜都不能间断,这一夜不知道要涂多少遍,这活儿,也只有请你干了。"

"你是我的救命恩人嘛!竹涟又跟我那么铁!"

"现在她见了你,一定是分外眼红啊!她肯定以为咱俩都怎么样了。"

"我所做的一切,她都会明白的。到时候她知道了咱没睡过觉,知道了我帮你战胜病魔,她会把我看得很高大的,就像你们俩在我心中那么高大一样。"

"我现在真的很佩服你!"

"别说了,擦药吧。反正这一晚上我是不能睡觉了,每十分钟擦一回,这个时间我要做到一分不差!"

"看你这么累,真叫我过意不去,真的很感谢你,你是我生命中的贵人。我现在才算明白了,贵人是自己帮出来的,人,都是将心比心的,没有人会平白无故地遇到贵人。这世上,真是现世现报啊,一切恩怨都轮回得这么快!"

就这样,每十分钟擦一回,赵小杉一点也不马虎。

8

天亮了,孟笔河和赵小杉走出宾馆。一辆绿皮出租车开了过来,赵小杉一招手,车就停在他俩面前。

"到杨公寨多少钱?"赵小杉问。

"二十元。"出租车师傅看了看他俩,面无表情地说。

"十五中不?"

"你找别的车吧!"出租车一溜烟就开走了。

"现在这出租车,一个车牌都要十几万元,开着出租车,就相当于开着一个单元房,人家很牛的。"孟笔河说。

"算了,叫辆黑车吧,那些银灰色的夏利车,大多是跑出租的。"

正说着,一辆夏利车朝他们开了过来,司机很热情,十五元的价格一说就行。孟笔河上了车,赵小杉骑上她的自行车,把变速器调到二挡。

那是一个清朗的早晨,孟笔河横穿函谷关县城的大街小巷,步行约五公里,去寻觅这个耸入云天的高高的土寨,抚触这个古风犹存的历史遗迹。

据说,杨公寨是北宋名将杨业几代后人屯兵的地方,也有人说是杨业的儿子杨六郎抗契丹军时在此屯兵。函谷关县这个地方在古代就是战略要冲,当地一个函谷关就可以作为秦人固若金汤的东大门,而函谷关前那血流漂杵的血腥厮杀,从某种意义上佐证了杨六郎在此屯兵的可能性。不仅如此,坐落在函谷关西边的一个村子名叫破胡村,据说村名就是根据这里曾大破胡兵而起的。

走出函谷关县城,沿岳渡村西行,绕着杨公寨弯曲的山路盘旋而上。孟笔河来到一个土塬顶,就见一条窄窄的羊肠小道通向一个寨子,那小道很特别,站在小路上,人伸平两臂,两手下方各是一面悬崖,高约百米。在冷兵器时代,只要堵住这条小路就没人能进入这个寨子。据说,这条约三十米长的小道,原来架的是吊桥,悬起吊桥恐怕只有鸟才能飞得过去。就是今天,站在这小路上往下看,胆小的人也会不寒而栗。小路大约一米宽,两边长满了高高的杂草,杂草下面是二三十米深的悬崖。寨子呈圆形,高高地耸立着,寨子四周的土墙与土塬的墙体呈一条直线竖在地面上,从地面到墙顶有三四十米高。这样的寨子,可能是古代或近代人们居住的场所。它易守难攻,很适合在冷兵器时代刀光剑影中生存。

杨公寨寨门是高高的砖墙,是圆拱门,门洞上方有"层峦耸秀"四个大字,因为是老字,好多人不能读全。两个门柱下面各有一块方形大石,石上雕刻得非常精美。门洞墙上的古砖的蓝色渐渐褪淡,淡得像是略带蓝色的土色。

寨门也是里外各一个,门楼由古砖砌成圆拱形,木门很古朴。寨子最外面的门楼上面写着三个大字,可能是篆字,孟笔河也不认识。三个大字用砖框框着,框体上还装饰着砖画,大字左右各是一个砖雕宝瓶,瓶里插的花却不一样。大字上下各有两个砖雕花饰,都有一个近似横放的"S"形飘带,飘带中心各有一个或棋盘或半个南瓜或案几之类的砖雕,巧夺天工,栩栩如生。这样的砖雕现在已经很稀少了,至少在孟笔河看来,他长这么大还没见过这种砖雕。第二道门和第一道门一模一样,只是门楼上面写了四个字,这四个字好像是"层峦耸秀",是楷体古字,写得很秀气。孟笔河只认得"层"和"秀"字,因为这个"秀"直接写的就是现代字,字写得秀气挺脱,绝非出自一般书法家之手。

第二道大门已经没有了,只有两架门框竖在那里。门框的下端各有一个约一尺宽、一尺高、一尺半长的石礅,西边这个石礅外表雕刻考究,正面雕的是麒麟,尾巴上翘,鳞片细腻,非常生动。门洞内侧设有暗室,足见当时戒备森严。

进入古寨里面,废弃的土房子一整排一整排地横亘在那里,看上去像是一座废墟。一条小路穿过丛生的杂草杂树,从南至北,直直地通到寨子最里面。桃树枝从院子土墙里面胡乱伸了出来,绿绿的叶子显得生机盎然,把那破旧的土房子衬得像个瘪三。这一古建筑群,许多房屋因年久失修已坍塌,细观各个房屋结构大体相同,令人惊讶的是,有的建筑是两层,四合院制式,墙上的砖雕装饰异常精美,有梅花、荷花形状的,也有石榴、蝙蝠等图案,还有一些雕有古老的文字,看起来别致新奇。

这些院落,有很多可能是古代富户居住,古色古香,典雅不俗。单说那门前的小石狮子,雕刻得栩栩如生,一看就是大家之作。那作为门墩的方石,雕刻着梅花、荷花图案,也是价格不菲的东西。

在这些院子中间有个水管,一年四季有水喝。这是孟笔河之所以选择住在这里的唯一理由。

这时,他抬眼一看,朝霞照在杨公寨里一棵古老的大树上。大树像是一个身披金装的古代将领,威武雄壮。树下有一方大石碾子,石碾上还有碾辣椒留下的印痕,看来人们还在使用着它。

孟笔河久久地伫立在大树附近一块写有"耕读传家"的匾额跟前,体味着房屋主人那过人的智慧和殷富的家底。既耕又读,既富有时代特色,又极具宏大的号召力,真是令人叹服。他很喜欢"耕读传家"这四个字,它是列祖列宗寄语后人应该过的一种生活方式,是对后人的要求和希冀。若子孙贤,耕读即能富家贵家;若子孙浅薄,耕读既能解决他们物质上的温饱,又能给予其精神上的指引;若子孙不肖,则能时时以耕读来规劝他们,劳其筋骨,最终也许能使浪子回头。这使他想起苏轼曾说过的一句名言:"惟愿孩儿愚且鲁,无灾无难到公卿。"这不是耕读传家的又一精妙解释吗?

杨公寨这一古寨,本来是老百姓躲避战乱安身立命的所在。在这样的古寨中,贫穷和富有的历史共存,战争与和平的印痕兼有,它如同历史长河中的一个音符,总是在人们将要忘却它的时候,飘入耳孔,经久不息。

古老的杨公寨,站在那里读它,像是在抚触历史天空中的一瞥惊鸿。孟笔河,这个流浪汉,此时,就一个人住在这么大的一个废弃的寨子里。

9

一进入杨公寨这个破破烂烂的环境,孟笔河就想起刚和马竹涟分手的那段日子。分手后,他去秦岭山上的漕洞沟开矿,那是他看得很准的一个矿口,他要在这个矿口押下全部的赌注。

原因之一是,那个总是给他打矿的工程队老王头,跟他的关系很铁,几乎达到了生死之交的地步。他俩的相识源于一件事情,在一次打矿过程中,在孟笔河矿口里干活的工程队不好好干活,干了三天洞子只往里打进去一米,这样的钻洞进度,让孟笔河非常恼火。他前去和工程队的头儿交涉,人家还是不好好干,干了六天,矿洞只钻了不到三米深。孟笔河意识到这是个难缠的主儿,以前他们不好好干活儿的事情,在各个矿主间早有耳闻,只是没想到他们办事是如此糟糕。听说这个工头儿对《易经》特在行,很少有人敢惹他,对这样的人,信奉风水的开矿老板是不愿意惹的。但孟笔河不惹也不行,不惹就得把钱往里面白白地扔啊。于是孟笔河把这个工程队给撵走了。说来也怪,以后来的工程队,都干不了几天,工程就这样歇下了,工程一歇就耽误赚钱,这让孟笔河大动肝火。

　　说来也巧,那天孟笔河在矿区饭店吃饭,和朋友聊起这件事,老王头也在一边吃饭,对他说:"这个好办,我知道有个人也特懂《易经》,有破法的。只要这活儿让我老王头来干,保准能干成。"孟笔河说:"找过几个自称能'做法'的人,都破不了的。"老王头说:"我找的这个肯定能。"孟笔河说:"那你试试吧。"老王头果真叫了个老头来到孟笔河的矿口里面。孟笔河对这种事并不太感兴趣,但听老王头把这个人吹得神乎其神,就跟进洞里去看。只见那老头点了一支蜡烛举在手上,从洞口往里走,走到一个地方,蜡烛突然灭了。老头儿说,就在这里。孟笔河打开矿灯,四处照了照,那地方啥也没有。正当大家迷惑不解时,老头的目光停在洞子底部一条小水沟里的一块石头上,他让孟笔河走过去搬开石头,大家看得清楚,石头下面有个螺丝帽,螺丝帽上绑着红线。老头儿说,就是这个。老王头俯下身子准备去捡,老头儿挡住了他。老头儿点了蜡烛,用钳子钳住这个螺丝帽,凑近烛火,只听啪的一声,螺丝帽甩出一米多远。说来也奇怪,从这以后,老王头的工程队在这里干活非常顺当,活儿也干得很漂亮。其实,老头儿魔术表演一样的举动,孟笔河并不真的相信,但以后合作久了,他还是和老王头成了知心朋友。

　　一天,孟笔河请一位何先生看脉线,此人看脉线之准在矿区极有口碑。这次,他正在给孟笔河看脉线,突然心脏病发作,孟笔河赶紧把他送进西京医院,又给他垫付了八万块钱医药费。事后,何先生非常感激,逢人便说,要不是孟笔河及时用车把他送到大医院,他就死定了。更让何先生感激的是,孟笔河给他垫付了这么多钱,因为当时他根本没有这么多钱,要是在家犯病,也许就难活了。更让他感激的是,孟笔河死活不要他还这笔钱,说就算是给他看脉线的钱了,这让他格外感动。所以,以后给孟笔河看脉线,他总是十二分用力。

一天，何先生给孟笔河看了脉线之后，告诉孟笔河，矿的品位非常高，估计要发大财了。

在工程队开工之前，老王头煞有介事地把孟笔河叫到算卦老头儿那里，老头儿告诉他，尽管打，那地方，矿特好，量很大。这样一来，孟笔河热血沸腾，就开始打矿了。工程队还是老王头的，为了让老王头他们好好干，孟笔河叫人从阳平街上买了好多肉和菜送了过去，同时弄了近百个西瓜送给他们。

可这次却不像以往那么顺利，打了好长时间还没见矿石。孟笔河眼看着钱都快花光了，非常着急。他把何先生叫过去看了看脉线，何先生告诉他，近在咫尺，放心干吧！可是，孟笔河手里已没多少钱了。他去找老王头算卦，老王头告诉他，近在咫尺，尽管打。于是，孟笔河把所有亲戚朋友借了个遍，又从银行贷了许多钱，结果，钱用光了，却还没见矿石。他再找何老先生看，回话是近在咫尺。他再找老王头算卦，回话同样是近在咫尺，只要再坚持打，很快就能见富矿。孟笔河痛下决心，把借的钱全拿过去，可钱又用光了，只见了细细的一丝矿线。

因为没了一点钱，工程队歇了下来，孟笔河只好把这个矿口卖掉。矿口卖的钱还没还清债务。后来听说，他的矿口别人接手后，只打了三天，就出矿石了，品位每吨三四十克，而且量特别大，人家发了大财。

想想这些，孟笔河都想坐下来大哭一场。如今，又因为大病住在这破房子里，过着等死的日子，真是太难受了。因为别人成天要债，自己没钱还给人家；也因为实在没钱租房，就只好住在这个废弃的院落里。此时的他，真是叫天天不应，叫地地不灵，除了赵小杉,没有人知道他住在这里,几乎没有人知道他的生死,也只有赵小杉对他倾囊相助,让他感激涕零。赵小杉不仅为他提供衣食费用,而且不顾丈夫的反对,把自家的房产都变卖了,这让他非常伤心。可除了赵小杉,没有人能帮他做这一高技术的全身擦药,即使有也不会有人愿意一整夜不合眼地给他擦药。但是,在宾馆里碰到熟人,别人都会认为他们是情人,把赵小杉当作世人不齿的小三看待,赵小杉为他背负了如此骂名。

唉!想到这里,他一屁股蹲在寨子里面,哭了起来。杨公寨里,他的哭声四处飘荡。

10

马竹涟和王杰回到了王杰家,这个曾载满他们两家人许多欢乐的家,现在依然让马竹涟觉得格外温馨。两人坐定,各怀心事,却都不说话。王杰也没有给马竹涟烧开水沏茶的想法,只是把从人家白事情场上弄的两个馍夹菜拿出来,递给马竹涟一个,然后,也不客气啥,自个儿就开始狂啃起来,好像几天都没吃饭的样子。吃完后,就歪在那破旧的沙发上,显出一副疲态。

马竹涟因为一路吃了许多水果,一点也不饿,她捏捏手里的馍,知道这样的馍是农家馍,很好吃的,可她却没有一点食欲。

“你家的电视呢?”马竹涟问王杰。

“卖了。”他显得非常平静。

“卖了干啥?”

“小杉说,卖了到城里买个小高层,带地暖的。”

“小杉说……”马竹涟一怔,莫不是,赵小杉要在离婚前,再在他身上搜刮一把?“你们的钱都在你跟前放着吗?”

"没，全在小杉那儿。"

"为啥放她跟前，不放到你跟前？"

"人嘛，将心比心。我对她好，她知道的。"

"唉！她和笔河的事，你都知道了吧？"马竹涟长叹了一口气。

"知道了。"

"知道了，你还这样？"马竹涟顿了顿，又叹了口气问，"你还爱她吗？"

"嗯。"

"小杉单位有个男的，老婆跟别人好了，他把那男的打了一顿。当时，很多人都劝他不要离婚，想办法再过到一块，只有我对他说，你放了她，让他们结婚，她会知道你对她是最好的，然后，她一定还会回来的。可是，他不听，对老婆比以前更好了，结果他老婆变得更加有恃无恐，同时跟几个男人好。他老婆想，反正我跟别人好你还会对我好，就根本不拿他当一回事。"

"啊？"赵小杉的丈夫一惊，手中的烟都掉在了地上，他也不去捡，陷入了沉思中。

"我一再跟他说，你留一点男人的尊严给自己，可他就是不听。"

"留一点男人的尊严，留一点男人的尊严……"赵小杉的丈夫嗫嚅着，浑身颤抖，看起来可怜极了，"你是说，让笔河和小杉结婚，咱俩淡出？"

"是。婚姻是爱情的坟墓，只有让他们走进坟墓，尝到苦头之后，他们才能分清好赖。"正说着，王杰的手机响了，"喂，啊？什么？出车祸了？人在哪里，人怎么样？"

"快走，小杉出车祸了。"赵小杉的丈夫冲出屋门，发动了摩托车,马竹涟坐在车后面,摩托车急速向村外冲去。

村子里那家办丧事的人家,院子里依旧灯火通明。乐队的扩音喇叭声音很大,唱的是眉户《杜十娘》选段,音乐声响起,饰演杜十娘的女乐手那格外甜美凄婉的唱腔冲进耳朵:"怀抱着百宝箱泪流满面,叫一声李郎夫你且近前……"

11

函谷关县第一人民医院病房里,赵小杉躺在病床上,鼻子里插着氧气管,看起来格外可怜。医生过来,翻开她的眼皮,用手电筒照了照,然后,摇摇头走了。孟笔河的大姨把一封信交给马竹涟,打开信纸,马竹涟看着,大滴大滴的泪水,滴湿了信纸。

马竹涟走近赵小杉,什么也没说,只是静静地看着她。赵小杉睁开眼睛,看见了马竹涟,她用尽全力睁大眼睛说:"我和孟笔河没有那回事,他病了,是不能和女人上床的。他不愿让你看到他欠债后的可怜相,更不愿意让你看到他受病痛折磨的悲惨模样。"说着,她指了指她的手机,示意马竹涟打开视频。视频播放的是赵小杉在宾馆里,每隔十分钟为孟笔河敷一次药,还要时刻注意药物反应,前半夜是他们边聊天边一次次敷药,后半夜,孟笔河疲惫地睡着了,赵小杉看一会儿电视,然后瞌睡也不敢打一个,再去给他敷药。

赵小杉说:"每次在宾馆,都是这样,那里有空调,涂药时的温度刚刚好,只能在那里敷药……"

这时,孟笔河的大姨带着哭腔说:"赵小杉啥都跟我说了,孟笔河没钱雇人帮他擦药,再说,帮他擦药是个技术活儿,还整夜都不能睡觉,就是雇人也雇不来人啊!"

这时,马竹涟哭得一塌糊涂。马竹涟抓紧赵小杉的手,哭得说不出话来:"小杉,小杉,怎么会这样,怎么会这样啊!小杉,我的好妹妹!"

赵小杉的丈夫也哭了,这个男人,蹲在墙角呜呜地哭了起来。

"把卖房子的钱,给笔河哥,中不?他做完手术,还要再付一些药费。我把咱的钱全给他做手术用,你不怪我吧?"赵小杉对丈夫说,"他是我的救命恩人,士为知己者死……""小杉,小杉,你不能走啊!我不能没有你!小杉!"赵小杉的丈夫王杰凄厉地高叫着,他抱住赵小杉,泪流满面,手轻轻抚摸着她的秀发和衣服,"小杉,呜呜……"

"小杉,我错怪你了。小杉,你别走,我的好姐妹,小杉,呜呜……"马竹涟拉住赵小杉的手哭着,"小杉啊,小杉,我真的想替你去死啊,小杉!我的好姐妹,你不能走啊,小杉!"

"孟笔河太爱你,他不想让你看到他被病痛折磨的惨状,才求我设了这个局,他让我冒充小三,逼你离婚。他说过,他做手术时,不想让你看到,如果他能活下来,他会去找你……"小杉还没说完,头就歪在了一边。

"小杉,小杉,呜呜,你别走,我的好姐妹,你是我家的恩人,你是笔河的恩人,是他孟家的恩人啊。天哪,为啥好人总是这样不长命啊,天啊,小杉,你不能走,姐想你啊,小杉……"马竹涟拼命拉住赵小杉的手。

赵小杉这双手渐渐地冰凉了下来。

"小杉——"王杰凄惨地高叫着,沙哑的声音穿过夜空。他流着泪,轻轻地为赵小杉整理着衣扣,他的泪水,大滴大滴地落在赵小杉的衣服上。"小杉,小杉,小杉,离了你我不能活啊,小杉……"这个高大的汉子,呜呜哭着,哭得伤心极了。

12

一个年轻漂亮的女人,穿着一件连衣裙,上半身是白色,下面裙子部分是青春蓝,这种装束,与她的典雅气质格外相衬,显得高雅不俗。她戴着大大的墨镜,头上戴着一顶大帽子,帽檐拉得很低,让人看不清她的脸。她步履匆匆地走进函谷关县第一人民医院。当走到一间病房门前时,她停住了脚步,隔着玻璃,她看着里面病床上的那个男人,她用手绢捂住嘴,哭了起来。她就是马竹涟。

她看到的那个男人,早已风华不再,看起来又老又黑,头发掉光了,原来炯炯有神的双眼,变得格外柔和宁静。他的衣服已经很旧了,还是前几年时兴的那种紫色的裤子,土色的上衣,脚上是一双老布鞋。这双老布鞋是他爱穿的,是结婚时候马竹涟送给他的,他喜欢穿,但又因为种种原因不能穿。因为每隔几年,函谷关县都会兴起穿另一种鞋,大家都穿,他不穿就显得不和谐。再说,西装配皮鞋,不配这种布鞋。只是现在,他不再参加什么社交活动了,就常年穿着这双布鞋。她知道他破产了,但不知道他已潦倒到这种地步。他的衣服显得与现在的时代格格不入,连那些小护士都看不起他。她没想到孟笔河会落魄到这种田地,她只觉得揪心的疼,泪水顺着脸颊流了下来。

当一个年轻的女护士拿着笔河的病历走出来,她赶忙迎了过去,问护士这病能看好吗?护士告诉她,可能性很小。这做手术的几十万块钱,恐怕要白花了。护士的话字字揪心,字字惊心,说得马竹涟心里哇凉哇凉的。她想起他们曾在函谷湖畔,信誓旦旦的话,那种誓言不亚于国外教堂里的结婚誓言。那种两人用生命所发的誓言,言犹在耳。

病历上有一栏,写着"忌性生活"。马竹涟想,赵小杉和孟笔河,真的是没什么,她误会了他们,大家都误会了他们。

想起赵小杉,马竹涟不禁泪流满面。想想死去的赵小杉,想想眼前这个濒死的男人,一个是自己挚爱的朋友,一个是自己深爱的男人。这样的生离死别,叫人怎一个难受了得。

马竹涟再也受不了了,她用手绢捂住嘴,怕哭出声会惊扰了孟笔河。她呜呜咽咽地哭了起来,泪水模糊了她的双眼,她再也无法抑制自己的感情,她的哭声从手绢中不断挤出来,回荡在楼道里。马竹涟透过病房门上的玻璃窗,看着她心爱的人,看着她或许就此将永远不能再见的爱人,心中喃喃地说:"就一眼,就多看一眼。"那一刻,她的泪水像是决了堤的长河,喷涌而出。她在心中呼唤:"笔河啊笔河,你可知道,竹涟是多么爱你!你可知道,竹涟是多么舍不得你!只要你一息尚存,你将永远是竹涟的依靠啊!你一息尚存,竹涟就是幸福的,不再是棵草,而是一个幸福的宝。笔河啊笔河,你一定要撑住!"说着哭着,马竹涟的哭声渐渐嘶哑。

马竹涟一屁股坐到地上,她已经流不出泪来。她这才知道自己是多么深爱孟笔河,没有他,自己就是一具行尸走肉。想到这里,她又挣扎着站了起来,透过玻璃窗,她看到孟笔河那无比苍老的面孔,那面孔,根本不像一个中年人,而像一个行将就木的人。难道,他真的要死了? 死,是这样的近,近在呼吸之间。一想到他要死了,马竹涟的心揪得难受,她不敢直面这个现实,不敢再往下想,又哽哽咽咽地哭起来,哭得浑身发虚,声音干哑,不辨东西南北。就这样,她一直哭着,忘记了吃饭,忘记了白天黑夜,忘记了身外的一切。

马竹涟没想到,这次再见到他时,就已是生离死别。她不想让他走,可一看到插着氧气,微息残喘的他,这不是要死别,还是啥呢?她多想走上前去,轻轻地拥抱着他,不,哪怕只是轻轻握握他的手,抚弄一下他的头发,她多想走过去……也许,这就是最后时刻,再看一看他的双眼,为他披披被角,摆正枕头,挨一挨他失去血色的肌肤。她的泪就这样一直流着,一直流着……

人世间总是这样,很多时候,就像阴阳两隔一样,明明近在咫尺却不能相见。她深深知道,依孟笔河的个性,此时此刻,她绝不能走过去。他爱她,为了不让她看到他生病时的惨状,才逼她离婚,他宁愿一个人死在医院,也不愿自己深爱的人有那么一丁点的痛苦。他深深知道,马竹涟看了他临死的样子一定比他自己还难受。他要自己静静地死去,死得无声无息,所以,他气走马竹涟,让她恨他。

马竹涟这才明白,人世间的爱是如此深沉。

13

这是一个不寻常的早上,孟笔河躺在手术室里,马竹涟就站在门外。此时的马竹涟大脑一片空白,静静地等待着手术结果。

马竹涟静静地站着,面向窗外,朝北看,近处有一座高楼,楼高十几层。前些年,全城只有这一座高楼,人们打这里经过时总要仰望一番。人们问路时也总以这座楼作为一个标志,他们会习惯性地说,你知道金宫大酒店吗?从那里向前走多少里就到你要去的地方了。金宫大酒店是函谷关县的地标式建筑,在人们眼里,能住在这里面的都不是普通人。现在,这座高楼的东侧,又建了几幢似乎比它还高的楼房。西面、北面,林林总总的高楼,也渐渐多得不可胜数。而今,它像个垂垂老者,静静地站于这些后起之秀一侧。

不知从何时起,人们的理想变得越来越清晰,房子、车子就是奋斗的目标。房子越盖越高,汽车也越来越多。马竹涟前些天在车上听到一个人对朋友说:"唉,咱的车不值钱,才十万块,不像人家的好车开起来气派。"另一个朋友说:"伙计,有个代步工具就行了,你知足吧。你就是再添个二十万买个车,开出去也是不怎么气派。你看看现在街上,那上百万的车有多少。"想到房和车,马竹涟在想,她情愿守着孟笔河过清苦的日子,哪怕就住在大山里,自己种一点菜,养几只鸡。只要有他在,只要他能够健康地活着,啥都好。很多人拼命追求的是房和车,而她马竹涟只要孟笔河一息尚存,她就是沿街乞讨,也觉得自己是天底下最幸福的女人。人与人之间的区别是这么大!

14

马竹涟想,医生刚才告诉她,孟笔河下手术台后有三种可能:一是死亡,概率很大;二是成为植物人,这个概率也很大;三是手术很成功,他能像一个健康人一样生活,但这个概率只有 5%。

医生认为告诉她这个结果之后,她会转身就走,即使当场不走,也迟早会舍孟笔河而去。所以,没有哪个医生再把她当孟笔河的家属看,只是签字的时候需要她签个名而已。

马竹涟静静地站在那里,仿佛眼泪已经哭干了。此时的她,正在接受命运的挑战,她,就这样坚强地站着。

想到死,此时此刻,她觉得,死是一种解脱。人,活在世上太苦了。就像她现在的感受一样,如果没了孟笔河,她自己一个人活在世上就像是多余的。除了觉得死很对不起自己的母亲以外，她觉得死是件很幸福的事情了。但她虔诚地祈祷，希望孟笔河不要死掉，即使他成了植物人，她也要天天守着他。

　　站在手术室门前，每一分钟都是那样的漫长，长得让人窒息。窗外的函谷关县城，马竹涟看了一遍又一遍，看着那些冰冷的建筑，就像在看人生一样，让人哭也不是笑也不是，可一切就是这么真实地冰冷着。她一遍一遍地告诫自己，要用生命中最坚强的一面去直面一切。

　　忽然，马竹涟的脑海里有一念闪过，如果孟笔河一头白发怎么办？她纳闷自己怎会无端地这样想，这也许就是传说中的心电感应，人在将死时，总会给亲人一些莫名其妙的警示。马竹涟还记得有一次她和孟笔河去庐山玩，她忽然觉得脸热辣辣的，牙疼得难以忍受，她想，自己刚睡起来，脸就突然肿这么大，难道是妈妈的病重了？于是，她二话没说就和孟笔河火速赶回函谷关县城的家里，一进家门，就见妈妈在床上呻吟着，他们赶紧把她送到医院。医生说，幸亏送得及时，要不可能会有生命危险。她从来不信鬼神之说，但是大千世界无奇不有，她还真有点相信心电感应之说了。此刻，马竹涟不禁纳闷：难道今天孟笔河走不出这个手术室了？

15

　　手术室门前，死一样地静。时间一秒一秒，显得如此漫长。

　　终于，手术室的门吱呀一声开了，走出了一位医生，马竹涟赶紧迎上去。医生没等她开口，就摇了摇头往前走去。

　　"医生，到底怎么样？"马竹涟急切地问。

　　"我们尽力了！"医生又叹了口气，然后头也不回地走了。马竹涟顿时一屁股坐在了地上,呜呜咽咽地哭了起来。

手术室的门再次打开,护士们推着病床出来了,病床上躺着孟笔河,他的眼睛紧紧地闭着。马竹涟两眼睁得大大的,看着这一队人马像送棺材一样,推着孟笔河向前走,马竹涟只觉得浑身瘫软,明明早已做好心理准备的她,此时却无论如何也不能接受这个事实。她的眼睛,无助地望着护士们的背影,泪眼婆娑中,她突然发现,一个护士跟着那个病床,手里高高举着一只输液瓶。输液瓶?这足以证明人还活着,只要人活着,啥都好。马竹涟兴奋地跑向病床,她摸了摸孟笔河的手,手是温热的。她仿佛猛地被一股幸福的电流击中,险些晕了过去,她想向上苍道谢,谢谢上苍把孟笔河还给了她。

护士告诉她,孟笔河成了植物人。

把孟笔河弄回家,让他躺到自家的床上,对马竹涟来说,实在不是一件容易的事情。

在马竹涟家里,孟笔河静静地躺着,整天整夜地睡觉,一个月了,眼睛根本睁不开。马竹涟怕他长时间在床上躺着,肌肉会枯萎,就天天给他按摩,她从书上看了好多按摩方法,从前到后,从左到右,一遍一遍给他按。每次给他全身按几遍下来,她就累得满身大汗,但她很开心,一边按着,一边给他唱黄梅戏。每次按摩完,还把他的脚放在她的肚皮上,给他的身体增加温度。

快到开饭时间了,她这才赶紧去给他做饭,她给他做的是面汤,在面汤里打上一个鸡蛋。面汤本来是普普通通的一碗饭,可她用心去做。玉米面是从函谷关的深山区苏村乡弄来的,这种面质量特别好。鸡蛋是她亲手养的几只乌鸡下的,每天只吃玉米,一点饲料都不加。

当马竹涟捧起一碗做好的玉米面汤，她的思绪就飘到了上海外滩，那时，他俩在外滩闲逛，到了中午十二点，马竹涟哪家饭店都不想进。

孟笔河问："这么多的饭你都不想吃，你到底想吃点啥？"

马竹涟避而不答，卖着关子说："故乡的红薯面汤总让人牵肠挂肚，游子的思乡之情你懂不懂？"

孟笔河笑着问："想吃红薯面汤了？"

马竹涟继续说："乡下人做红薯面汤，喜欢用黄玉米面做汤，那金黄金黄的面汤，人们称它为黄金汤，与其说是看起来像黄金一样灿烂，不如说它营养丰富，格外养人。"

孟笔河接过话说："玉米面汤做法很简单，待水开后，把半碗搅成糊状的玉米面糊倒进锅里，尽情搅动一番，待锅里的面汤沸腾起来，冒出许多气泡，再用勺子搅动搅动，目的是不让煳锅。很快，一锅面汤就煮好了。"

马竹涟说："你会得不少，其实啊，金黄的玉米面汤里总是要煮些红薯才好吃，甜甜的红薯为玉米面汤增添了不少风采，这小小的几块红薯，实在是玉米面汤的点睛之笔，就像是一件通体黑色的衣服上，别着一枚精美的钻石胸针一样，二者相互陪衬，美丽迷人。"

孟笔河说："是啊，人在他乡，总难免惦念家乡，做上一碗玉米面汤，加些许甜甜的红薯，细品玉米面汤，瞬间就能把人带回故乡。"

"哈哈哈……"他俩一起开怀大笑。

"咩——"一声羊叫把她的思绪又拉了回来。那只羊是她刚买的一只母羊，她每天给它割草，夜里再添些干草料，把这只羊养得又肥又壮。每天早上,她都自己亲手挤羊奶,她把羊的奶子洗得干干净净,双手戴上一次性手套,将羊奶挤在亮铮铮的钢锅里,用炉火烧开,再一口一口喂给孟笔河喝。

马竹涟请了长假,她像照料不满月的娃娃一样,一口一口地喂孟笔河吃饭,还得为他一把一把地往外掏大便。人说,久病床前无孝子,可是她却乐此不疲,总是哼着小曲天天给他揉肚子,晚上也不敢脱衣服睡觉,每隔二十分钟,就要给他翻个身,然后照顾他大小便。她像守护着一个神一样,默默地守护着他。每天定时给他量七八次体温,只要听到他气喘得有些粗,就立即给他量体温。体温高了,赶紧给他喂药,喂药之前,她不用嘴去喝开水测水温,而是把水滴在自己的手背上,有时一不小心,把手烫得生疼生疼的。

孟笔河就这样一直睡着,眼一直没睁开。直到第五十四天,他的儿子急得哭了起来,在他耳边一声一声地哭着叫爸,在这哭声中,马竹涟惊喜地发现,孟笔河的手指头轻微地动了几下。马竹涟和孩子就一声接一声地大声叫喊孟笔河,几个小时后,孟笔河睁开了眼睛。马竹涟泪流满面,她捧着孟笔河的脸亲了又亲。

醒来以后的孟笔河还会哭,这让马竹涟格外兴奋。可这时他还不会说话不会动,吃饭多了少了酸了咸了,都得由马竹涟来判断。于是她就对孟笔河说:"问你饿不,渴不,你要是听懂了,就眨眨眼。"于是他眨了眨眼。

有一天,马竹涟从网上看到一则消息,说是一个妻子用咬脚指头的办法,七年如一日,把植物人丈夫给咬清醒了,最终还咬康复了。看到这则消息,马竹涟像是抓住了一棵救命的稻草,她要用这种办法,来咬好孟笔河。于是,她一有时间,就把孟笔河的脚洗得干干净净的,轻轻地给他咬,天天如此。

16

病倒后的第三年,孟笔河会自己握手了。就这个简单的动作,把马竹涟高兴得连走路都开始唱小曲了。这小小的胜利极大地鼓舞了她,她开始加长咬孟笔河脚指头的时间,她期望着有一天,奇迹真的能够发生。

就这样,每天,马竹涟都会俯下身子,双手紧紧拉着孟笔河的手,像哄孩子一样:"笔河,吃慢点,别呛着了。""笔河,让我给你翻翻身,拍拍背。"可是,孟笔河好像根本看不见她一样,没有一丝表情,没有一点表示。

马竹涟有时候觉得自己还挺伟大,能把一个植物人唤醒,真是不可思议。她知道,她和许多人一样,想过一种无比平淡却又无比温馨的生活。可这几乎是不可企及的奢望。她想,只要他还有一口气在就有希望。只要有希望在,这日子就能往前过。她爱他,她要用时间来证明,要用一点一滴无微不至的照料来证明。她想,他越是躺在那里才越需要她,她要用心地呵护他。她想,呵护自己最心爱的人,怎么能不快乐呢?许多人劝她放弃,她总是呵呵一笑,像是一点也不把他们的话放在心上,惹得这些说话的人,只能摇头笑她憨。人们说,都啥年月了,咋还有这样的女人?

一天,两天,只要有时间,哪怕只是三五分钟空闲时间,马竹涟都会把孟笔河的脚洗得干干净净,然后坐在那只磨得光亮的板凳上,开始咬他的脚指头,同时,给他做脚底按摩。一遍一遍,乐此不疲地做,她像是在玩电脑游戏一样,格外愉快地做着这件事。在家里,她像个没事的人一样,很阳光、很轻快地围着孟笔河转。当客人来到她家看望孟笔河时,无人不对她的轻松愉快感到吃惊。大家本以为,她在家肯定是愁眉苦脸的,在来她家之前,大家都一再斟酌,该跟她说些什么样的话,怎样说才算婉转,可一见她这样,一切想好的话都忘到九霄云外去了。她这样,大家反倒非常敬佩她。她对来人说,她在照顾病人,可说着话,她就像一个轻快的蝴蝶一样飞来飞去,一会儿大声吆喝:"笔河,饭来了。"一会儿轻轻凑到孟笔河耳边,说:"夫君,请喝水。"一会儿又大叫:"相公,奴家给你自制的麦乳精好喝不?"那种轻轻的哄,大声的娇嗔,一点都不做作,一点都不像在作秀。客人看了,都说,世上还有这样好的夫妻!世上还有这么好的老婆!在大家的唏嘘声中,马竹涟不管有没有客人,她都是这个状态。她像是回到了和孟笔河恋爱的岁月里,那份恋爱的甜蜜感,就像是现在还萦绕在她周围一样,她很感谢上苍把他留在了自己身边。

一天早上,马竹涟正在咬孟笔河的左脚,发现他的右腿往上抬了抬,很小的幅度,接着,他的左手也往上抬了抬,马竹涟兴奋极了。她大声叫着孟笔河的名字,抱着孟笔河的头,泪流满面。她大声叫他再抬一下,他的右脚又轻轻抬了一下,左手也抬了一下。马竹涟欣喜若狂,喜极而泣。她激动地跑到门外,在街道上大声地吆喝,逢人便说孟笔河能抬脚动手了。大早上,所有的孩子都被她惊醒了,所有人都被她这激动高亢的吆喝声震动了,不一会儿,大家把她家堵了个水泄不通,争相看这个世界奇迹。有人大声叫孟笔河的名字,说:"你要是听到了就点点头。"孟笔河果然点了点头。大家高兴极了,七嘴八舌地问这问那,像在问一个不会说话的孩子。所有在场的人都如同过年一样,女人们更是围着马竹涟有着说不完的话。马竹涟突然觉得,这个屋子好温馨,像梦中的天堂乐园。

孟笔河能抬脚的事情过去半年后,马竹涟扶着孟笔河,在函谷湖边的风景区一步一挪地走动,认识他们的人无不上前和她打招呼,大家像看到世界奇迹一样口口相传着一个植物人站起来的故事。当地报纸和电视台争相报道。很多不认识的人都到函谷湖边去等他们,要看看这一对传奇人物。他们看到的是站起来的孟笔河和集漂亮、温柔、忠贞、善良于一身的马竹涟。这时的孟笔河,穿着浅蓝色西装,西装里面是一件黑白相间的小格子衬衫,他的身材还算标准,在大家看来,今天的他格外帅气。看着他,有人笑称:"人中吕布,马中赤兔。"再看马竹涟,灰色的薄毛衣,黑色的裤子,高高的黑靴子,她的身材显得格外苗条,黑与灰,把她白嫩的皮肤、漂亮的面庞衬托得格外高雅,格外美丽。她的眼里流露出来的微笑,淡淡的,甜甜的,没有一丝杂质,温润可人。那种无比慈善、无比纯粹、无比温柔、无比隽永的微笑,让每个见到她的人都感受到一种被包容、被感染、被同化的力量,好像自己生命中所有的邪念,都被她的微笑给驱赶到了天尽头。所有见到她的人,仿佛从见到她的那一刻起,自己也变得上上下下通透纯洁起来。她的微笑,如有一种神奇的力量,在每个见到她的人心中种下善根。

17

"你说你最爱丁香花……"一个 MP4(一种能播放影音文件的袖珍型电子产品)放在赵小杉的墓碑前,这首歌一直深沉地播放着,一遍又一遍地播放着。在这荒郊野外,风呼呼地刮着。一群乌鸦停在远处的柿子树上,柿树叶子已经落完了,红红的柿子稠密地在树上挂着,和那些黑黑的乌鸦形成鲜明的对比。

柿树不远处有一座坟。坟前,站着几个人,孟笔河、马竹涟、赵小杉的丈夫王杰。王杰拿着铁锹把坟整个修了一遍,要停下来时,马竹涟对他说:"那里还有一个小洼,别是老鼠窟窿,不能让她的房子漏了。"于是,赵小杉的丈夫到跟前看了看,确认不是老鼠窟窿,才又把坟上的洼处垫了又垫,很仔细地弄平整,转身来到碑前。

王杰蹲在那里,打开一个黑色塑料袋,一把一把抓出纸钱,他把一摞土黄色的纸钱放在地上,用打火机点着,然后将所有纸钱一张一张地往火上撒,撒着,嘴里还念叨着:"小杉啊,我给你买的这些纸钱,有面值过亿的,但听人说,大的不好花出去,就又买了些百元币、十元币、一元币,你要是不够花了就托梦给我,我再给你烧。小杉啊,别细发(函谷关方言:吝啬),活着,就没享上多少福,你就拼命地花吧。这一辈子我欠你的太多,我每天只要一停歇下来没事干时,就想你,你可知道,没了你我什么都干不成啊!我像一个丢了魂的活死人。你在世时,有时咱俩还吵架,可现在没有了你,我真的像一具行尸走肉啊!在这个世界上,只有你最疼我,你想想,咱结婚前,你就知道我患了尿毒症,可你还是坚持要和我结婚,除了你,这个世界上还有谁愿意跟我过啊!在这个世界上再没有你这样好的老婆了,在这个世界上再没有第二个人像你这样对我好。我早就下定决心,用我一生的努力让你过上好日子,我用言听计从来表达我对你的爱,我倾其一生地爱你,只想让你真正体会到被爱的滋味。我总认为,无论让我受什么苦都可以,就是不能让你受一点委屈。你可知道,咱们在一起的每一分钟,我对你都是尊敬的、深爱的,我是含在嘴里怕化了,捧在手里怕摔了。可谁知道,你撞上这档子事,就这么悄无声息地走了,走了,走了啊!呜……"赵小杉的丈夫猛捶自己的胸口,哭得说不成话,"我真想替你去死啊!你就这样走了啊,啊……"他大声哭着,哭得天昏地暗,不省人事。

马竹涟接过他手里的纸钱,一张张地往火上放,她也痛哭起来。

渐渐地,赵小杉的丈夫的哭声小了下来,坟前,只剩下马竹涟的低低的啜泣声:"小杉啊,你可记得,你给笔河说的那句话'士为知己者死',你真的是做到了啊!姐误会你了,咱还是好姐妹,还是天底下最好的姐妹,好不好?你为我和你笔河哥付出的太多了!你救了笔河,他现在已经站在这里了,你睁开眼看看吧!你卖房卖地都要救他一命,卖房卖地去救他,你看看,在这个世界上有谁能做到这一点啊?他是救过你,你一心想着报答他,可手术只有百分之几的成功率。你想过没有,你是在拿全部的家业做赌注啊!姐没看错你,在这个世界上也只有你能做到这些。你丈夫有病,你本来就缺钱,你是从牙缝里挤出这么多钱啊,你把咱的姐妹情看得比天大,把笔河对你的救命恩看得比天大,可唯独没有把你自己看得主贵些。你不去大馆子吃饭,不穿好衣服,就为了这一个情字啊!以前,我拼死拼活地为你着想,是把你当亲姐妹看,可姐不图你什么啊。没想到你把事情做得这样好,让姐说什么好啊。小杉啊,小杉,天底下哪有你这样重情重义的人啊!姐遇到你,是前世修来的啊。你是姐的救命恩人,姐的恩,你还可以还,可你的恩,现在阴阳两隔,可让姐咋还啊!

小杉啊,想想咱俩一起上大学,同吃同睡,有人都怀疑咱俩是同性恋。那时,咱俩形影相随,校园的草坪上到处都有咱俩一起玩耍的身影,到处都有咱俩踏过的脚印。难忘的是,有一次我和笔河闹别扭,在校园中间那个小河边,那天很晚了,我一个人都有跳下去的冲动。宿舍熄灯后,你急匆匀地四处找我,找到我之后,又陪着我一整夜地坐着,给我讲了好多好多道理,直到我思想拐过弯,天都已经大亮了。从那时起,我认定你是铁姐妹,掏心掏肺地对你好。本以为,一生有你,咱们可以相扶相搀地走下去,照顾彼此,永不分离。可天啊,天啊,天啊,你就这么走了!"

马竹涟哭得一塌糊涂,那哭号声把远处树上的乌鸦都惊飞了。那哭号声仿佛是郁积了几十年,今天终于得以喷发出来。那哭号声情真意切,情深意浓,绵绵无绝期。

孟笔河跪在那里,也是一直哭,一直哭……

这时,放在坟头的 MP4 转换了一首乐曲,是俞丽拿演奏的《梁祝》,小提琴悠扬的旋律如丝如缕,如泣如诉,仿佛在讲述着一个无限哀婉的爱情故事。那旋律丝丝相扣,摄人心魄,像是一缕温情把人包裹了,再一缕一缕地从人的鼻子、眼、耳朵、嘴巴里渗进去,让人漫游在和煦悠扬的春风里。

对于在场的每个人,赵小杉都如同一缕春风,曾经在他们的心田吹过,也永远地留在他们的心里。就像每个人都和她上演了一出不同版本的《梁祝》,这春风,这《梁祝》,又是这样的流水落花不可挽留。就像是明月清辉掬满手,纵是柔情万种却也无法将它留住。赵小杉,这一缕人间的春风,留给他们的是整个春天。这世间,她来过,活过,哭过,笑过,又像一阵风,轻悄悄地走了,永远地淡出了他们的视线。

人间美好的事物,总是稍纵即逝。一些对你生命有着巨大影响的人,不经意间就淡出了你的生活。当你再也无法触摸,无法觅得踪迹的时候,请不要忘了那曾经的美好。